워낭소리

워낭소리

펴 낸 날   2025년 04월 01일

지 은 이   최정인
펴 낸 이   이기성
기획편집   김정훈, 서해주, 이지희
표지디자인 김정훈
책임마케팅 강보현, 이수영
펴 낸 곳   도서출판 생각나눔
출판등록   제 2018-000288호
주   소   경기도 고양시 덕양구 청초로 66, 덕은리버워크 B동 1708호, 1709호
전   화   02-325-5100
팩   스   02-325-5101
홈페이지   www.생각나눔.kr
이 메 일   bookmain@think-book.com

·책값은 표지 뒷면에 표기되어 있습니다.
  ISBN 979-11-7048-858-3(03810)

워낭소리

미래를 밝히고자 하는 과거의 소리

최정인 지음

생각나눔

목차

제2부 사는 방법

제3부 기억 속으로

서문

어느덧 미수가 되었다. 열심히 살았으니 부끄럽지 않았고 보람된 삶이었다고 할 것이다. 그러고 싶은 마음이다. 그러나 매일같이 덜그럭덜그럭, 그런 삶이었으니! 그리하여 자위가 될 만한 것들을 모아보았다. 어떤 것은 40년 전에 쓴 글도 있으니 부끄러운 일이다.

생의 전반기는 오로지 한 길만을 걸었다. 1959년~1960년 모윤숙 추천으로 월간 『자유문학』을 통하여 문단에 나온 후, 『문학춘추』와 『여상』 기자를 거쳐서 『생명샘』 주간, '문예사조' 창간편집장을 역임하였고, 월간 『영화잡지』와 『영화다이나믹스』를 발행하면서 저널리스트의 삶을 불태우기도 하였다.

지금은 선교사 신분이다. 현대문명과 단절된 채 원시인처럼 살고 있는 부족을 찾아서 산과 골짜기, 밀림 속을 헤매다닌 지 30여 년이다. 인간적으로 보면 사서 하는 고생이라고 할 수 있겠으나, 이것이 나의 마지막 길이요 사명임을 깨닫고 묵묵히 이 길을 걷고 있는 것이다.

　　표제로 내건 '워낭소리'는 미래를 밝히고자 하는 과거의 소리다. 이에 격세감에 따른 회억의 장을 열면서, 온고지신이라는 사자성어로 상제의 말씀을 드린다.

† 최정인

제1부

나의 그림자

강, 그 이미지

예부터 물이 맑은 것을 강(江)이라 하고 물이 흐린 것을 하(河)라 불렀다. 대체로 산골짝 물은 흘러 모여도 크지 않으며 맑고, 들에 흐르는 물은 탁하고 질펀해 구경할 만한 풍치가 없다 했다.

그래서 산을 근원으로 계류를 이루면서 흘러내린 물이 강이요, 평야에서 발원하여 모인 물이 바로 하(河)라고 생각한다면 거의 틀림없겠다. 때문에 강은 언제나 산속 깊이 그 뿌리를 내리고, 산은 언제나 강을 의지하고 살아가는 것만 같이 보인다.

우리나라의 경우란 더구나 산을 따로 떼놓고 강만을 생각할 수 없을 정도로 산수가 밀착되어 있다. 북으로 백두(白頭)에서 남으로 동래(東萊)에 이르기까지 흘러내린 산 등허리가 거의 동해로 빠져들었지만, 의주(義州)에서 나주(羅州)에 이르기까지 흘러내린 모든 물이 산맥에서 발원하지 않은 것 없고, 모여서 강이 되지 않은 것이 없을 정도다.

『택리지(擇里志)』에 "범산형(凡山形), 필수석작봉(必秀石作峰), 산방수이역청(山方秀而水赤淸)"이라 하여, 무릇 산의 형체가 반드시 수려한 돌로 산봉을 이루어야 산도 수려해 보이고 물 또한 맑다고 하였거니와 산자수명(山紫水明)이란 이를 두고 한 말이 아니겠는가? 계곡은 어디를 가나 평온한 아름다움과 깨끗한 경치로 절경을 이루고, 강은 넓으면서 명랑하고 아늑하고 깨끗하며, 산(山)은 높지 않으며 수려하고 기상이 맑고 밝기만 하다면 이에서 더 살기 좋은 곳이 없을 것이다. 내가 삼각산과 한강을 벗하여 산 지도 반세기. 그러나 강(江)

은 변하여 하(河)를 이루고, 더러는 바닥까지 드러난 앙상한 모습으로 변하기까지 하였다. 강도 아니요, 하(河)도 아닌 한강의 모습이다. 여말(麗末)의 목은(牧隱)이 배를 매어두고 누각에 기대어 용산의 푸른 물결 예뻐 떠나지 못한 채 시를 읊었다는 고사가 무색할 정도다.

다산(茶山)이 배를 몰아 거슬러 올라간 물줄기에 숨은 어은(漁隱)도 없고, 사람에게 물고기 잡는 법과 물고기 먹는 법을 가르치던 제도도 다 끊어져 버렸다. 산이 떨어져 나간 자리에 들판이 들어섰으니 이는 산도 아니요, 들판도 아닌 것이고, 들판을 적셔 흐르는 것은 강은 강이로되 강이 아닌 것이다. 『열하일기(熱河日記)』에 박지원(朴趾源)이 혼하(混河), 요하(遼河), 락하(灤河)요, 태자하(太子河), 백하(白河) 등, 하(河)를 열심히 건넜다는 사실이 사실로 느껴지지 않는 것은, 세상 판도가 모두 강인가 하인가 하는 의문 때문이다.

그러나 하(河)를 거슬러 강까지, 다시 강을 거슬러 골짜기까지! 번성하던 시대의 누각(樓閣)은 이미 다 헐려버렸고, 호호탕탕 흐르던 물길도 다 끊어져 버렸다지만, 가다 보면 퇴계(退溪), 서애(西厓), 우탁(禹倬)이 놀던 한강의 근원이 언젠가는 다시 새롭게 드러날 것이고, 옛 나루터 찾는 이 있어 사공에게 길을 묻는다면 한양으로 통하는 뱃길 천 리(千里)도 한눈에 찾아볼 수 있게 되리라.

지난날 청풍(清風)에서 일박하면서 한벽루에 올라 떠나간 천 년 사적을 생각해 보고, 충주 목계(牧溪)에서 일박하면서 소금 배를 탔던 어부와 하룻밤을 지내면서 투망으로 물고기 잡는 법을 배우고, 종민동에서 일박하면서는 뗏목을 타고 서울까지 달렸다는 뱃사공을 만나 밤새는 줄 모르고 물고기 잡는 법을 배웠으니 이는 다 강하(江河)

가 나에게 가르쳐준 어젯날의 교훈들이다.

소양강이 이단(二段)으로 막히고, 남한강이 또 몇 겹으로 막힐 참이고, 남강(南江), 낙동강이 전부 한 번씩은 막혀버렸으니 강은 옛 강이로되 물의 흐름은 이제 옛날 같지는 않다. 곳곳이 지(池)요 곳곳이 하(河)니 강은 이제 없어진 거나 다를 바 없다.

소양댐에서 설악산까지 잇닿는 뱃길이 좋다지만 결코 강이랄 수는 없고, 팔당호나 안동, 남강호(南江湖)가 수량을 자랑한다지만 거대한 물고기의 시체 더미처럼 누워있는, 아무리 살펴도 더럽혀진 냄새만 풍길 뿐이다. 산속에 계곡이 있고 곡(谷) 속에 선인(仙人)이 사는 강, 강 속에 돌이 있고 돌 속에 강이 있는 산… 이제 그러한 강산은 추억 속에서나, 후대들의 가슴 속에서나 찾아볼 수밖에 없을 것인가.

차 한 잔의 사색

가을 뜨락에 앉아 커피 한 잔을 마신다. 뜨락이라 하지만 사실은 우리 집 서너 평쯤 되는 조그마한 마당이다. 으스스한 한기가 조금씩 퍼지고 있는 늦가을이었다. 그런 마당 한쪽에는 조그마한 돌밭이 있었다. 돌밭이라 하지만 사실은 그동안 수집한 돌들을 가득 깔아놓은 자갈밭이었다. 그러니까 나는 지금 그 자갈밭의 가장자리에 의자를 놓고 비스듬히 앉아서 차를 마시고 있는 것이었다.

돌을 감상한다고 돌밭 곁에 앉아있는 것이 청승맞게 보였던지 아내가 커피를 끓여왔고, 그리하여 둘이 앉아서 커피를 마시고 있는 것이었다. 여행을 이야기하고, 시를 이야기하고…. 자연히 낭만적인 이야기를 하게 되었다. 삶이 어떻고, 이상이 어떻고 하는 둥 그런 이야기는 하지도 않는다.

추억이 있는 사람은 아름답다고 하였던가! 이야기하다 보니 내가 아내를 처음 만난 것은 문학회였으나, 그다음부터는 태반 다방에서 차를 마시면서 사랑을 키우게 되었다는… 언제나 그랬다, 다방에서였다. 미련하게도 첫날의 데이트도 다방이요, 프러포즈를 한 곳도 다방이었음을 상기하면서 키득키득 웃는 것이었다. 그래서 우리의 경우는 모두 '사랑의 역사는 다방에서 이루어졌다!'가 된다.

명동 한복판에 '챵일'이라는 다방이 있었다. 내가 운영하던 잡지사가 명동 근처에 있었으므로 우리는 명동 뒷골목 다방을 순회하듯이 하면서 사랑을 키워갔다. 일과 후에 만났기 때문에 차 한 잔 마시고 나면 저녁이었고, 저녁 식사 후에는 언제나 네온사인이 명멸하는 명동 거리를 푸근한 마음으로 걸었던 추억이다.

내가 프러포즈를 한 다방은 명동 건너편에 있는 오리엔탈호텔 커피숍에서였다. 긴 복도 끝에 있는 커피숍이었다. 커피 맛도 좋았고, 음악도 좋았다. 커피값은 당연히 길거리의 다방보다는 훨씬 비쌌고! 거기서 내가 "결혼합시다."라고 하였던 것이다. 지금 생각하면 그때 무엇이 그리 급했던지, 반지는 물론 꽃 한 송이도 준비하지 못한 채로였다. 아내의 눈물을 본 곳은 그때가 처음이었다. 벌써 40여 년이나 지난 이야기이다.

태평로 뒷길에는 '가화(嘉禾)'라는 다방이 있었다. 가운데 통로 좌우로 의자들이 푹신하게 놓여있는 자그마한 다방이었다. 이 다방이 유명세를 타고 있었던 것은 손님들이 주로 문인들과 기자들이었기 때문이다. 당시 나는 여성 교양잡지인 『여상』의 기자로 활동하고 있었는데, 출판사 뒷길에 가화가 있었고, 동료들과 같이 가서 언제나 모닝커피를 마시곤 했다. 그때 같이 차를 마시러 다니던 동료들은 지금은 어디서 무엇을 하고 있을까? 소설가 유주현, 시인 전봉건, 소설가 한문영, 시인 김준식, 수필가 이혜자 등의 이름을 가만히 불러본다. 그곳 가화 찻집도 아내와 같이 자주 찾아가서 커피를 마시던 추억의 장소 중 하나였다는 사실이다.

국도극장 뒷골목으로 들어서면, 세칭 수석다방이라고 하는 녹원(鹿苑)이 있었다. 수석은 그다지 많지 않았다. 경석류(景石類)가 몇 점이 있을 뿐이었지만, 당시만 해도 수석(水石)에 대한 인식이 전무하다시피한 때라 식자 간에는 특별한 다방으로 정평이 나있었다. 한때는 족자를 걸어놓기도 하고, 벼루를 수백 점이나 전시한 적도 있어서 다방에 들어서면 절로 옷깃을 여미게도 했었다. 과문한 탓이라서 그랬지, 멋과 품위를 갖춘 다방이 시정 곳곳에 있으련만 인도자가 없으니 어찌 다 가볼 수가 있을 것인가. 그곳도 언제나 아내와 둘이었다. 그것은 결혼 전이나 결혼 후에나 마찬가지였다. 서울을 벗어나도 마찬가지였다.

첫째로 추천할 만한 곳은 춘천에 있는 이디오피아집이다. 지금은 퇴락하여 옛날의 풍치를 찾아볼 수 없지만, 멋과 풍치를 동시에 갖추고 있던 찻집은 아무래도 춘천 소양호반에 있던 '이디오피아의 집'이 아닌가 한다. 호숫가의 찻집이란 뉘앙스도 그렇거니와, 황혼빛이 쏟아져 들어오는 그때가 최고의 절경을 이루었다. 겨울이면 스케이터들이 난로 가에 앉아서 젊음을 불태우고 있었고!

그다음으로는 진주 진양호반 산정(山頂)에 자리 잡고 있는 '아시아 호텔 커피숍'이다. 거기서 하룻밤 지새는 기회가 있었는데, 호수 주위의 연산(連山)이 아득하여서 발치에서부터 찡하니 커피 맛이 어려 오는, 사랑하는 사람과 더불어라면 더욱 황홀감을 자아내는 그런 곳이기도 했다. 그런가 하면, 충주의 '삼성다방', 대전의 '청탑다방', 광주의 '천지다방', 전주의 '설다방'도 가히 그 지방의 명사들이 애호하는 명소라 할 수 있는 다방이었다.

－우리가 마신 커피만 해도 수천 잔은 되겠지요? 아내가 말했다.

－그렇지요. 우리가 이렇게 매일 하루도 빼놓지 않고 커피를 마시고 있으니, 10년이면 3,650잔이요, 20년이면 7,300잔이네요. 어떻게든 살아봅시다. 금혼식까지 말입니다. 하루에 두 잔 마신 적도 있으니까 금혼식까지는 족히 2만 잔은 마실 수 있겠네요. 그러면서….

우리는 가을 뜨락에 앉아서 키득대면서 커피를 마셨다.

목련꽃 그늘 아래서

　목련꽃이 뚝 떨어지기에 나가보니 비가 오고 있었다. 보슬비였다. 보슬보슬 내리는 비가 은구슬인 양 하얗게 부서지기에 보니 목련꽃도 하얗게 부서지고 있었다. 바람 한 점 없건만, 보고 있는 사이에도 꽃잎이랑 보슬비랑 다 훨훨 날려서 자꾸자꾸 마당에 떨어져 굴었다.

　　목련꽃 그늘 아래서
　　베르테르의 편질 읽노라
　　구름 꽃 피는 언덕에서 피리를 부노라
　　아 멀리 떠나와 이름 없는 항구에서
　　배를 타노라
　　돌아온 4월은 생명의 등불을 밝혀 든다
　　빛나는 꿈의 계절아
　　눈물 어린 무지개 계절아

　　목련꽃 그늘 아래서
　　긴 사연의 편질 쓰노라
　　클로버 피는 언덕에서 휘파람 부노라
　　아 멀리 떠나와 깊은 산골 나무 아래서
　　별을 보노라
　　돌아온 4월은 생명의 등불을 밝혀 든다

빛나는 꿈의 계절아

눈물 어린 무지개 계절아

오, 누가 사월을 가장 잔인한 달이라고 했던가? 위는 박목월의 시다. 얼마나 가슴 설레게 하는 사월의 시인가? 나는 요즘도 사월이 돌아오면 설레는 가슴을 주체치 못하게 되나니, 저토록 가슴을 달구는 목련꽃도 그렇거니와, 그것은 내게 있어서 사월은 사랑으로 피워 올린 영원한 꽃 한 송이 아직도 가슴 속에 살아있기에! 왜냐? 4월은 바로 내가 결혼한 달이니까! 생각만 해도 사월은 항상 가슴을 설레게 하는 그러한 달인 것이다.

"꽃이 참 곱지요?" 아내가 말을 건넸다.

"사진이라도 한 장 찍을까요?"

"그만둬!" 하고 나는 퉁명스럽게 말을 받았다. 그러면서 돌아보니 아내는 어느 틈에 나왔는지, 거기 있었다. 흰 머리칼이 한둘 보이고, 웃을 때마다 잔주름이 물결치듯 하는 아내….

"옛날이로구먼…." 나는 그때 가만히 중얼거렸다.

그러니까 우리가 결혼한 지도 벌써 13년 전의 일이 되어버렸다. 4월이었다. 26일이었다. 그때는 장미 송이가 한둘 맺히기 시작하는 그러한 때였는데, 신혼여행차 남행하여 보니 길섶에는 온통 벚꽃과 네 잎 클로버 동산이었다. 그때 아내는 연분홍 치마저고리를 차려입었고, 나는 근엄한 듯 검정 예복을 받쳐 입었었다. 4박 5일 동안, 아내는 3~4벌의 옷들을 갈아입었지만 나는 그저 줄창 한 벌! 그 검정 옷만 입고 다녔다. 물론 처음 입어보는 예복이라 그게 마냥 좋을 수밖에는 없었겠지만, 그걸 입음으로써 신랑의 자격을 계속 유지한다는 순진함도 없지는 않았었다.

지금 나의 결혼복은 장롱 속에 잘 보관되어 있다. 여행에서 돌아온 후 그걸 입어본 일이라곤 거의 없을 정도로 기억조차 희미하다. 물론 그사이 디자인이 변한 때문도 있겠지만, 왠지 모르게 그걸 다시 입고 다니지 않았고, 장롱 속에 있는 것으로만 족한 나의 결혼식 예복이었다.

10년, 또 10년…. 글쎄, 그게 언제 또 빛을 보게 되는지는 알 수 없겠지만 결혼 예복이란 단 1회로서도 족한 것이 아닌가 한다. 이제 그것이 좋다고 또다시 입고 활개를 친다면 그런 볼썽사나운 것도 없을 것이다. 예복은 예복으로서, 꿈은 꿈으로서, 그렇게 그냥 덮어두는 것이 더 좋다는 생각이다. 예복을 뒤적여 다시 입고, 꿈을 뒤적여서 다시 또 꿈을 꾼다면 그 전에 꾸었던 꿈은 무엇이 되겠는가?

그렇지만 나는 다시 가봐야지. 신혼여행지로! 그래서 다시 예복을 입어봐야지. 다시 한번 더 신랑 놀이를 해보고 싶은 굴뚝 같은 마음이다. 신혼여행 때와도 같게 아내는 연분홍 치마저고리 입고, 나는 검정 예복을 차려입고서 예전에 걸었던 길, 해운대 백사장을 다시 걸으며 조개껍데기를 줍고! 경주 안압지에 가서는 아내가 생전 처음 발견했다던 네 잎 클로버를 다시 찾아도 보고! 그래서 오랫동안 살림살이에 찌들었던 아내의 얼굴을 활짝 피게 해드리고, 나는 날로 메말라가는 가슴 속에 아내 몰래 사랑의 씨를 간곡하게 다시 살려봐야지!

아, 4월!
보슬비 함빡 머금은 목련꽃잎 한 개, 또 뚝 떨어져 굴러간다. 한참이나 바라보고 있다.

돌밭에 물을 주며

집 앞뜰에다 돌밭을 만들어 놓고 소요한 지도 벌써 수삼 년째로 접어든다. 어딘가 다소 격(格)에서 떨어지는 것들을 모아서 돌밭을 만들기는 하였지만, 3백여 개의 돌멩이들을 마당에 세워놓고 보니 자못 호연지기가 치솟고 있는 느낌의 돌밭이다. 아침에 나가서 그들과 이야기하고 저녁때도 한 차례 더 만나 돌과 같이 어울린다. 멀리서 보면 올망졸망한 것이 돌밭은 그저 평범하게만 보이지만, 가까이 가 보면 나름대로 형(形)과 태(態)와 빛깔들이 섞여서 저희끼리 무엇인가 만들어내고자 수런대고 있음을 알 수 있다.

돌밭에는 아무 장식도 없다. 작년까지만 해도 금잔화가 돌밭 한가운데를 자리하고 있었는데, 필요 이상으로 잎들이 커서 전부 뽑아 버렸다. 그러나 아내는 돌밭이 너무 쓸쓸하다고 하면서 금년 봄에는 이런저런 꽃나무를 돌밭 주위에 다시 심자고 한다. 그러나 그런 꽃들이 돌밭 주위에 있으면 돌밭이 오히려 생기를 잃을 것 같다는 생각을 자꾸 하게 된다. 돌이란 원래 적막한 것이 본질이라 시간과 공간이 흐르다가 멎은 곳이 바로 돌이요, 돌의 세계이므로 그대로 둠만 못한 것이다. 인걸(人傑)도 산천(山川)도, 습속도 존재하기 전의 태고의 그 정적을 꽃나무로 해칠 수는 없다는 생각이다.

앞으로 돌들이 어떻게 어떤 꽃을 피울지는 미지수이지만, 언젠가는 반드시 돌꽃[石花]이 피어나리라는 확신 속에서 살고 있는 이 행복감. 한 평의 돌밭도 족하건만 하물며 서너 평 돌밭의 주인 됨에랴. 감추어진 창세의 온갖 풍상을 품고 사계를 한결같은 모습으로 서서, 그러면서 여름에는 더욱 뜨겁게, 겨울에는 더욱 차갑게 불타고 있는 그런 돌밭이다.

   그렇다고 돌밭 주위에 아무것도 없는 것은 아니었다. 돌밭 옆에는 돌밭에 있는 돌들과는 근본이 다른 크고 묵직한 돌멩이 한 개! 호수석(湖水石)이다. 한 개를 비껴 앉혔다. 이놈은 내가 제일 친밀감을 갖고 아끼는 돌인데 무게가 약 40kg은 될까, 완만한 산세를 의지하고 양광을 힘차게 내뿜고 있는 것이 가히 천지와 겨룰 만하다 하겠다. 그런 호수석을 돌밭과는 별도로 지척에 두고 언제나 그 호면을 바라보는 것으로 안분을 찾는다. 특히 겨울에는 언제나 돌밭보다는 호수석 쪽을 먼저 바라보게 된다.

   그것은 그날의 일기 개황을 호수석에서 먼저 읽을 수 있기 때문이다. 0도에서 언제나 얼음이 어는 이치에서부터, 호면(湖面)의 얼음 빛깔이 얼마나 더 흰가에 따라서 그날의 기온이 결정되기 때문이다. 일테면 호면의 얼음 빛이 검으면 영하 5도를 상회하지 못한다. 빛깔이 다소 희게 나타나면 영하 7~8도, 아주 희면 영하 10~12도, 영하 15도 이상이면 호면은 언제나 부풀어 오르기 마련이다. 그러다가 영도가 되면 얼음은 또 감쪽같이 녹아버린다.

   요즘의 호면에는 아지랑이가 한창이다. 먼 데 있는 목련 가지 하나가 흔들리는가 싶더니, 호수에 어렸던 구름이 씻은 듯이 사라졌다 나타났다 한다. 그러니까 직경 15cm 정도이기는 하지만 나는 이런 호수석을 갖고, 은밀하게 천기(天氣)나 보면서 살고 있는 것이다. 아, 돌밭 옆에 누각 한 채 새로 짓고 날아가는 구름이나 잡아두고, 학과 더불어 한 천 년쯤 살았으면 좋겠다.

베레모와 대머리

10여 년간 애용하던 베레모를 잃어버렸다. 아무리 생각해 보아도 언제 어디서 어떻게 하다가 잃어버렸는지 생각이 나지 않는다. 집에서는 며칠씩 서랍이란 서랍, 가방이란 가방을 모두 뒤지고 사무실에 가서도 구석구석 심지어는 서류 갈피까지 모두 다 털어보았지만 소용없는 일이었다. 금년 여름까지만 해도 그걸 분명히 장롱 속에 잘 간직하고 있었는데 말이다.

맥이 다 풀려나가는 듯했다. 베레모 없이 금년 겨울을 날 생각하니 앞이 다 캄캄하였다. 나는 그걸 눈이 올 때도 쓰고, 바람 불 때도 쓰고, 강에 갈 때도 꼭꼭 쓰곤 했는데, 그런데 이제는 무엇을 쓰고 행세해야 할지 그저 막막할 뿐이다. 특히 눈이 올 때면 이제는 큰 야단이다. 눈이 올 때는 뭐니 뭐니 해도 그래도 그놈을 써야 제격인 것은 내가 뭐 멋쟁이라든가 글쟁이라든가 하면서 으스댈 양으로 써왔다면 그건 또 천부당만부당한 말씀이다.

베레모를 써야 할 한 가지 이유가 있다면 그 이유란, 내가 바로 그 흔하지도 않은 대머리인 때문이었다. 대머리….

그렇다. 완전한 대머리는 아니지만, 그래도 80% 가까운 대머리인 때문에, 그 나머지를 애지중지 잘 가꾸고 있는 터였다. 그렇게 하여 머리칼이 20여% 정도 살아남아서 겨우겨우 명맥을 유지하고 있었고, 그래도 안심이 안 되어서 베레모를 깊이 쓰고 다녔는데, 베레모를 잃어버렸으니 앞으로 어떻게 살아야 할지 막막해지는 마음이다.

바람이 부는 날 모자를 쓰지 않고 행길에 나서면 나는 흡사 도깨비에 홀린 양 머리칼이 흩어져서 그 형국이 말씀이 아니었다. 20%의 머리칼이 아무리 용을 써도 80%나 되는 번대 머리를 어떻게 다 덮을 수 있을 것인가? 바람에 흩어져서 속살이 희끗희끗 보일 양이면, 세속 말로 혼인 줄이 다 막힐 정도다. 하물며 눈이 오는 날에 있어서랴. 그나마 몇 올 안 되는 머리칼이 눈에 젖기라도 한다면 그것이 머리에 착 달라붙어 웃기는 꼴이 되어버렸다. 나는 이런 의미에서 남의 눈총을 받는다는 것이 제일 싫었다. 그래서 당시 생각해 낸 것이 베레모였다. 그걸 척 쓰고 나서면 만사 해결은 물론 인물이 오히려 돋보일 정도였다.

잃어버린 베레모는 아내가 뜨개질로 떠 준 것이었다. 그래서 나는 그걸 항상 손길이 미치는 가까운 곳에 두고 쓰지 않을 때도 적이 바라보며 흐뭇해하기를 마지않았다. 그것이 한두 해 지난 다음부터는 나는 그것이 내게 있어 어떤 제모처럼 생각되기도 하였다. 그래서 한동안은 제모에 맞게 행동하고자 의식적으로 체하며 없는 거드름을 피우기도 했었다. 그런데 이제는 베레모를 잃어버리고 이것도 저것도 아니니 그것이 흡사 닭벼슬이 빠져버린 양, 공작의 꼬리가 빠져버린 양 기가 죽어, 그것도 시퍼렇게 죽어서 요즘은 늘상 우는 상이다.

"대머리를 감싸야 할 것 아니야! 이게 무에 그리 자랑스럽다고 버젓

이 대머리 내놓고 다닌단 말이요? 새로 하나 더 떠 주든지 하지 않고서!" 오늘 아침에도 나는 베레모 한 개 더 떠 주지 않는다고 아내와 대판 시비를 벌이고, 한스럽게 대머리만 쓸어 넘겼다. 대머리가 유전인지 아닌지 알 수는 없지만, 아버지 대에서 그 총총하여 오히려 답답할 지경이었던 머리칼이 하필 내 대에 와서 이리 말썽인지 진정 알 수가 없는 일이다. 엎친 데 덮친 격으로 거기다 요즘은 베레모까지 잃어버렸으니 앉으나 서나 어쩌나 하는 생각에 일이 다 손에 잡히지 않는다. 더구나 으스스한 겨울을 앞에 놓고 보니 처음 당하는 이런 역경(?)을 과연 잘 넘길 것인지 하는 여간한 의구심이 솟곤 하는 것이다.

돌밭의 주인들

집에서 쉬는 날이면 언제나 돌들과 같이 지낸다. 다년간 수집한 돌들이 수백 점인데, 방 안에 백 점, 마당에 삼백 점쯤 벌여놓았다. 그러니 집 안팎은 모조리 돌 천지가 되어버렸다. 집안 식구들과는 아무 관련이 없는 것을 그렇게 벌려놓고 살고 있는 것이다. 말하자면 나만의 도취경인 것이다. 그리하여 나는 집 안팎으로 드나들면서 나름대로 나만의 심미안을 돋우고 있는 터였다.

때로는 커피 한 잔과 더불어 햇빛이 쏟아지는 마당 가 돌 곁에 앉아서 사색의 깊은 터널 속을 끝없이 걸어가기도 한다. 각가지의 현란한 색채와 조형의 오묘한 상념들이 나를 끌고 당기면서 초현실의 경지에까지 이르게 되면, 그때 나라는 존재는 없어지고 다만 한 줄기의 선(線), 한 결의 면(面)이 상념 속에서 가득히 끓어오름을 느낄 수 있게 된다.

돌밭을 가꿔오기 수십 년―

돌은 언제나 인자연하다. 화려한 대(臺)를 받쳐주지도 못하고 그럴듯한 장(欌)이나 관(舘)을 마련해 주지 못했지만, 돌들은 아무 내색도 하지 않고, 언제나 내가 마련해 준 흙밭에서 나를 기다려준다. 만날 때마다 무수히 대화를 나눈다. 묵언이다. 주거니 받거니…. 점(點)과 선(線)과 면(面)을 끊임없이 돌에 대입해 보는 것이다. 미래의 그 어느 때에는 반드시 돌꽃[石花]이 피어나리라는 기다림 속에서 나만의 노력을 부단히 경주하고 있는 것이다. 그러다 보면 내 자신이 한 개의 돌이라는 생각! 나는 돌이 되고 싶다! 되고 싶다! 그렇게 외치게도 되는 것이다.

일전에 화단의 노대가인 남농(南農) 화백이 수석관(水石館)을 개설했다 하여 일부러 목포까지 내려가 관람하였는데 과연 내 돌밭과는 비교도 안 될 만큼 물량이나 그 품격이 월등한바, 소생의 테를 벗지 못한 내가 안타까운 바 없지 않았으나 내가 거느리고 있는 내 돌밭의 수석미(水石美)가 그보다는 월등하다는 자부심이다. 그것은 다른 것이 아니라 남농의 돌들은 대개 구상인 데 비해서, 내 돌들은 대개 추상이라는 상상상(想像上)의 예술품들이라는 판단이다. 그렇다고 남농 수석의 품격을 소홀히 생각한다는 것은 아니다.

우선 남농 석실의 수석은 전국의 산지를 망라하고 있다는 점에서 타의 추종을 불허하고 있는 것 같았다. 그러나 물량면세는 아무래도 석초원(石艸苑)의 주인인 자하문 밖 한기택(韓基澤) 박사에게 양보하지 않으면 안 될 것 같다. 전시된 작품이 남농 화백이 2천 점(총 6천여 점)인 데 비해서, 석초 선생의 수석은 무려 8천여 점을 상회하고 있기 때문이다. 산기슭 일부를 차지하고 있는 석초원에 들어서면, 우선 2층의 아담한 수석관이 눈에 띄는데, 대개의 명작들은 여기서 발견하게 된다. 수석관에서 거처에 이르는 행길 좌우, 들 안팎, 후정(後庭)에 이르기까지 수석의 파노라마에는 절로 옷깃을 여미게 된다.

수석을 자연미 아닌 예술품으로 감식하자면, 수석의 또 다른 차원을 살펴보지 않으면 안 된다. 자연미=구상(具象)→수집품이라면, 예술품=추상(抽象)→창작이라는 전제이다. 여기에서 빼놓을 수 없는 수석의 대가 혜산(兮山) 박두진(朴斗鎭) 시인이다. 남농 화백이나 석초 박사의 수석이 전자에 속했다면, 박두진 시인의 수석 세계는 후자에 속한 것으로 유명하다. 그는 이미 추상 수석 전시회를 열었고, 2백 편의 「수석열전(水石列傳)」 시편을 엮어냄으로써 수석에 대한 한 최고의 감식가임을 과시한 바 있지만, 혜산 선생의 정원에 세워진 '계시록'은 단연 빼어난 추상 예술품임에 손색이 없는 것이다. 그리고 그 수석의 정기만으로 가득 차 술렁이는 원초적인 생명감…. 누구나 한 번은 경탄할 세계를 혜산 선생은 향유하고 있는 것이다.

반면, '구상+추상+수석'을 시도하고 있는 수석인도 있어 주목을 끈다. 시단의 중진 전봉건(全鳳健) 선생이 바로 그분인데, 어느 편이냐 하면 추상에서 구상으로 가고 있는데, 추상경석(抽象景石)이 가능한지 아직은 미지수이다. 옛날에 살던 집을 개조하여 집필실 대신 수석들을 집 안 가득 진열해 놓았는데 집이나 사람의 품격이 한결 돋보이는 듯, 이 또한 개인 수석관의 주인이라 아니할 수 없겠다.

그런데 개인 수석전(水石田)의 주인이라 자부하고 있는 나는 어떠한가? 그저 하루 종일 돌밭이나 쓰다듬고, 쓰다듬으며, 그전보다 한결 초연한 모습으로, 아, 돌! 돌! 아, 생명! 생명! 그저 이렇게만 외치고만 있을 뿐이다. 하여, 구시렁대면서 수석에 대해서 「명상」 이라는 제목으로 쓴 시가 있으니 소개하면 다음과 같다.

10년 만의 일이다.

돌멩이를 다시 방에 들여놓았다.

산천이 수려한 산수경석(山水景石),

우주 만물의 형상을 갖춘 물형석(物形石),

심상(心想)의 현현(顯顯)인 추상석(抽象石) 등,

애장석(愛藏石) 중에서 또 몇 점,

가리고 뽑아 좌대에 놓으니

석보(石譜)에 기재할 만한 명품이로다.

차 한 잔 끓여놓고 마주 앉으니

그 속에 너는 없고, 교교(皎皎)한 달빛 아래

석향(石香)만 가득 피어올라라.

청풍명월(淸風明月)의 산실인 산수경석,

점(點)과 선(線)과 면(面)의 파노라마인 문양석,

시공(時空)을 초월하여 존재하는 추상석 등등,

아, 이 모든 것을 합친 그것이

네 본래의 진정한 모습이거니,

자신은 그대로 있으면서 은연중

다른 모든 것을 존재케 하는

너는 질서의 근거, 인간 생활에

생명을 주는 법(法), 또는 관념이다.

그러므로 너는 달마(達磨)다. 차(茶)다,

중정(中正, 中庸)이요, 기원이다.

내밀한 언어다. 노래다.

결국, 돌멩이는 우주 삼라만상

그 모든 것을 합쳐 생긴

생명 존재의 변용인 미적 생태계의

잃어버린 본래 모습인 것이다.

– 졸시 「명상」

수석 심리

　돌은 자기의 개체를 보존하고 유지하기 위하여 언제나 물이 가까운 곳에서 산다. 물 속이나 물가에서 수분과 산소 등의 자양을 빨아들이고 광파(光波)까지를 받아들여 자신의 에너지를 충족시킨다. 수시로 변화하고 쇠퇴해가는 세상에서 살아남는 유일한 방법은 물가가 유일한 방법이란 듯이!

　그래서 나는 수석(水石)이란 살아있는 생물이라 부른다. 그렇게 하지 못해서 에너지가 고갈된 놈은 언제나 잡석이요 돌멩이요 그저 천덕꾸러기인 돌일 뿐이다. 그리고 또 한 가지 돌의 특성은 돌들은 사람들처럼 터를 정하고 집단을 이루면서 살고 있다는 것이다. 때로는 군데군데 떨어져서 살고 있는 놈도 없지는 않지만, 사람들처럼 집단을 이루고 살고 있다는 사실이다.

　그러면 어디를 가야 참 돌들을 쉽게 만날 것인가? 말할 것도 없이 강이나 냇가나 물가이다. 그러므로 우리는 어디 다른 데가 아니라, 물가에 모여서 살고 있는 돌들 속에서 참다운 돌들을 찾아야 하는 것이다. 인간미를 가진 사람을 쉽게 찾아볼 수 없는 것이 세상인 것 같이, 살아있는 수석을 찾는 것도 집단 속에서 찾아야 하는 어려움이 있지만! 그래서 우리는 그 과정을 탐석(探石)이라고 말한다. 진짜배기 돌은 강변이나 냇가를 떠나서 언덕이나 황토밭 같은 곳에서는 아예 찾아볼 수가 없는 것이다.

　탐석이란 다른 것이 아니라 살아있는 참 돌을 찾는다는 뜻이다. 남의 체 조직을 파괴하거나 혹은 해하는 일도 없는 돌이다. 신체적 평형이 깨어져서 체내에 긴장이 생기고, 폐물이 드러난 상태의 돌이라면 그것이 바로 잡석이니 거들떠보지도 말 일이다. 처음에는 주견 없이 이것저것 해봤다. 형상석(形象石)도 좋고 문양석(紋樣石)도 좋았다. 그러던 것이 요즘은 일체 추상(抽象)이다. 그 결과 내린 결정은, 자연의 형태를 동경하는 것이 구상(具象)이고 그렇지 않은 것을 추상이라 한다면, 추상은 마음 혹은 영혼을 동경하는 상태의 돌이 아닐까 하는 생각이다. 그리하여 나는 돌 속에서 사색적으로 상정된 물리적 공간을 뛰어넘어 심리적 공간까지를 습득하고자 노력한다.

상하좌우, 수석을 발견한 후 순식간에 경험하게 되는 광현상(光現象) 앞에서 굴절 때문에 전도되어 있을 영혼과의 해후에 때로 당황하게도 되지만! 그러나 그것도 잠시, 돌의 웅변적인 언어를 곧 읽을 수 있게 되었다. 언어를 읽어낼 수 있는 선천적인 자질이 있어서가 아니라 후천적일 망정 그런 돌을 찾아낼 수 있었던 것은 아마도 시인만이 느낄 수 있는 섬세함 때문이었으리라. 하여, 시인이란 본래부터 신의 영혼을 받은 사람, 언어의 마술사이기에 돌과의 대화가 더 용이한 것이 아닌가 한다. 선(線)과 색깔의 형(形)과 태(態)로 짜인 돌의 질량은 아리스토텔레스가 우리에게 보인 연민과 공포의 정화작용까지를 갖는 강력한 부침과 함께 세상의 갖가지 난해한 단어까지 추출하게 하기에 족하였다. 그것은 지정의의 요소가 섞인 형의 소리요, 행위와 의식을 포함하는 전인적인 창조의 울림이었다.

수석의 한 때깔을 골라잡기 위하여 무릎을 꿇으면 이런 심리적 작용과 체험은 더욱 가속화된다. 광선이 찬란하게 내리꽂히고 있다든가 물새들이 울면서 날아오른다든가 하는 것은 흔히 볼 수 있는 일이다. 때로는 쏟아지는 폭우 속에서, 때로는 눈발이 휘날리는 얼음 속에서 수석을 찾아내기도 하는데 그때의 그 자연환경의 상호작용은 결코 우연처럼 보이지 않았다. 어느 것이고 행위가 선행되었고 감각과 지각이 뒤따랐다. 시간과 빛과 모래톱의 경륜이 너무나 세련되고 미묘로워서 돌밭에 서면 차라리 울고 싶은 심정이 된다.

연암(燕巖) 박지원(朴趾源)이 수행원의 일원으로 중국에 갔을 때, 그저 광막하기만 한 요동 벌판을 보고, '아, 참 좋은 울음 터로다. 가히 한번 울만 하구나.' 하고 외쳤다지, 참으로 애석한 일이로다. 연암이 그때 만약 돌밭을 이해하고 또 수석을 애호하였다면 어떠했을까? 아마도 돌밭에 갈 때마다 통곡, 또 통곡하지 않고는 못 배겼으리라.

정서가 일어나면 체내의 내장까지도 변화된다고 하는데 그까짓 감정쯤이랴. 희로애락애우욕(喜, 怒, 哀, 樂, 愛, 憂, 欲)의 일곱 가지 감정을 놓고 볼 때 어느 것 하나 떼놓고는 볼 수 없을 것들이다. 돌밭에는 그토록이나 사무치는 일들이 많다. 돌들이 죽어있다면 이런 일들은 결코 일어날 수조차 없겠지만, 생리적 인자가 계속 관계하고 있는 한 돌과의 동류의식은 뿌리쳐 버릴 수가 없겠다.

20억 년, 혹은 40억 년쯤은 되었을까? 절반은 지령(地靈)에게, 절반은 세상에 몸을 드러낸 채 오오, 돌밭에서 모진 비린내를 풍기는 살아있는 돌들의 포효를 듣는다. 하여, 나는 오늘도 잡석들의 시체에서 신음하고 있는 굶주린 광망(光芒)까지 건져 올린다

산사(山寺)에 가서

가을이다. 만산(萬山)에 홍엽(紅葉)이 물들면 청량한 바람에 심신까지도 붉게 물드는 가을의 정점이다.

이런 가을엔 혼자라도 좋다. 마음이 그렇게 정해지면 세상 잡사(雜事) 다 떨쳐버리고 하루나 이틀쯤 산하(山河)를 찾아 나서는 것 이상 더 바랄 것이 없게 된다. 가벼운 배낭 하나 걸머지고 이런 때 찾는 곳은 강(江)일 경우와 산(山)일 경우가 있겠지만, 어느 편인가 하면 내 경우란 대개 산 쪽이었다. 그것도 산속에서 천년 이끼에 묻혀있는 산사(山寺)를 찾아가 본다는 것은 말할 나위 없는 생의 기쁨이었다. 이것이 어찌 나뿐의 일일까 마는 모든 것이 나를 위해 준비해 놓은 것만 같은 산사의 정경이었다.

유점사(楡岾寺)가 점점 가까워지니
소나무와 전나무는 울창하게 우거졌고
계간(鷄澗)을 가로질러 솟아있는 누정(樓亭)이
푸른 산 산색에 번지고 있다.
산사문전(山寺門前)의 넓은 평지엔
사초(莎草)가 우거져 빛 속으로 푸르르다.
사문(寺門)을 들어서니 등골이 오싹할
괴이한 신장(神將)이 마주 보고 있고
푸른 사자와 흰 코끼리가

두 눈을 부릅뜨고 입을 딱 벌리었네.

종소리 은은히 맞이해 주고,

향연(香煙)은 가볍게 옷깃에 젖어든다.

마당에 서 있는 높은 탑에선

풍경 소리 생생하게 들려온다.

하늘에 치솟은 저 법당은

어쩌면 저렇게도 웅장할 수 있을까.

　이 시는 이이(李珥)의 「풍악행(楓岳行)」의 일부이다. 동양의 거유(巨儒)였던 그였지만 어느 날 산사(山寺)를 순행하다가 그 경이를 접한 후 감복하여 저런 시를 지어 남긴 것이리라. 금강산 유점사가 꿈길이라서 우리는 가볼 수 없지만, 누구나 산사에 가면 그 신분 고하 여부, 그 종파와 관계없이 자연과 합일되는 기분이 되어 저렇게 돌 하나, 나무 하나, 탑 하나, 법당 하나, 그 하나하나까지를 모두 사랑하고 찬탄하지 않을 수 없게 되는 것이리라. 그래서 내 경우도 그와 진배없이 산이나 산사에 가면 모든 사물이 그저 흡족하게만 느껴지고, 그 흡족한 것은 내 것이 아닌 것이 하나도 없다는 생각에, 친숙하여, 거기서는 절로 기쁨이 샘솟기까지 하는 것이었다.

　내가 산사에 가면 나는 그중에서도 보탑(寶塔)을 특히 아끼고 사랑하였다. 내게 그럴만한 특별한 이유란 물론 없었다. 그렇건만 산사에는 언제나 보탑이 제일 먼저 눈에 들어오기 때문에서였다고 할까. 사실 사문에 들어서면 하늘에 우뚝 솟아있는 울창한 법당도 법당이었지만, 하얀 대리석이라도 깎아서 만든 탑이라면 푸른 나무 사이에서 그것은 더욱 뚜렷이 빛나고 있었기에 자신도 모르게 자주 탑 쪽으로 이끌려 가는 것은 어쩔 수 없는 일이었다.

합장인 양하고 법당 앞에 다소곳이 서있는 탑은, 그걸 보고 있는 나에게는 언제나 많은 생각을 가지게 하는 것이었다. 그것은 신(神)에 대한 숭앙심의 표현 이상이요, 하늘로 향한 인간 정신의 미(美)를 수직 감각으로 밀도 있게 성취하고 있었으므로 하여 자력 의지 없이 살아온 나 같은 사람에 있어서는 그것이 더욱 경구(警句) 같은 모습으로 받아들여져서 자숙하여 엄숙하게 하는 것이었다.

그러니까 내가 탑다운 탑을 처음으로 보고 어렴풋하게나마 그걸 느끼기 시작한 것은 원각사지(圓覺寺址) 10층 석탑을 보면서부터였다. 당시 유학할 욕심으로 서울에 와있던 나는 하루에도 몇 차례씩 그 앞을 어릿거렸었다. 그것은 마침 숙부님 집이 파고다공원 근처에 있었기 때문이었다. 석탑은 대리석으로 되어있었고, 기단과 탑신에는 불보살과 동물, 연꽃무늬가 가득 아로새겨져 있어 매우 희귀한 것이었다. 그걸 하나하나 뜯어보면서 나는 기독교에서 말하는 타력구원(他力救援)에 대해 다소간 회의를 느끼기 시작했고, 그 덕분에 모든 것을 자력으로 성취하리라는 결심을 갖게 된 것은 크게 잘된 일이었다.

양양 낙산사에 있는 7층 석탑은 여러 번 찾아가 보았는데, 원각사지 10층 석탑처럼 윗부분이 파손되어 있었으나 그 또한 희귀한 방형(方形)의 석탑으로 만든 상륜(相輪)이 있어 무엇보다 이채로웠다. 여주 신륵사(神勒寺)의 7층 전탑(塼塔)을 찾아간 것은 그리 오래되지 않는다. 석탑이 거의 법당 앞에 서있는 것에 비해 그것만큼은 한강 변 언덕 위에 뚝 떨어져 높이 솟아있기에 경애(敬愛)함이 특이하였다. 강변의 화강암을 대석으로 하고 그 위에 수천 개 검은 회색 벽돌을 조밀하게 쌓아 이룩한 전탑에는 여기저기 보상화무늬가 양각되어 있었는데, 일견 경주 분황사전탑(芬皇寺塼塔)을 방불케 하여 낯설지는 않았다. 통일신라 시대의 불국사, 백제 시대의 미륵사지석탑, 여대의 도리사(桃李寺) 석탑 등등 우리나라의 희귀한 탑을 열거하자면 한이 없겠거니와 그 외 내가 본 것만 해도 수백 개를 헤아리고 남음이 있겠다.

전탑은 기원전 4세기 인도에서 석가모니가 입적한 뒤 그 사리를 봉안하는 탑파(Stūpa)에서 기원하였다고 하고, 석탑은 중국에서 불사리를 봉안하는 탑형 구조물로 건축한 데서 기원하였다고 하니 아마도 그것은 틀림없는 말일 것이다. 뿐만 아니라 그 모든 전석탑(塼石塔)이 불사를 봉안하기 위해 조성한 것이라면 그 탑 안에 불사리를 봉안하였으리라는 사실은 저런 기원에 의한 추론으로 모두 가능한 말이기도 하다.

우리나라에 모두 탑이 몇 개나 되겠는지 그것은 알 길이 없다. 더구나 불교문화권에 흩어져 있는 저런 전탑과 석탑을 합쳐본다면 그것 또한 몇 개나 될까. 그리고 탑에는 모두 불사리를 봉안하였을까. 그게 모두 그렇지 않다면 그것은 또 어떤 유(類)의 탑이라고 지칭해야 옳을 것인가. 하기야 원각사지 10층 석탑에도 효령대군(孝寧大君)이 회암사에 있었다는 분신사리(分身舍利)를 봉안하였다고 했으니 그 말은 모두 틀림없는 말일 것이다.

그런데 그런 말대로라면 탑이란, 문자대로의 탑이 아닌 것이고, 석가모니의 진신(眞身)을 모셔놓은 그 자체 같은 또 다른 차원의 탑이 아닌가? 그렇다면 법당 앞에 진신을 모셔놓고, 법당 안에 또 부처를 모셔놓은 저 법은 또 어떤 법에서 유래된 것일까?

때로 산간 붉은 수림 속의 산사(山寺)에 찾아와서 상앗빛 흰 살결을 태우고 있는 탑 앞에 서노라면 나 같은 사람에게 있어서는 인생이란 어떤 것일까 하는 여간한 궁금증을 갖게 하는 것이 아니었다. 그러나 탑은 처음으로 찾아갔을 때에는 그것이 모두 인조(人造)의 걸작일 뿐이더니 다시 찾아가 보면 그것은 모두 화육(化肉)된 석가모니로 여겨져 인생이란 과연 이런 것일까, 중생제도를 위해 순교자적 탑을 살아서 쌓고, 죽어서도 쌓고, 또 쌓아야 할 그런 것일까 하고, 아니 생각할 수가 없는 일이었다.

비단 어찌 탑뿐이겠는가? 산사에 가면 심신까지도 이 세상에 있는 듯 없는 듯, 구름처럼 떠돌며 머무는 인간 세상도 모두가 탑 쌓기라는 생각이다.

어떤 경지

돌, 이른바 '수석'을 시작한 지도 그렁저렁 수삼 년이 되었다. 그새 얼마나 돌아쳤던지 집에 들어서기만 하면 마당에도 돌이요, 마루에 도, 방 안에도 돌 천지다. 심지어는 목욕탕, 화장실에 이르기까지 없는 곳이 없을 성싶게 흩어져 있는 돌들의 모양이란 흡사 돌밭을 벌려놓고 있는 느낌이다.

새벽 4시에 일어나 저녁 9시경에야 돌아오는 고된 작업 속에서 처음에는 배낭 가득히 소품으로 이십여 개씩 메어오던 때도 있었으나 이즈음은 대형 위주로 많아야 두세 개, 이렇게 해서 가져온 돌들이 300, 400개쯤 될까. 그런 돌들이 집 안을 가득 메우고 있는 것이다.

지난여름에는 돌밭에 제대로 가지 못했다. 두 차례나 아파 눕느라고 가지를 못했다. 그렇다고 해서 돌밭을 아주 가지 못했는가 하면 그런 것은 아니었다. 집 안 가득히 돌들을 거느리고 있으니 무슨 염려함이 있었겠는가? 그래서 이럴 때는 으레 하루 내내 집 안을 돌아 헤매다니기 일쑤이다. 그렇게 집 안에서 뱅뱅이를 돌면 남한강 일대의 돌밭이란 돌밭을 죄다 헤매게 되는 것이다. 남한강은 물론 한탄강이나 낙동강, 금강 등의 돌들을 구름에 달 가듯이 두루 찾아 헤매면서 자족하기를 마지않는 것이었다.

그러면 집을 벗어나서 줄곧 달려가고 있는 나의 주된 돌밭은 어디인가? 말할 것도 없이 남한강이었다. 집 안 가득히 남한강의 돌들이 주축을 이루고 있기 때문이다. 그 질과 출하되는 양에 있어서는 여타 지역의 돌들보다는 단연 으뜸인 것은 말할 것도 없다. 남한강 돌의 산지는 단양에서 출발하는데, 단양에서부터는 탄금대, 가금, 포탄리, 한수, 서창, 청풍, 목계, 도화리, 목벌, 수산에 이르고, 양평에서부터는 신내, 개군, 천서리, 양촌 등지의 돌밭이 특히 유명하다. 이런 돌밭들은 누구나 공인하고 찾아드는 수석의 성지로서 내 경우만 해도 벌써 몇 차례나 달려갔던지 기억조차 할 수 없다.

돌밭에 가면 괜히 돌을 들었다 놓았다 하고, 각도(작품, 특히 추상에서는 각도가 제일 중요하다.)를 측정해 보면서 새로운 경이에 접하고자 끊임없이 노력을 경주한다. 그리고 모래밭에 앉아서 돌꾼들과 같이 품평회를 한다. 그런 후 떠메고 온 돌들 중 괜찮다고 생각되는 것은 수석이라는 이름을 붙여서 집 안으로, 그렇지 못한 것들은 바닥에 두게 되는 것이었다.

수석의 형(形)과 태(態)와 빛깔은 보면 볼수록 미묘하고 절묘로워 언제나 감탄사를 발하지 않을 수 없다. 20억 년 또는 40억 년이라는 긴 세월 동안에 바람과 물과 빛에 깎이고 닦인 자연이 만들어 놓은 위대한 예술미, 그것은 인간으로서는 도저히 흉내 낼 수 없는 바로 그것이었다.

처음 돌밭에 가서는 도가(道家)와 두 번째는 피테칸트로푸스 에렉투스, 호모 사피엔스와 만나게 되면서 나의 탐석은 시작되었고, 이즈음도 돌 속에 새겨진 세계와 의미를 찾는 작업을 계속하고 있는 터이다. 돌의 본질에 대한 감식은 사람에 따라 같은 돌을 놓고도 각자 다른 의미를 추출해 내고 있는바, 어떤 시인은 '그저 막연하기만 하던 시의 실체를 파악했노라!' 하면서 감탄을 발하고, 어떤 승려는 '돌에도 부처가 있다'고, 서슴없이 말하기도 하였으니, 돌의 세계야말로 무한대의 의미를 가지고 있는 것이 틀림없다는 생각이다.

돌의 본질에 도달하는 첩경은 직접 돌밭에 가서 탐석을 하면서 심사숙고를 거듭해야만 한다. 그다음으로는 돌꾼의 집을 방문하면서 심미안을 기르는 일이다. 수석인에게는 이것이 가장 즐거운 일이다. 특히 돌밭에 못 가는 주간에는 서로 전화를 걸어 통보를 발한다. 그리하여 초청이 이루어지면 옷매무새를 단정히 하고 수박이나 포도 몇 송이 싸 들고 으레 3~4인이 떼를 지어 기대감으로 돌밭에 가게 되는데, 그 돌밭이란 강변이 아니라 다름 아닌 집 안에 벌려놓은 나름대로의 돌밭인 것이다. 가서는 돌밭 주인이 내놓는 돌들을 마음껏 감상하면서 상찬을 아끼지 않게 되는데, 어떤 때는 이런 기막힌 때도 있었다.

수석의 대가인 박두진 노시인이 포탄리에서 명석 하나 해왔노라고 초청이 왔기에 만사 제쳐놓고 달려갔더니, 이게 웬일이냐. 같이 갔던 전봉건 시인에게 눈을 껌뻑이며 속삭였다. "이것 참, 이상도 하네요. 이거 내가 버린 돌이 분명합니다. 그땐 잡석투성이의 흉석(兇石)이었는데…" 하였다. 돌은 오석(烏石)이었고, 수없이 솟아오른 산봉우리와 골짜기의 현묘함이란 이루 말할 수 없는 감탄사를 절로 발하게 하는 그러한 명석이었던 것이다.

그 돌을 주웠다가 버린 경위는 다음과 같았다. 박두진 시인과 같이 탐석하러 갔을 때, 남한강 포탄리에서였다. 장마가 지난 뒤라 강물은 흙탕물이었다. 하루 종일 돌밭을 쑤시고 다니느라 조금은 지쳐 있는 그러한 때에 문득 저만큼 흙탕물 한가운데 석양빛을 받고 그 혼자 고고히 서있는 돌 한 개가 눈에 들어왔다. 옳거니! 허겁지겁 달려가서 손바닥만 한 돌을 집어 올렸다. 울퉁불퉁 솟아있는 산봉우리가 가관인데, 그런데 실망이었다. 아쉽게도 잡석이었던 것이다. 버리기에는 너무나 아까운 잡석이었다. 그래서 아쉬움을 삼키면서 본래 있던 자리에 돌을 올려놓고 돌아섰던바, 그것을 나중에 수석의 대가인 박두진 시인이 습득하였던 것이다. 그러면 그 돌이 무슨 돌이냐? 그 돌은 다른 돌이 아니라 물때가 허옇게 낀 오석이었을 줄이야!

그런 때도 있었다. 아차, 잠깐 실수로 천추의 한을 남긴 것이다. 아니면 명석에는 주인이 따로 있었던가? 그러므로 탐석에는 꾸준한 지구력과 면밀한 관찰력을 수반하지 않으면 안 된다. 흙탕물에 물때가 잔뜩 끼어있는 돌멩이 아닌, 그 본연의 모습을 바라다보면서, 아직도 어떤 경지에는 아직까지 도달하지 못한 자신을 질책할 뿐이다. 구상(具象)도 좋고 추상(抽象)도 좋다. 그렇건만 잡석이라도 심석(心石)이라면 또 어떠할 것인가. 쓸데없다고 버려야 할 나쁜 돌은 없다는 생각이다. 이렇게 볼 때 구상(具象)은 도락(道樂)의 경지요, 추상(抽象)은 예술의 경지라는 수석관(水石觀)을 다시 확인하게 된다.

탐석 유감

근래 돌밭에 가면 누구나 처연해지는 것을 금할 길이 없게 된다. 자갈 채취를 위해서 포크레인이 강변을 마구 헤집고 있기 때문이다. 돌밭을 깡그리 뭉개면서 말이다. 헤집고 간 처참한 돌밭의 잔해가 여기저기 쌓여있는 그사이로 자갈을 실어 나르는 트럭들이 굉음을 울리면서 달리고, 일단의 투기꾼들이 삽자루를 들고 그 주위를 얼씬거리고 있는 풍경들이다.

10년 전쯤만 해도, 아니 불과 1, 2년 전까지만 해도 어디 이런 것은 상상이나 했겠는가? 뿐만 아니라 어떤 때는 동네의 아이들이 쏟아져 나와 자기들이 찾았다는 돌멩이를 들어 보이면서 가격을 흥정해 오기도 한다. 그럴 때 "얼마냐?" 하고, 아이들이 가지고 나온 그런 돌들을 사서 집으로 가져가는 돌꾼들도 없지 않아 있으니, 문영의 타락상이 아닐 수 없다.

항간에는 수석이 상당한 가격이 나간다고 말한다. 몇십 점만 되어도 "거 굉장한 재화로군요!" 하고, 돌꾼끼리도 서로 추켜세우기를 주저하지 않는다. 앞으로 희소가치가 더해 갈 것이라는 전제하에, 돈방석에 앉는 꿈까지 꾸고 있는 돌꾼이다. 그러나 수석을 가격으로 따지기에 앞서 수석이란, 그것이 우리네 정신세계의 내밀(內密)한 산물이어야 함을 먼저 인식한다면 저런 상행위의 언동들은 재고되어야 할 것이다.

애초 수석은 문화미적(文化美的)인 의미에서 선비들 간에 창출된 것이었다. 묵향이 자욱한 문인화(文人畵) 같은 그런 것이라고 할까? 그래야 하는데, 돌꾼들의 성향을 보면 돌이 돈이 된다고 하니까 잡석이고 오석이고 가릴 것 없이 일단은 배낭에 쑤셔넣고 보는 것이다. 탐석의 개념이 사라진 지 오랜 돌밭의 풍경이 아닐 수 없다. 수석=문화가 아니라, 수석=재화라는 등식이다.

실제로 **빼어난** 수석들이 고가로 판매되는 것은 사실이다. 그런데 크레인이 마구 돌밭을 파 올리는 것을 보게 될 때에 그 속에 고귀한 문화재들이 매몰되어 있는 것 또한 사실일진대, 그것도 모르고 그냥 돌들이 트럭에 실려 나가는 것은 너무나 아쉬운 일이었다. 돌들이 트럭에 실려 나가기 전에 문화미적인 안목을 갖춘 수석인들이 먼저 그런 돌들을 감식케 하였으면 좋겠다는 생각이다.

수석 붐이 태동할 때는 「자연 보호법」이 한동안 기승을 부리더니, 다음에는 「하천법」이 나와 수석인들이 한때나마 자연을 파괴하는 원흉으로 지목되기도 했었다. 그런데 이제 와서 하천의 돌들을 채취해도 좋다고 이를 허락한 것은 가공한 정책의 오류가 아닐 수 없다. 그런가 하면 대형 버스나 트럭을 대놓고 마구잡이로 돌(水石)을 실어 나르는 돌꾼들에게도 문제는 있다. 어디 몇 년 전에야 이리했다던가? 일반 버스를 타고 털털거리며 달려온 긴 여로 끝에 정갈한 수석 한 덩이 배낭에 살포시 담고 가던, 그런 탐석행이 그리워지는 요즈음이다.

탐석을 잘하는 것은 양에 있는 것이 아니다. 한 개라도 심석(心石)이면 그만인 것이다. 더욱 잘하는 것은 심석이라도 집에는 가져가지 않고, 그냥 감상만 하고 집으로 돌아가는 일이겠다. 우리나라 수석 인맥(水石人脈)이라 할 수 있는 문익점이 그러하였고, 강희안이 그러 하였고, 이퇴계가 그러하였고, 정다산이 그러하였으니, 여태까지 돌 밭에 돌들이 예처럼 많이 남아있었던 것은 선인들의 돌을 대하는 그 런 자세 때문이라고도 할 수 있겠다.

이퇴계의 나이 32세 때인 1533년에 지은 「이포(梨浦)를 지나며」라 는 시에

> 선창으로 햇빛은 한가로이 비쳐 들며
> 물가에는 산뜻 산뜻 연잎들이 흔들거리네
> 노상 후련하게 탈속하지 못함이 창피했으며
> 또한 아름다운 곳에서도 등한하게 지나쳐야
> 하는구나

양평군 개군면 천서리와 이포리는 옛날부터 명석이 다수 출토된 것 으로 유명한 곳이다. 이에 이퇴계가 남한강에 배를 타고 이포를 지나 면서 이포 돌밭에 지천으로 깔린 명석들을 감상하고 그냥 지나쳤던 것은 인용한 시로도 짐작하고도 남음이 있는 일이다. 그러면 이퇴계 만 그리하였을 것인가? 우리나라의 수석 인맥을 보면 멀리는 문익점 으로부터 강희안, 이퇴계, 윤선도, 정다산, 대원군을 들 수 있는데, 그들이 돌을 수집하여 소장했다는 기록은 어디를 보아도 찾아볼 수 가 없을 정도이다. 그러나 대원군만은 그렇지 않았다. 오늘날 낙선제 나 장경각 부근의 음양석(陰陽石)들은 그가 가져다 세워놓은 것들이

니 그들과는 수석관을 달리하고 있었던 것이다. 그러니까 그것이 그 나마도 남아있는 우리나라의 유일한 전래석(傳來石)들인 것이다.

근자에 수석인들이 부쩍 는 것은 경하해야 할 일이다. 그 속에는 교수, 학자, 종교인들도 끼어있다. 어디 그뿐이랴? 그 속에는 상인도 있고 아이들까지도 있으니 대단한 식견들인 것이다. 그렇게 구분해 놓고 보면 돌은 정신 문화의 산물인 동시에 팔고 살 수 있는 상품인 것을 새삼스럽게 깨닫게 된다. 그래서 요즘의 수석관(水石觀)은 '아, 본인이 좋으면 그만이지!'가 되고 있다. 개성이 다른 만큼 심미안(審美眼)도 같을 수가 없다는 것이다. 각양각색, 그중에서 돌이 돈이 된다고 하는 돌꾼들은 '잡석인들 어떠리!' 하면서, 두고 보면 다 돈이 된다고 하니, 좋게 말해서 전반적으로 고급문화의 확산인 것은 사실이나 정신문화가 상품문화로 전락하고 있는 것 같아서 유감이라는 생각이다.

(1983, 월간 초교파)

망향의 노래

　내 고향은 황해도 사리원이다. 6.25사변 때 고향을 떠났으니 그것이 벌써 70여 년 전의 일이 된다. 열네 살 때다. 그때 내 손을 잡고 나오신 부모님이 별세하신 지도 수십 년이다. 나도 이제 산수를 넘겼으니 인생무상이라고 할까. 벽에 걸려있는 양친의 사진을 보니 아들인 나보다 오히려 더 젊어 보이신다. 어찌 보면 나의 형님 같고, 누님과도 같은 용모를 지니셨다. 그래서 나는 언제나 한숨을 토하게 된다. 고향에 돌아갈 길은 바이없으니 거저 묵묵히 살다가 양친이 묻힌 곳에 나도 묻혀야 하리라는 생각을 거듭하게 된다.

　고향! 나에게도 진정 고향이 있었던가? 참으로 오랜만에 불러보는 이름이기에 어설퍼지는 이름이 다름 아닌 고향이다. 어떻게 지내 온 것인지, 바쁘게 살다 보니 까맣게 잊고 살아온 고향이 아니던가. 그러나 한번 고향을 생각하면 몇 날 며칠 잠 못 이루고 고향 생각만을 하게 된다.

　고향의 명산인 경암산(瓊岩山)을 생각해 본다. 오월 단오에 경암산 아래서 벌어지던 씨름판을 생각해 보고, 횃불에 얼비쳐 그로테스크한 역동적인 봉산탈춤을 생각해 본다. 그리고 곧잘 걸어서 가던 재령평야와 그곳 재령강으로 아버지와 함께 낚시 가던 일들을 생각해 내고, 황주 성불사로 걸어서 30리, 친구들과 함께 놀러 가던 길들을 생각해 본다.

그러나 이 모든 것들은 이제 꿈속에서나 가보는 추억의 행로일 뿐, 다시 가보지 못하는 고향도 고향인가 하는 생각을 지을 수 없게 한다. 그래서 이런 생각을 해본다. '태어난 곳이 고향이라면 내가 지금 발붙이고 사는 이곳 또한 고향이 아니겠는가.' 하고. 그래서 그런지 나는 고향 사람들의 모임에 잘 가지 않는다. 고향 사람들이 모여 회의를 하고, 체육대회를 여는 등 이런저런 모임이 다 쓸데없는 일같이 생각되어 마음에 내키지 않는 모양새다.

지금 살고 있는 이곳이 고향이라면 어느 공간에 또 고향이 따로 있을 수 없다는 생각이다. 자위다. 삭이려고 해도 삭일 수 없는 멍울이다. 고향을 잃은 자의 한숨 섞인 응석이다. 그러므로 고향이란, 말하자면 그 사람의 뿌리이다. 그러나 사람이란 생태적으로 그 뿌리라 할 수 있는 것만을 붙잡고 살게 되어있지 않으므로, 자의든 타의든 한 번쯤은 누구나 고향을 떠나게 되고, 새로운 터전에 뿌리를 내리고 살게 되는 것이 아니겠는가?

부평초와 같은 떠돌이의 삶! 그러니 누군가에게 고향을 강점당하고, 돌아가려고 해도 돌아갈 수 없는 외지에서 새 삶을 살아가고 있는 자들의 심정이 오죽이나 하겠는가? 서울이 고향인 아내와 아이들이 그런 아빠의 심정을 조금은 이해할 법도 한데 그렇지를 못하니 세월의 덧없음과 외로움은 언제나 나의 몫이 된다.

그래서 그런지는 몰라도 나의 방에는 언제부턴가 부모님 초상이 각각 두 개씩이나 배치되어 있다. 벽에 두 분 영정이 걸려있는 것 외에 반대편 서가에 또 두 분 영정을 모셔놓았다. 그리고 앉으나 서나 언제나 바라보면서 무언의 대화를 같이 나눈다. 이렇게 되면 두 분이 부모님이시기에 모시고 있다기보다는 고향을 같이 떠나온 정다운 고향 사람이기에 모시고 있는 셈이 된다. 그리고 그들 고향 사람과 매일 만나고, 매일 대화를 나눔으로 매일매일 위안을 받고 있는 셈이 된다.

추억이 있으므로 인생은 아름답다고 했던가? 그러나 고향을 잃은 자의 추억이란 그 추억을 같이 나눌 친구조차 없기에 언제나 공허하고, 언제나 비감에 젖어있으므로 말이 없고, 고독하고, 쓸쓸하고…. 그러고 보니 내가 시인이 될 수 있었던 것은 순전히 저런 비감 어린 고향 탓이었던가 보다. 나는 시인이 되려는 생각도 안 했는데 웬일인지 시를 쓰되 처음부터 고향을 그리는 시를 쓰기 시작했던 기억이다. 고향을 떠난 비감을 노래하기 시작했고, 고향을 그리는 마음을 표현하고자 했다. 그것이 나를 시의 길로 인도했던 것이리라.

고향을 떠난 지 얼마 후인 어느 봄날. 15세 소년이 처음 쓴 「고향 생각」이란 시를 보면 기특하기도 하거니와 여간 감격스럽지 않다.

> 푸른 잔디 언덕을 나 혼자 올라
> 붉고도 해맑은 진달래꽃 보면
> 봄 동산 꽃향기 화창한 고향
> 사랑의 고향 집 다시 어리네
>
> 비단 모양 폭신한 잔디에 누워

멀고 먼 고향을 북으로 보면

줄로 선 구름은 천 리나 되어

허리 펴 고향 땅 뛰어가고파

그 옛날 고향 땅 뛰놀던 산천

낮이나 밤이나 그리울 때면

언제나 언제나 가고 싶으면

꿈마다 꿈마다 날아서 가네

아, 고향—

날마다 꿈속에서 가보는 나 살던 고향이여!

향수

6.25 직후 어디서 배웠던지 나는 이런 노래를 즐겨 부르고 있었다.

> 나 살던 고향은 늘 그리운 곳
> 이곳은 추우나 그곳은 따뜻해
> 나 살던 고향이 그립습니다.

그때 나이 15세. 이는 고향을 떠나온 피난민 소년이 두 살 아래 누이동생을 데리고 같이 부르던 노래이다. 고향을 떠나 처음으로 거처하던 109 병원 창고와 토굴 속에서와 그보다 사정이 조금 나아진 후에 마련한 판잣집에 누워서도 같이 부르던 노래다. 그러면서 언젠가는 다시 찾아가야 할 것이기에 고향 산천의 아름다운 정경을 마음속으로 하나하나 떠올려 보곤 하는 것이었다.

그러던 것이 세월이 흘러 70여 년. 홍안의 소년이 어느덧 북망산을 바라보는 노인이 되었고, 이제는 그냥 오래 잊혔던 고향 산천과 그때 그 노랫가락만을 떠올려 보는 것뿐이다. 실상 내가 시인이 된 까닭도 따지고 보면 고향을 그리는 정으로부터 시작되었다 하겠으니 고향을 떠난 다음 해인 열다섯 살 때 지은 「고향 생각」과 「엄마 생각」이라는 시가 내 시첩에 있음을 보아 짐작이 간다. 당시 무얼 보고 그런 시를 흉내 내어 지었던지 잘 기억이 나지 않으나 아무튼 이 소년의 고향을 그리는 절실함이라니. 다시는 가지 못할 어떤 예감 같은 것이 그 작은 가슴을 메우고 있던 것만은 틀림없는 사실이었다.

누이야 저 먼 고향 하늘로
외기러기 혼자서 울면서 간다.

누이야 가자. 너도 보았지
여위어 앓으시는 엄마의 모습.

누이야 가자. 고향 집으로
저 기러기 이제 다 가려고 하네.

엄마야. 속으로 불러보면
눈물만 소리 없이 자꾸 흐르네.

이 시는 「엄마 생각」이라는 시다. 이 시에서 노래하고 있는 엄마는 물론 같이 피난 나왔으므로 구원의 여신상인 또 다른 엄마라고 할 수 있겠다. 그 당시 그런 엄마를 그리고 있는 것은 자식들을 위해 떠돌면서 행상(行商)을 하고 계셨던 때문인 것 같다.

엄마는 오래전에 돌아가셨다. 풍로 공장 사장을 하던 아버지는 울화통 때문에 위경련을 일으켜 어머니보다 더 일찍이 돌아가셨으나 어머니는 어린 우리를 키우시느라고 얼마나 많은 고생을 하셨던가. 어머니는 때때로 고향 이야기를 하셨다. 당신의 출생지인 황해도 평산과 당신이 신혼 때 가서 살던 함경도 황초령에 얽힌 이야기며, 또 정착하여 살던 사리원 이야기를 하셨다. 그러면 노안에도 눈물이 글썽거렸다. 그래서 나는 또 그런 어머니에게 내가 보고 겪었던 정월 대보름의 석전이나 횃불 놀이, 오월 단오 때의 봉산탈춤이나 씨름 이야기를 열심히 해드렸다. 물론 어머니께서는 이 모든 것을 다 알고 계시는 일이나, 그런 것들을 처음으로 듣기라도 하는 듯 언제나 "그럼! 그럼!" 하고 대꾸하여 주셨다.

그런 어머니에게 남아있는 꿈이 있다면 죽기 전에 고향 산천을 한 번 가보는 것이었다. 그리고 당신의 선조들이 묻힌 그곳에 포근히 안기는 일이었다. 아들인 나의 꿈인들 당연히 어머니의 그것과 달리 동떨어진 것일 수는 없지만!

'통일이 되면 부모님의 유골을 들고 고향을 한 번 찾아가야 하는 것인데….' 하고 생각하다가 번듯 나는 설레설레 고개를 저어본다. 그것은 이제 부모님께서 유골인들 어떻게 고향으로 가실 수 있겠는가 하는 절망감 때문이다. 국토가 분단된 채 세월은 자꾸 흐르기만 하는데, 어떤 기적이 있어 우리가 서로 고향을 오가며 다시 옛날처럼 살 수가 있겠는가? 고향을 가기로는 이제는 나조차 기대할 수 없는 일…. 혹시 자손 대에 가서는 모르는 일이기는 하겠지만… 하는 생각에, 이제 고향을 생각한다는 것은 쓰라림의 세월이 되어버렸다.

사람에게는 누구나 고향이 있다. 그리고 대다수가 고향을 떠나서 살게 됨은 어쩔 수 없는 일이다. 그러나 대개의 경우 마음만 먹으면 언제 어디서나 고향을 찾을 수가 있다. 지금 안고 있는 마음의 사슬

들만 풀어 벗어 던질 수만 있다면 누구나 고향으로 달려가서 길고 긴 세월 쌓인 회포를 풀 친척이나 친구들을 만날 수 있다. 그러나 북에 고향을 두고 온 나 같은 사람들에게는 그게 한낱 꿈일 뿐이다. 고향이 있으나 고향을 두고 찾아가지 못하는 사람들…. 그 이름을 실향민들이라고 했던가?

하기야 내 나이쯤 고향을 떠난 사람들이 이제 앞으로 십여 년만 더 세월이 흐른다면 다시 북의 고향을 말하는 사람도 이 땅에서는 영영 끊어지고 말겠지만…. 그래서 나는 기회를 보아 내 아들딸에게 자꾸 이렇게 말하여 준다.

"너희들 고향이 어딘 줄 알아? 아버지 고향이 너희들 고향이란 말이다! 이북하고도 황해도 사리원! 이담에 통일이 되면 내 유골을 들고 가서…. 왜 내가 가르쳐 주었지. 성불사 가는 길가에 최 씨네 선산이 있노라고! 그 선산에 내 유골 뿌려주거라!"

가는가
눈뜨고 북망산에
고향에 북녘 고향에
다들 어찌 사는지
가보면 알겠구나
가는가
북망산에

– 이만주 「가는가」

생선회 예찬

며칠 전 도하 신문 지상에 가히 식도락가들을 위협할 만한 기사가 대문짝만하게 보도되었다.

여름철 회 조심!
바다 생선에도 기생충이 있다.

가슴이 섬뜩하여 몇 번이고 읽고 또 읽었다. 문제의 핵심을 파악한 후 느낀 생각이란, '아이쿠! 조심해야겠구나!' 하는 생각과 '저런, 이제 생선회가 잘 안 팔리겠구나!' 하는 두 가지 생각이었다. 서울대 의대 기생충학교실의 채종일 교수에 의하면 바다 생선의 기생충은 크게 고래회충(아니 사키스), 장흡충류(腸吸蟲類), 광절열두조충(廣節裂頭條蟲)의 세 가지인데 그중 가장 문제가 되는 것은 고래회충이라고 한다.

고래회충은 오징어와 낙지 등을 포함한 거의 모든 생선에서 발견되나 구충제가 없어 일단 감염되면 치료에 어려움이 따른다. 고래회충은 유충의 형태로 사람의 몸속에 들어오나 안 체의 저항력 때문에 성충으로 자라지 못하고 식도, 위, 장벽 등을 뚫고 들어가 문제를 일으킨다. 뚫고 들어가는 과정에서 인체의 조직에 기계적 자극을 가해 종양-궤양을 일으키며 또 효소를 분비, 인체에 알레르기 반응을 유발시키기도 한다.

흔히 회를 먹은 후 수 시간 만에 급성복통을 일으켜 응급실 신세를 지게 하거나 만성적으로 진행돼 위장장애나 장폐색을 일으킨다. 이럴 땐 수술을 통해 끄집어내야 한다. 기사는 대개 이런 내용이었다.

다소 입맛이 꺼림칙했다. 입맛뿐만 아니라 명치끝이 통증을 동반하면서 당기는 기분이다. 벌써 몇 년 전쯤부터인가? 딱히 어떤 증세라고는 할 수 없지만 언제나 생선회를 먹은 다음에 거북살스럽던 생각이 떠올라 슬슬 배를 나도 모르게 만져보는 것이었으나 당기는 기분 그 이상도 이하도 아니었다.

고려대 의대 기생충학교실의 임한종 교수에 의하면 기생충 감염을 예방하는 방법으로 첫째 고래회충은 길이가 2cm 정도로 크기 때문에 되도록 눈으로 확인하고 먹을 것, 둘째 생선의 내장과 주변 부분은 완전히 도려낼 것, 셋째 되도록 꼭꼭 씹어 먹을 것 등을 권한다. 특히 바다낚시를 하면서 잡은 생선을 통째로 먹는 행위는 아주 위험해 피해야 한다고 한다. 그러나 다행히 장 흡충류나 광절열두조충은 구충제가 있어 이를 손쉽게 제거할 수 있다고 한다.

장 흡충류는 민물과 바닷물이 만나는 곳에서 사는 숭어, 농어, 연어, 송어 등에 기생하므로 그를 조심하면 될 것이다. 그러나 고래회충은 주로 오징어, 낙지 등에 기생하고 구충제 또한 없다고 하니 잠시 난감해진다. 어쩌면 고래회충은 벌써 내 속에 들어와 내 인체 조직에 기계적 자극을 가하고 만성적으로 종양−궤양을 일으키고 있는지도 모른다. 벌써 여러 번의 복통을, 그것도 1년에 한두 번씩 경험해 온 나였기에 이 문제만큼은 소홀히 하고 넘어갈 성질의 것이 아닌 성싶다. '하필이면 오징어, 낙지에 기생하는 고래회충이냐?' 하고 나는 이 문제를 또 심사숙고해 본다.

그러니까 나는 엊저녁에도 바로 그 정력에 좋다는 낙지회를 먹어 치웠던 것이 아니냐! 그리고 며칠 전에도…. 나는 낙지를 무척이나 좋아한다. 유독 낙지를 더 좋아하는 것은 우선 먹어 치울 때의 그 치열한 몸싸움이 마음에 든다. 몸체로 발악하고 아우성치며 덤비는 그 투사형의 낙지야말로 도심에서 찌들대로 찌든 사나이들의 위로가 되기 안성맞춤이다. 용서는 없다. 입천장 사방에 달라붙어 아구아구 덤비는 것을 사정없이 물어뜯고 짓밟아서 한없는 승리감에 도취해 버린다. 그런데 그것이 뭐가 잘못되었단 말인가?

다른 일반 생선회는 너무나 무미건조한 것이 흉이라면 흉이겠다. '옜소!' 하고 자기 몸을 전부 맡기면서도 아무런 저항 한 번 하지 못하는 그것이 불만이라면 불만이겠다. 그러나 순한 양 같은, 또는 속살을 다 드러낸 천진한 색시 같은 그것은 또 어떻게 받아들이고 해석해야 할지…. 그 송구스러움과 함께 그 나름대로의 진미는 식도락가를 유인하기에 충분하다 하겠다.

이런 의미에서 볼 때, 사실 '바다 생선에도 기생충 있다!'라는 기사는 그렇게 크게 문제 삼을 것이 되지는 않는다. 그저 여태까지는 민물 생선의 기생충의 위험성에 대해서만 알고 있던 것을, 이제부터 확대해서 깨닫고, 바다 생선회의 기생 감염을 예방하면 그만이다.

바야흐로 바다의 계절이다.

바다로 가자! 바다로 갈 때는 되도록이면 대낚이라도 한 대 준비하고 누구나 바닷고기를 낚을 일이다. 그리하여 바다 생선회 기생충 예방법에 따라 바다 생선회를 실컷 즐길 일이다.

아차산 우거에서

　음산한 바람이 뼈를 에이게 하는 낙목(落木)의 계절이다. 바라보는 풍경은 그저 모두 숙조(肅條)할 뿐 거기서 무엇 하나 가꿔낼 만한 것이라곤 아무것도 없었다. 입동을 지나자 그나마 명색을 유지해 주던 나뭇잎이 떨어져서 낙목의 묵연(黙然)스러움이 오히려 업고(業苦) 같았다.

　칠십 노구(老嫗)의 어머니가 석단(石段)에 쌓인 낙엽을 쓸고 있는 모습을 보고 그걸 만류하고는 나는 한동안 마당에 서서 멍청히, 그저 멍청히 먼 하늘을 바라다보았다.

　몇몇 사람의 얼굴이 불현듯 떠올라 왔다. 새 시대를 엮어내고 있는 이름들이 허공에서 메아리치기에 깜짝 정신을 차렸다. 그리고는 깜짝 놀라는 나 자신을 발견하고는 깜짝 놀란 후에는 다시 깜짝 놀라 버렸다.

> 머뭇대며 겨울 물 건너가는 듯
> 두근두근 이웃에 겁을 먹는 듯
> 조마조마 조심하는 나그네인 듯
> 스르르 얼음이 풀리려는 듯
> 훤하게 텅 비인 골짜기인 듯
> 멍청하게 넘실대는 푸른 물인 듯 〈註 1〉

온몸이 움츠러들기에 방안으로 쫓겨 들어와 앉는다. 위생어염(威生於廉)이란 족자가 먼저 눈에 들어와 앉는다. 나는 스토브의 심지를 돋우고, 무심중 서가에서 낡은 시집 한 권을 찾아내어 이런 시를 읽어버렸다.

> 나의 가슴은 무덤 속 덧없는 관(棺),
> 나의 마음은 까마귀가 모이는 괴상한 집,
> 나의 꿈은 바람이 와서 흐느끼는 낮은 하늘,
> 나의 앞날은 광야 위의 거치른 언덕,
> 나의 입은 누렇게 물든 담배의 독을 가지고 있다.
> 나의 음산한 눈에는 저주받은 사람들의 증오가 꽉 차 있다 〈註 2〉

왜 이럴까? 도대체 요즘은 마음이 온통 자유롭지 못하다. 무엇엔가 꽉 묶여있는 느낌이다. 경서(經書)에, 심지어는 먹거리들이 하나까지가 모두가 모두 나를 붙잡는 감각에 소름뿐이다.

집을 한 번 뛰쳐나갈 수 없을까 하고 생각해 보았다. 거추장스럽기만 한 몸뚱이를 어디에다 버릴까 하는 생각이다. 종종 그런 생각이다. 그래서 어느 때 "여보!" 하고 나는 아내를 가만히 불러보았다. 그리고는 엉뚱하게도 "이 집은 이미 우리 집이 아니야! 내 몸도 이미 내 몸이 아니라고!" 하고 말해 버렸다. "그렇지요. 그렇고 말고요!" 하고 아내가 맞장구를 친다.

밤에는 일찍이 잠을 청했다. 무엇보다 고현학(考現學)에 대해서 상념이 어지럽기만 하고, 충혹(蟲惑)한 것들이 찾아와 나를 잡고 놓지 않기에 이럴 때는 모두가 휴지(休止)였다. 아무 해결할 방도가 없을 것이면 하던 일 모두 던져버리고 아이들과 천진스레 같이 웃다가 심신(心身)의 줄을 놓아버린다. 그러면 아침까지는 영원한 휴지이다. 그렇지 아니하다면 한밤중에 더 바랄 것이 무엇이리오. 적선(積善)이냐? 가난이냐? 부(富)냐? 나냐? 너냐? "아함!" 하고 나는 하품을 하다가도 누울 자리를 보고 뻗을 자리가 없어도 발을 뻗는다. 잠잘 것은 모두 자게 해야지. 그리해서 죽을 것은 죽고, 살 것은 빨리 살게 해야지. 아이들아, 빨리 자거라, 잠 잘 자거라. 자거라. 중얼거린다.

비단옷도 다시 베옷으로
바꿔 입느니라.
넉넉하고 호화로운 집도 반드시
늘 부귀하는 것은 아니요,
가난한 집도 반드시 오래
적적하고 쓸쓸하지 않느니라.
사람의 도움을 받아도 반드시
하늘에 올라가지 못할 것이요,
사람을 밀어도 반드시 골짜기나
구렁에 떨어지지 아니 하느니라. 〈註 3〉

우리 집의 아침은 언제나 4시부터 시작되었다. 어머니가 먼저 일어나 기도회에 나가시면 다음 나도 일어나서 어슬렁어슬렁 산 쪽을 향해 다가서 갔다.

아차산 우거(寓居)에 다시 아침이 되니

동쪽 산봉우리부터 밝아지더라.

산봉우리를 내 먼저 오르니

호연지기(浩然之氣)가 더더욱 장쾌하더라.

어떤 날 한 사람의 지기(知己)가 내게 찾아와서 이렇게 말했다.

"요즘 집에 있는 재미가 어떠시오?" 하여, 나는 이런저런 그가 알고 있는 신통한 말을 많이 했다.

"아침에는 일찍 일어나서 산에 오르고, 낮에는 지는 낙엽을 바라봅니다. 그게 낙목(落木)뿐이라서 더욱 쓸쓸하기만 하지만 설화(雪花)가 필 날도 멀지는 않습니다. 저 홍대용(洪大容) 같은 이는 집에다 담헌팔경(湛軒八景)을 만들어 놓고 혼천의(渾天儀)까지 살피며 살았다지만, 나는 그저 요즘 한다는 것이 시를 찾아서 읽는 일뿐이지요. 그러면 안절부절 턴 옛날의 버릇도 잊게 되고 분사난(忿思難)에 이르지 않으며, 흐릿한 것일지라도 도(道)는 다 사랑하게 되지요. 그러니까 요즘에 무념무상으로 살고 있음은 순전히 내 올바른 뜻임에는 틀림이 없습니다." 자꾸 중얼거려 본다. 하루종일, 아침에서 밤까지, 밤에서 아침까지!

〈註 1〉 노자는 그의 「이상적 정치가」 편에서 이상적 정치가의 이미지를 그렇게 말했다.
〈註 2〉 장 · 모레아스의 「나의 가슴은」 일부
〈註 3〉 「재동제군수훈(梓童帝君垂訓)」 일부

돌꾼의 하루

1)

돌(水石)을 찾아 전국을 헤맨 지 10여 년. 대개는 8시 30분쯤 해서 돌밭이 건너다보이는 강안(江岸)까지 와서 뱃사공을 외쳐 부른다든가, 아니면 강기슭에 머물러 있는 배에 물이 차있지나 않나 점검하면서 부산을 떨기 일쑤입니다. 그러니까 강을 건너기 위해서는 배를 타야 하는 것인데 그 배를 타기 위해서는 돌 꾼은 언제나 4명을 초과해서는 아니됩니다. 이물에 한 명, 고물에 세 명, 이렇게 빽빽이 균형을 맞춰 앉으면 비로소 사공이 노를 저어서 앞으로, 앞으로 나아갑니다.

드디어 돌밭에 상륙…. 잠 깨이는 돌들의 수런거리는 목소리, 아득한 태초의 숨결 앞에 마주 서는 감격을 만끽합니다. 그런데 그때 보이는 것이 아무것도 없는 날도 허다합니다. 그것은 대체로 안개 때문입니다. 강폭을 덮고, 하늘을 덮고, 돌밭까지 덮어 오래오래 걷힐 줄 모르는 아주 컴컴한 안개의 숲 때문입니다. 이럴 때는 탐석(探石)도 쉽게는 아니됩니다. 이럴 때는 돌 꾼들이 헤어지면 안개의 어느 골짜기로 접어 들어갔는지 서로 간의 종적이 묘연해지기 때문에 심금까지 적적해지기 마련입니다.

아무 물소리도 들려오지 않습니다. 석신(石神)의 목소리만 어디서 부르는 것 같은 유현한 착각에 사로잡혀 갑니다. 그것은 비경입니다. 결코 인간의 손이 미치지 못하는 세상 밖의 세상에 와 있는 신비한 느낌입니다. 그래서 오랜 각고의 세월을 거쳐 마련된 돌밭에 찬란한 돌의 색깔, 단단함, 선(線)의 무늬가 다시 술렁대며 아롱지기까지 돌꾼들은 그저 오래, 그 자리에 기다려 섰을 수밖에는 없게 되는 것입니다. 한 덩이 둔중한 돌처럼…. 그렇습니다. 그렇게 나도 10여 년을 하루 같이 돌밭에 나가고 돌밭을 쏘아 다녔으며 돌밭에 설 수밖에는 없었습니다.

2)

아침이 지나고 10시쯤 되면 그때로부터 오후 2시쯤까지 돌을 찾는 작업은 더욱더 활발해져 갑니다. 때로는 돌밭을 기기라도 하는 듯이, 때로는 돌밭을 날기라도 하는 듯이 돌 꾼들이 돌밭을 훨훨 갑니다. 현란한 색(色)과 형(形)과 태(態)의 아우성에 지루한 줄도 모르고 돌밭과 모래톱과 풀밭 사이를 미친 듯 줄기차게 헤쳐 갑니다. 주웠다가는 버리고, 버렸다가는 다시 주워, 요모조모 살피다가 다시 버리고는 두고두고 후회합니다.

때로는 물속에도 지체없이 풍덩 뛰어듭니다. 수초와 이끼 사이 하상이란 하상은 모두 뒤집어 그럴듯한 돌을 찾아내서는 돌의 살갗을 벗겨도 보고, 돌의 힘줄도 사정없이 잡아당겨도 봅니다. 돌의 사정 정도는 아랑곳없습니다. 그리해서 돌꾼들은 파르르 떠는 생명의 원초적인 울림까지도 아낌없이 건져 올려 배낭 속 깊은 뜻으로 가득가득 채워버리는 것입니다. 오, 그런데, 그런데 말입니다. 그때는 정녕 그런 행위가 자랑스럽게까지 하였겠지만 돌들에게는 그게 여간 죄스러운 것이 아닐 수 없었습니다. '이 돌들이 어떤 돌인데…' 하고 생각해 보면 수십억 년을 그곳에 그렇게 있었을 돌멩이고 보면 수석이니 어쩌고 하는 미명 아래 돌들을 낚아낸다는 것이 잔인한 행위같이 생각 아니되는 바도 아니었습니다.

돌은 돌끼리, 양질의 것들은 또 그것들끼리 모여 쌓이고 눕고 일어서고 해서 자그마한 세상을 이룩하고 있었습니다. 돌을 사랑한다는 것이 어떤 것인가를 몇 번이나 생각해 보았습니다. 오손도손 살고 있는 돌들을 그냥 그 자리에 놓아두고 바라보는 것이 돌을 사랑하는 진정한 사랑이겠습니다마는, 오히려 그 취락을 밟고 짐승같이 난입하여 마구잡이로 양질의 돌만을 골라 채취하는 것은 아무리 생각해 보아도 더할 수 없는 부끄러운 일이 되겠습니다.

사람들의 잔인성, 이기심으로부터 나온 소유욕이 아니라면 이런 일이란 애초부터 없었으려니 하니 돌밭을 헤집는 발걸음이 언제나 유쾌한 것만은 아니었습니다. 그러나 그런 감정은 결코 인정할 수가 없습니다. 돌꾼들은 아무 사심이 없었습니다. 그들은 그저 대자연의 신비경과 신의 오묘한 솜씨에 접해 보고자 하는 오롯한 소망이 있을 뿐입니다. 그것뿐입니다. 그러니 하루를 돌밭에 다녀오면 경건해진 내 심신의 어느 경지를 볼 수 있겠습니다.

어떤 돌꾼들은 수석행(水石行)을 가리켜 자연의 재발견이니 창조행위니 하고 열변을 토하기도 합니다만, 그렇게까지야 볼 수 있겠습니까? 그러나 나는 저런 말을 들을 때마다 반박은커녕 잘도 경청하는 돌꾼 중의 하나임도 부인하지를 못합니다. 구태여 나보고 말을 하라고 하면 나는 교회에 나가기에 이렇게 하겠습니다. '돌은 성경에 예수를 가리킨 만큼, 돌뿐의 수석행리란 곧 예수를 찾아 헤매는 작업이다.'라고.

3)

돌밭의 저녁은 오후 3시부터 시작됩니다. 그런데 돌밭을 떠나기 전에 우리는 꼭 언제나 품평회를 열고 하루의 수확을 점검해 보는 일도 잊지는 않았습니다. 나름대로 선택한 돌멩이(水石)를 제가끔 모래 위에 세워놓고는 그렇게 품평회를 가져보는 것은 돌꾼들의 또 다른 즐거움 중의 하나이지만, 수수투준(秀瘦透皴)으로 이어지는 흔해 빠진 돌의 평가는 모두가 자가당착(自家撞着)이요, 아전인수격(我田引水格)이라 구김 없는 웃음을 자아내게 합니다. 질이 떨어지는 놈은 던져버립니다. 형태가 모나지 못한 몸도 던져버립니다. 자연석(自然石) 그대로가 아닌 것도 물론 집어 던집니다.

여백의 미(美)를 추구해 보고, 내면세계를 향해 조금씩 다가가 봅니다. 오, 그러면 마음에 아니 든다고 다 버릴 것이면 남는 것이 무엇이겠습니까? 남는 것은 아무것도 없었습니다. 바람 소리, 물새 소리, 돌돌거리는 강물 소리뿐…. 그러면 그 모든 것도 다 강바닥에 던져버릴까요? 그럴 수는 없었습니다. 품평회를 마치면 수석 몇 점 가슴에 품고 집으로 가기 위해, 돌밭을 터벅터벅 걸어가는 것은 우리가 가장 보람차고 행복했을 때의 마치 그런 발걸음과도 같았습니다. 그렇게 해서 돌꾼들은 다 같이 돌멩이 아닌 수석의 어엿한 주인이 되곤 하였습니다. 기쁨이랄까, 슬픔이랄까. 오, 그런대로 짊어진 배낭은 언제나처럼 그렇게 가볍지만은 않았습니다. 돌 짐이 왜 그렇게 무겁기만 한지, 이것이 내 것이려니 하니, 오히려 짐이 되는 모양입니다. 몇 번을 쉬어서야 겨우 본래의 강안(江岸)으로 돌아 나옵니다.

> 수마가 잘 된 돌 한 덩이 업어오는데
> 천 리를 따라오며 강물이 운다.
> 억만 겁을 길들여 정 들여 온 돌인데 되돌려다오
> 굽이굽이 강물이 운다.
> 나는 돌 속에서 한꺼번에 억만 겁의 물소리를 듣는다.

인용한 시는 같이 돌밭에 다니고 있는 돌꾼 시인 정대구의 것입니다. 시의 구절처럼 막상 돌밭을 떠나려고 하니 강물이 나를 놓지를 않습니다. 모래톱이 우르르 몰려와서 내 돌멩이를 돌려달라는 아우성입니다. 강바닥에 낮게 깔린 잡초들은 어떻습니까? 구름은 희었다가 금시 검어지고, 비라도 소나기로 냅다 내 얼굴을 후려칠 기세라서 강안(江岸)에 다다르면 죄인이나 된 기분입니다. 그래서 그런지 태반의 돌꾼들이 돌밭을 떠날 때는 다시 돌밭을 뒤돌아보는 일이란 희귀합니다. 도망치듯 돌밭을 빠져나와서는 강물을 뒤로하고 훌훌 떠나갑니다.

4)

이렇게 해서 가져온 돌멩이가 그렁저렁 800여 점, 되나봅니다. 방에도 있고, 마루에도 있고, 마당에도 있습니다. 널려놓고 가로세로 눕혀놓고 세워도 놓았습니다. 명석도 아니고 다 잡석도 아닌 것이 내게는 지금 돌, 돌뿐입니다. 그때 돌밭에서 본 안개, 구름, 강물, 모래, 잡초 등등을 돌멩이와 같이 업어온 것 같은데 이곳에는 분명 그런 것 없고, 돌멩이뿐임에 새삼 놀라기도 하는 것입니다. 그래서 다음번에 다시 돌밭에 갈 양이면 이번에는 수석의 반열에 들만 한 안개 같은 놈, 구름 같은 놈, 강물 같은 놈의 명석만을 골라올 작정입니다.

모란꽃아! 모란꽃아!

　지난 주말에는 덕수궁을 혼자 찾아갔었다. 그곳을 찾아서 넓은 경내를 걷고 있노라니 가슴이 절로 신선해지는 만큼, 쓸쓸함 또한 없지 않았다. 아! 가을인가? 영욕이 점철된 고궁의 가을이라는 생각 때문이었을까? 어쩐지 정감이 들지 않았기에, 앞뜰을 버려두고 뒤뜰로 접어들었다. 열주식(列柱式) 르네상스 석조전 뒤뜰이다. 나름대로 번잡함을 피하려 하는 거동이었다. 잡목이 우거져 있었고, 조그만 언덕을 넘어가는 사잇길이 있어서 한가로움을 느끼게 하는 뒤뜰의 풍경이다. 식수대에서 목을 축이고, 터벅터벅 천천히 걸어서 정관헌이 있는 곳까지 걸어간다.

　정관헌은 궁궐 건물로는 처음 세워진 서양식 건물이다. 침전인 함녕전 후원에 있는 이 건물은 고종이 다과를 즐기거나 손님을 접견하기 위해 지은 것이라고 한다. 그러나 지금은 폐쇄되어 있었기에 그때의 정경을 그려보는 것으로 족할 뿐이다.
　정관헌 앞길은 편전인 즉조당과 준명당에 이르게 되어있는 길이다. 그런데 나는 길을 걷다가 깜짝 놀랄 사실 하나를 발견하고 한참이나 길 위에 서있게 되었다. 이럴 수가? 정관헌 앞에 있던 모란꽃밭이 깡그리 뭉개져 있었고, 그 자리에 소나무들이 빽빽하게 서있는 것이 아닌가!
　모처럼 찾아든 뒤뜰인데, 인생무상의 허무감 같은 것이 느껴져서 분노가 물 끓듯 하였다. 내가 즐겨 찾던 모란꽃밭이었다. 나는 다른 곳 다 들러본 다음에 언제나 이곳으로 와서 모란꽃들을 감상하였으며, 때로는 김영랑의 「모란이 피기까지는」이라는 시를 읊기도 하였으니, 소나무와는 그 결이 다른 모란꽃밭이었다. 화중지화(花中之花)! 모란꽃아! 모란꽃아! 권불십년(權不十年)이요 화무십일홍(花無十日紅)이라더니, 그것과 무엇이 다른가 하였다.

나는 불현듯 소나무 가지에서 솔잎 한 개를 분격한 듯 뜯어내었다. 혹시 일본 소나무를 잘못 심어놓은 것은 아닌가, 해서였다. 그에 감식법(鑑識法)은 간단하다. 솔잎이 몇 개인지 세어보면 금시 판결이 난다. 일본 소나무는 솔잎이 세 개요, 우리나라의 솔잎은 두 개다. 가슴이 떨렸다. 솔잎이 세 개면 어쩔 것인가 해서였다. 그러나 다행이었다. 솔잎이 두 개였음으로, 그래도 민족정기는 살아있구나 하였다.

뒤뜰을 돌아 나와서 연지(蓮池)를 찾아드니 솔바람만 솔솔 불고 있었다. 좀 늦기는 하였으나 9월 초순이었으므로, 그래도 연꽃이 몇 개 있으려니 하였다. 힘이 빠졌다. 한 송이 꽃도 찾아볼 수 없었다. 호숫가 벤치에 앉아서 땀을 식히는 것으로 보람을 삼을 수밖에 없었다. 모란꽃밭은 뭉개져 있었고, 호숫가에는 연꽃도 한 잎 없었으므로, 아무 소득이 없는 발걸음만 같았다.

심사만 뒤틀렸다. 헛걸음이라는 생각을 하였다. 그런 생각을 하면서, 김영랑의 「모란이 피기까지는」 시를 애꿎게 읊어보는 것이었다. 이는 모란이 피기까지의 기다림과 모란이 진 다음의 설움을 대비시

켜 인간 삶의 아름다운 비애를 노래하였기에, 영욕이 점철된 고궁의
후원에서 읊어봄직한 시편이기도 하였기에!

　　모란이 피기까지는

　　나는 이직 나의 봄을 기다리고 있을 테요

　　모란이 뚝뚝 떨어져 버린 날

　　나는 비로소 봄을 여윈 설움에 잠길 테요

　　오월 어느 날 그 하루 무덥던 날

　　떨어져 누운 꽃잎마저 시들어 버리고는

　　천지에 모란은 자취도 없어지고

　　뻗쳐오르던 내 보람 서운케 무너졌느니

　　모란이 지고 말면 그뿐, 내 한 해는 다 가고 말아

　　삼백예순날 하양 섭섭해 우옵네다

　　모란이 피기까지는

　　나는 아직 기둘리고 있을 테요

　　찬란한 슬픔의 봄을

이디오피아 집에서

또 훌쩍 길을 떠난다. 가는 곳은 춘천이었다. 금년 들어서 벌써 세 번째이다. 언제 보아도 산자수명한 호반의 도시, 봉의산(鳳儀山)을 중심으로 빙 둘러친 원산이며 강물이며, 그 모든 것이 묵화 한 폭을 대하는 담백한 느낌이다.

춘천에 오면 언제나 제일 먼저 달려가는 곳은 도심에서 10분쯤 걸어나가서 만나게 되는 호반의 둑길이다. 거기서 삼악산(三岳山)을 바라보고, 청평산(淸平山)을 바라본다. 수면에 드리운 산 그림자가 그렇게 아름다울 수가 없다. 춘천은 역시 여대(麗代)의 청평거사(淸平居士) 이자현(李資玄)이 문득 청평산으로 한 번 들어가서 나오지 않고, 홀로 청산과 더불어 고독과 시를 어루만지면서 살다 간 은자의 마을이라는 생각에 절로 경건해진다.

밤이면 이디오피아의 집이 있는, 어림잡아 200m나 되는 둑에서 강태공들이 밤새 불을 밝히고 고기들을 낚아 올리고 있다. 참으로 한적한 목가적인 풍경이라 아니할 수 없다. 불빛이 물결에 비추고 바람이 불 때마다 거룡(巨龍)의 갈기 같은 불기둥이 호수 바닥을 훔치듯이 꿈틀대는 것 같아서 밤의 호반이 무서워지기까지 하는 것이었다.

그러한 춘천에 내가 첫발을 딛기로는 20대 초반인 1959년 7월이었다. 당시 나는 00건설의 하급 직원이었는데, 춘천으로 파견되어 창고를 지키는 일을 하고 있었다. 그때까지만 해도 춘천에는 전기가 없었다. 우리 회사가 그 일을 맡아서 전화 사업을 착공하게 되었던 것이다. 땅 한 평에 1,500환(구화)씩 주고 사서 전선주를 세우고, 효자동에 변전소를 신설하는데도 꼬박 2개월여가 걸렸었다. 춘천은 강원도 도청 소재지였는데, 그러한 춘천이 여지까지 현대 속의 오지로 방치되고 있었다는 사실이 믿기지 않을 정도였다.

춘천은 원래 예맥국(濊貊國)의 도읍지였다. 아득한 옛날 위씨조선에 예속되었다. 그것은 한(漢)의 무제(武帝)가 사방으로 영토를 확장할 즈음, 그때 예맥의 군장(君長)이었던 남려(南閭)가 위만(衛滿)의 우거왕(右渠王)을 배반하고 주민 28만구(口)를 들어 요동태수(遼東太守) 채동(蔡彤)에게 강속한 일이 있었기 때문이다. 이에 한무제(漢武帝)는 사람을 보내어 예맥에 통하는 교통로를 개척하는 동시에 그곳에 창해군(滄海郡)을 두었으니(BC128), 이것이 나중에 한(漢)의 동방사군중(東方四郡中) 하나인 현토군(玄菟郡)으로서 군현제(郡縣制) 설치의 선구자 격이 된 셈이다. 이런 사실은 무엇을 말하고 있는가 하면, 우리 민족이 외세에 굴복하고 처음으로 나라를 상실하게 된 사실을 말해 주고 있는바, 예맥국의 배반이 그 화근이었다 할 것이다. 랭제(冷齊) 유득공(柳得恭)이 당대의 사실을 회고하며 기록하여 쓰기를 다음과 같이 하였다.

소양강 물은 창진에 접하고
통도비는 잔파되어 가시덤불에 묻혔다.
동사는 반고(班固)의 한서(漢書)를 궁구하지 못했다.
요시대의 임금이 한(漢) 시대의 신하를 명하다니.

이디오피아의 집은 도심에서 10분쯤 걸어가면 만나는 찻집이다. 이디오피아의 황제가 아직 건재했을 때만 해도 차를 나르는 아가씨들이 정열적인 스페인풍 의상을 걸치고 오가며 온통 활기로 채우고 있었는데, 지금에 와보니 노객들이 몇 사람 앉아서 담소를 나누고 있을 뿐, 쓸쓸하기 그지없다. 나는 여기서 사랑하는 사람과 차를 마시면서 미래를 설계하면서, 사랑을 나누기도 했었는데…! 이디오피아의 집! 그때 써서 헌정했던 시 한 편을 가만히 읊어본다.

저녁노을이 모자이크처럼 빛나는
호반의 마을에 다시 가보고 싶네.

요들송이 들려오는 호반의 마을,
설령(雪嶺)을 이고 긴 휘파람 산록(山麓)을 배경으로
거기 이디오피아의 찻집이 있었네.

연휴의 계절에 차를 파는 세뇨리타,
스케이터들은 훗훗한 난로 가에서
밤새 웃으며 떠들었네.

내 사랑, 찬란한 별빛 속에 마주 앉아
긴 사연 나누던 그리운 사랑아!

설원(雪原)을 넘어 아득히 가물대는 둑길을

손에, 손잡고 하염없이 걸으며

빙산처럼 곳곳이 얼어붙고 싶네.

- 졸시, 「추억」

춘천과 인연을 맺어 왕래한 지도 어언 20여 년,- 1년에 두세 번, 은자(隱者)의 고토(古土)를 찾아 이 생각 저 생각에 추억만 깊어지나 니 - 지난 9월부터 개통한 인제- 원통 - 설악에 잇닿은 뱃길을 따 라서, 내친김에 내 이름을 금강의 문에나 적어나 볼까나. 온갖 사념 의 골짜기를 지나고, 무념의 피안에 당도하기까지…!

염화미소의 사랑

　안양중앙시장에서 밥을 사 먹고 있을 때의 이야기이다. 아내와 나, 그렇게 둘이서 먹고 있던 것은 전통시장에서나 맛볼 수 있는 순대였다. 얼마쯤 먹었을까, 묵묵부답으로 열심히 순대를 먹고 있으려니까, 순대를 팔고 있던 할머니가 "부부신가 봐요!" 하고 말을 시킨다. "네?" 나와 아내는 동시에 할머니를 쳐다보면서 "그럴 어떻게 아셨어요?" 했다. 그랬더니 "다 아는 수가 있다우!"라고 하신다.

　말인즉, 부부가 밥을 먹을 때는 대개의 경우 아무 말도 하지 않고 밥만 먹는단다. 그런가 하면 부부가 아닌 사람, 그러니까 애인쯤 되는 사람들은 먹는 것은 뒷전이고, 무엇이 그리 즐거운지 떠들면서 먹는 것이 전부라는 것이었다.

　과연! 나는 할머니의 통찰력에 박수를 보내지 않을 수 없었다. 하기야 부부가 무슨 할 말이 많아서 식사하면서까지 말을 많이 할 것인가? 말을 하지 않아도 몸짓으로 통하고, 눈치로 통하고, 말을 하지 않아도 통하지 않는 것이 없으니, 그것이 사랑하는 사람들의 참모습이 아니겠는가!

　집에 돌아와서 가만히 생각해 보았다. 사랑하는 사람은 서로 만나면 말을 많이 한다. 그러나 참 사랑하는 사람은 말을 많이 하지 않는다는 사실이다. 말을 하지 않아도, 전류처럼 이심전심으로 전해오는 것을 보고 빙그레 미소 지으며 웃는 것으로 사랑이 시작되고 끝이 나면 되는 것이다. 그렇게 생각하니까 아이러니하게도 참사랑은 불가

(佛家)에서 찾아야겠다는 생각까지를 하게 되었다.

불가에서는 말도 아니요, 행동도 아니요, 문자도 아닌 법이 있으니, 그것을 선(禪)이라고 불렀다. 선은 가르칠 수도, 배울 수도 없는 법이기에 말로도 문자로도 전할 수 없는 것이라고 한다. 이것은 또 따로 교외별전(敎外別傳), 불립문자(不立文字), 직지인심(直指人心), 견성성불(見性成佛)이라는 네 가지 명구(名句)로 표현하기도 하는데, 지금까지의 가르침 이외의 방법으로 석가는 깨우침의 참뜻을 전하였으므로 이를 교외별전이라고 하고, 또 한마디 말도 문자도 사용치 않고 스승의 그 동작에 의하여 내면적인 오도(悟道)의 극치를 받고, 전류처럼 전해오는 것을 직지인심, 견성성불이라고 한다는 것이다.

이것은 석가모니가 영산회상(靈山會上)에서 연화(蓮花) 한 송이를 들어 보였을 때 대중들은 그것이 무슨 소식인지 몰랐으나 고제자(高弟子)인 가섭(迦葉)만이 그 뜻을 깨닫고 빙그레 미소 지음으로써 그 법문(法門)을 받게 되었다는 염화미소(拈花微笑)의 고사(古史)에서 비롯된 일이다. 그런 여러 생각을 해보니까 사랑이란 것도 한마디로 말해서 그런 선적(禪的)인 사랑이 참사랑이 아닌가 그렇게 생각하게 되더라는 것이다.

그렇다면 그것이 무엇이냐? 한 발자국 더 들어가 보기로 한다. 마치 선(禪)이란 그 자체가 우주 인생의 본연진목(本然眞木)이기 때문에 선(禪)이 따로 있는 것이 아니라 생(生)과 사(死), 안과 밖, 유무(有無), 허무, 영원 등, 그것들 전체가 모두 선(禪)이 된다는 이치처럼 사랑이란 그 자체가 또한 우주 인생의 본연 면목이 된다는 이치이다.

따라서 '사랑' 하면 벌써 그것이 진정한 사랑하고는 거리가 멀게 되는 것으로, 첫사랑이라고 하면 더욱더 그처럼 사랑도 아니요, 그렇다고 사랑 아닌 것도 아닌 것이다.

그것은 또 선의 경우와 마찬가지로 아무도 가르칠 수도 배울 수도 없는 정법안장이요, 열반묘심(涅槃妙心)이요, 실상무상(實相無相)의 미묘한 법이 아닐 수 없다. 때문에 사랑이란 그저 마주 앉아서 바라보는 것만으로 족하다. 전류처럼 이심전심으로 전해오는 것을 보고 빙그레 미소 지으면서 웃는 것으로 사랑이 시작되고 끝나면 된다.

남자는 여자에게 그 말을 말없이 전하고, 여자는 남자에게 그 생각을 생각 없이 전한다. 여기에는 어떤 행위도 필요 없고, 문자도 필요 없다. 그러나 선이란 결국 자기 마음을 깨우치기 위한 방법에 불과한 것이기 때문에, 사랑이 선가(禪家)에서 말하는 사유수(思惟修) 그것이 될 수도 없겠다.

그러나 한 가지 분명한 것은 사랑이 참사랑에 이르게 되면 세상의 모든 만물이 사랑스러울뿐더러 아껴 사랑하게 되고, 부귀공명을 초월하여 생사(生死)까지도 염두에 두지 않게 되는 것이다. 그런데 이지적으로 사랑이라는 것을 깨닫게 되면 그때는 벌써 사랑이라는 것은 타산적으로 되어 부귀공명을 그리게 되고, 어떤 행동을 그리게 되고, 어떤 행동을 취하게끔 되게 마련인 것이다. 그것은 내가 시장에서 아내와 같이 순대를 사 먹을 때 순대 할머니가 지적한 것처럼, 서로 사랑은 하되 아직 선(禪)에 이르지 못한 사랑, 염화미소의 경지에는 들지 못하였기에, 그런 애인들은 자신들도 모르게 그냥 웃고 떠들고 하는 것이 아닐까?

그래서 나는 첫사랑만큼은 참사랑이 되어야 한다고 생각한다. 처음에는 말을 많이 해야 할 것이지만, 나중에는 말이 필요 없는 그런 사랑 말이다. 왜냐하면, 어느 누구를 막론하고 첫사랑은 한 번뿐일 것이고, 참사랑도 두 번이 되어서는 안 되기 때문이다. 사람이 서로 사랑은 하되 사랑의 말도 하지 않고, 사랑의 행동도 취하지 않고, 편지질 따위는 더더구나 하지 않는 그런 경지의 사랑이다.

오랜 시간이 지난 후에 내가 아내에게 말했다.
"우리의 사랑이야말로 불가에서 말하는 염화미소 경지의 사랑이 아닌가 하오. 무슨 말과 행위가 더 필요하리오. 말도 아니요, 문자도 아니요, 생각도 아닌 것이 참사랑일 것이니, 그 실체야말로 사랑도 아닌 것이 사랑 아닌 것도 아닌 것이라는 생각이오."라고!

고산부족을 찾아서

세계를 일러 지구촌(地球村)이라고 한다. 하나의 작은 촌락, 그렇다. 그 전에는 그렇게 넓고 크게만 보였던 지구가 지금은 하나의 조그마한 촌락과 같다는 뜻이다. 그것은 전 세계가 개방화 시대를 맞이하여 누구나 원하면 아무 나라나 갈 수 있는 시대가 되어서 이 광대한 지구는 사실상 일일생활권으로 축소되어 있는 까닭이다. 그래서 우리가 원한다면 세계의 어떤 곳이든 하루 이틀 사이에 원하는 곳에 도착할 수가 있게 된 것이다.

그런데 동남아시아 여러 나라의 고산지대(高山地帶)는 출입을 통제한 출입 금지구역으로 되어있어서 마음대로 갈 수가 없다. 혹시 갈 수 있는 길이 열려있다고 해도, 외지인들을 의심하는 감시의 눈과 험준한 산령들이 가로막고 있기에 여간한 용기가 아니면 갈 수가 없다.

간과할 수 없는 것은, 동남아시아의 광대한 이런 지역에는 대부분 우리와 같은 핏줄을 이어받은 몇천만 명의 몽고족의 후손들이 무지와 빈곤 속에서 살고 있다는 사실이다. 특히 그중에서 인도 동북부에 위치한 나가랜드(Nagaland)는 중국, 미얀마 등과 국경이 맞대 있는 고산지대로, 사실상 문명 세계와 단절되어 전 세계 사람들의 망각 속에 잠겨있는 지역이다.

내가 간 곳은 메랑콩(Meranghon)이란 마을인데, 가서 느낀 점이란, '여기가 바로 세계의 끝이구나!' 하는 생각이었다. 왜냐하면, 세계는 비행기만 타면 모두가 어디든 갈 수 있는 일일생활권인데 비해,

그곳까지 가려면 아무리 짧게 잡아도 일주일은 걸리기 때문이다. 서울에서 방콕까지 가서 1박, 인도 콜카타에서 1박, 코히마에서 1박, 다시 산속 마을을 달려서 3박, 이렇게 해야 겨우 메랑콩에 도착하게 된다.

마을은 대개 30호 내지 70호 정도로 산봉우리를 중심으로 하여 형성되어 있었다. 봉우리와 봉우리 사이에는 깊은 계곡과 밀림이 우거져 있어서 누구나 접근 불가이다. 말하자면 그것이 부족 간, 마을 간의 자연 방어진지인 셈이었다. 제2차 세계대전 때 미얀마를 점령한 일본군이 여기까지 침공해 왔으나 자연 방어진을 돌파하지 못하고 퇴각해 버렸다. 탱크의 잔해가 아직도 남아있었다.

그리고 나가랜드는 인접한 아쌤(Assam) 주와 함께 분리주의자들이 활발히 활동하고 있는 곳이기에 인도 연방정부 관리들이 한시라도 쉬지 않고 감시의 눈을 번쩍였다. 나가랜드의 지도자를 만나보았는데, 미얀마의 카렌족과 자주 정보를 교환하면서 연합독립운동을 꾀하고 있었다. 생활근거지가 밀림 속이라 누구나 긴 칼을 메고 다녔다. 코끼리를 타고 다니는 자도 있었다.

나는 당시 고산부족 선교회 총무 자격으로 이곳에서 사역하고 있는 벤티 루엔 박사(Dr. Benti Luen)를 만났는데, 그는 세계에서 누구도 기억해 주지 않는 인도의 동북 출입금지구역의 제일 작은 주인 나가랜드 주에서 외부의 도움을 구할 수 없는 상황에서도 좌절하지 않고 그 광대한 고산지대의 부족들을 복음화하는 계획을 수립하고 있었다.

메랑콩 부락의 임티 싱강 추장(Chief Imti Shingang)이 약 10만 평의 땅을 기증함으로 시작된 그의 사역은 나가랜드 주의 투리(Tuli) 시에 월드호프 성경신학교를 설립하는 것으로부터 시작되었다.

교사가 하나고, 교수가 한 명인 미니 학교로, 우리가 보기에는 대학이라고 할 수 없었으나 30명에 달하는 학생들이 열심히 공부하고 있음에 감격하지 않을 수 없었다. 학생들은 일변 젖소를 사육하는 일에도 골몰하는 것을 볼 수 있었는데, 그것은 히말라야 동편 끝인 이 지방은 너무 가난하였으므로 학생들을 무료로 교육시키고 젖소를 사육하는 그 노력으로 등록금을 대신하게 하는 그런 제도 때문이었다. 그곳에서 생산되는 우유를 판매하는 그것을 기금으로 또 자립 운영 방법을 강구하고 있었다.

그리고 앞으로 졸업생들에게 송아지나 소를 한 마리씩 주어서 중국 남부나 동남아의 자기 나라 부족으로 돌아가서 젖소로 생활하면서 선교하는 현실적이면서도 구체적인 방법을 실천하고 있었다.

누구라도 함부로 들어가지 못하는 잃어버린 땅인 북동부, 고산지대의 몽고족을 복음화하고 그들에게도 하늘나라의 축복을 누릴 수 있게 하는 가장 좋은 방법은, 그들 스스로 배우고 일을 할 수 있도록 지원하는 일이었다.

"우리의 부족들은 아직 미개합니다. 내가 추장으로서 우리들이 대대로 살아온 터전을 학교 부지로 기증한 것은 오직 우리 종족들을 교육시키고자 하는 단 한 가지 염원 때문입니다. 더욱 학교가 발전하도록, 그리하여 더욱 많은 학생들이 공부할 수 있도록 위하여 지원해 주시기를 부탁드립니다." 헤어질 때, 두 손을 꼭 잡고 말하던 임티 싱강 추장의 말이 아직도 내 가슴을 울리고 있음은 그 후 지금까지, 오랫동안 소식을 전하지 못한 죄책감 때문이리라.

(1999, 『안양신문』)

제2부

사는 방법

바다가 나를 부른다

1953년, 나는 우리나라 해양소년단 창립 1기 단원이었다.

순국의 붉은 피는 물결치는 이 바다에서
세계 거룩한 이 아침이 괴롭힌 밤을 깨쳤네
뭉쳐라 싸우자 나아가자 이 바다 물결로
부서지리라 태극기 높이 높이 들고 바라보는
저 수평선 그의 전도 양양하고나
어기여차 어기여차 뱃노래 높이 부르며
생명선으로!

이것은 「해양행진곡」이다. 해양소년단에 들어가서 이 「해양행진곡」
을 우렁차게 제창하면서 활보하던 때는 내 나이 열다섯 때였다. 그로
부터 수십 년이나 지난 지금에 와서도 그때의 작사나 가락을 하나도
잊어버리지 않고 지금도 패기만만하게 부를 수 있다는 이것은 정녕
그때 이미 군인정신이 굳게 박혀 있었던 연고라 함이 옳을 것이다.

1. 우리는 아노라 삼면의 바다
나라의 흥망도 이곳에 있어
천고의 충의도 이곳에 낳다
창파 너도 차고 차고 나아갑시다

2. 우리는 충무공의 전통이다
쇠 같은 결심도 이미 가졌다
정의의 큰 칼도 예비하였다.
설풍한설 물리치고 나아갑시다

3. 우리는 찾았다. 우리의 바다
동양의 평화도 이곳에 있어
인류의 해방도 이곳에 낳다
천신만고 돌파하고 나아갑시다.

이것은 또 다른 「해양행진곡」이다.

1. 모여라 소년들 대한의 남아
바다는 우리의 집 우리의 일터
대양을 개척하여 나라 살림 도우세
충무공의 혼에 사는 해양소년단!

(후렴) 나가세 용감하게 넓은 바다로
창망한 수평선으로 다 함께 나가세!

2. 뭉쳐라 소년들 대한의 남아
창해 멀리 험한 파도 거치른 바람
동서남해 에워싸고 나라 굳게 지키세

화랑도의 빛을 받은 해양소년단

3. 보아라 소년들 대한의 남아
금수강산 우리 강토 빛나는 아침
몸과 마음 단련하여 나라 위해 싸우세
온 누리에 이름 높은 해양소년단

이것은 「해양소년단가」다.

지금도 어느 것 하나 잊어버린 것이 없다. 어떻게 그럴 수 있는가?

나는 그때로부터 지금까지 이 나라의 영원한 해양소년단 단원이기 때문이 아니겠는가!

그리하여 지금도 가슴 속에서 들끓고 있는 애국애족이다.

6.25 휴전 직후였다. 그때 나는 해양소년단 9지대 소속이었다. 막사는 보령에 있었고, 훈련장은 대천해수욕장 근처에 있었다. 하루에 몇 차례씩 우리는 제식훈련이나 구보에 맞추어 저와 같은 행진곡과 단가를 힘차게 부르면서 대천 시내와 바닷가를 누볐던 것이다.

해군 세라복을 단정히 차려입고 머리에는 해군모를 쓴 모습은 케케묵은 사진첩을 뒤져 찾아볼 수밖에 없는 모습이지만, 그 씩씩한 모습과 기상은 동 연배의 소년들에게 선망의 대상이 되어있었음을 장담할 수 있다.

실력이 있었다. 그냥 지원해서 입단한 것이 아니었다. 9지대 창립 대원들을 선발하는 날은 충청도에 거주하던 청소년들이 대대적으로 지원을 하였는데(나는 그때 온양온천에서 살고 있었다), 신체검사와 함께 실시한 필기시험에서 10대 1이라는 관문을 실력으로 통과하였다는 사실이다. 그러기에 우리의 자긍하는 바도 적지 않았다는 것이다.

그리고 꿈이 있었다. 우리들의 꿈이란 해양소년단을 거쳐서 해군장교가 되는 것이었다. 그리고 대양을 마음껏 넘나들며 국제적인 기린아가 되고자 하는 충동이 있었다. 그러니까 결국 우리들의 궁극적인 꿈은 바다를 통하여 궐기하고자 하는 야망이 있었던 것이다. 그리고 바다라는 그 무한대의 유혹이 없었다면, 그 누구도 해양소년단의 단복을 입고 우렁차가 해양소년단 단가를 부르면서 보령 시내와 대천해수욕장을 힘차게 달리지는 못했을 것이다. 내 경우만 하더라도 바다를 사모하여 달려간 것이 그때가 처음이요, 바다를 처음으로 대하게 된 것도 바로 그때였으니 바다야말로 내게는 너무나 큰 꿈이요, 목적이었음이 틀림없었다.

바다!
양양(洋洋)한 바다!

그때 나는 바다로부터 무엇을 배웠던가? 사랑을 배우기에는 너무나 어린 나이이기에 사랑을 배우지 못했고, 꿈을 펼치기에는 너무나 미숙하여 꿈을 펼치지 못했고! 아쉬운 것은 연령적인 한계를 뛰어넘지 못한 채 1년 만에 다시 집으로 돌아오지 않으면 안 되었던 것이다.

그때 나는 얼마나 깊은 좌절감에 빠졌던가! 좌절을 맛보기에는 너무나 어린 나이었지만! 결국 해양소년단과 함께 꿈과 바다를 버리고 온 소년은 집에 틀어박혀 고독한 하루하루를 보내게 되었다. 그래서 나는 새 길을 찾아야 했다. 그것은 다른 것이 아니라 그 매일의 좌절감을 그냥 흘려버리는 것이 아니라 그 매일 매일의 좌절감을 탐구하고 기록하는 것을 일과로 삼았다는 것이다. 그런 행위가 내 인생을 바꿔놓는 계기가 되었을 줄이야! 그것이 내가 문학을 하게 된 딱 한 가지의 동기가 되었음이다.

그 진실한 동기는 이러하다. 즉, 그때 이름은 잊어버렸지만, 해양소년단 제9지대 교련 사관으로 40대 초반의 준위가 있었다. 그의 계급이 말해주듯 천신만고 끝에 다다른 그의 됨됨이는 너무나 절도가 있고 당당한 것이었다.

그런데 그런 그의 외모와는 판이하게 낮에는 단원들을 고된 훈련으로 몰아붙였으나 밤에는 의외, 일기 쓰는 일에 솔선하는 문학 지망생이기도 했다. 매일 매일을 일기를 쓰고 검열을 필한 후에 취침시키는 그의 행위가 규탄의 대상이었으나, 어쩔 수 없이 매일 매일을 일기를 쓸 수밖에 없는 우리들의 입장이었다. 그런데 그것이 나도 모르게 버릇이 되어 부지불식간 저녁에는 꼭 펜을 들게 되었고, 그때로부터 지금까지 습관적으로 펜을 들게 되는 것은 오직 그 무명의 해군 준위 덕택이라 아니할 수 없다.

그러니 지금도 시상(詩想)이 떠올라 펜을 들면 먼저 떠오르는 것이 그 해군 준위의 얼굴이요, 그의 근엄하고 자상한 얼굴에 바다의 그 푸른 파도가 겹치곤 하는 것은 어쩔 수 없는 환영이 되어버렸다. 그것은 즐거운 추억이요, 환상이기도 하다. 나처럼 순 강제적으로 그렇게 문학 수업을 받은 사람이 있었던가? 그것도 군대 병영과 진배없는 곳에서 기합을 받아 가면서 때로는 자유롭게 쓰기도 하였지만, 주제를 받아쓰기도 했다. 그러니까 결국 나는 바다를 사모하여 해양 소년단에 들어갔다가 바다 대신 문학을 배워가지고 나와서 문학의 길에 들어서게 된 사실이다.

소년과 바다와 해군 준위와…

바다는 나에게 참으로 기이한 곳이다.

그 해군 준위는 그로부터 얼마 후 위관(尉官) 장교가 되었다는 소문을 들었지만, 지금은 어디서 무엇을 하고 있는지 알 길이 없다. 오직 안다는 것은 내 글이 알 수 없이 자꾸 답답하고 진부해지기만 한다는 것과 반대로 바다로 향하는 내 꿈은 날로 점차 새로워만 지고 있다는 사실이다. 다시 바다로 가자! 1950년대~1980년대를 살아오면서 아무 구원도, 아무 생명도 되지 못한 문학을 끌어안고 살고 있다는 사실이 점점 부끄러워지고 있는 현실이다. 그래서 다시 외쳐본다. 가자! 바다로 가서 다시 새 꿈을 키워보자! 그리고 그 해군 준위 선생님이 시간이 있을 때마다 가르쳐준 철석같은 사자후를 다시 복창해 보자!

정의 앞에서는 내 이름을 용감이라 불러주세요.

불의의 재물 앞에서는 내 이름을 청빈이라 불러주세요.

진리 앞에서는 내 이름을 의지라 불러주세요.

위선 교지(狡智) 앞에서는 내 이름을 소년이라 불러주세요.

어둠 앞에서는 내 이름을 광명이라 불러주세요.

거센 바람이 거슬리더라도 온 목청을 내어 대답하리라.

아, 바다!

그 양양한 바다!

(1991, 『신문예』)

거리의 철학자 신기료장수

안양 시내에 있는 광명시 교육위원회 정문 옆에는 언제부턴가 신기료장수 할아버지 한 분이 앉아계셨다. 구두 뒤창이 가득 들어있는 손가방을 진열해 놓고는 언제나 두툼한 털모자 하나 지그시 눌러쓴 채 담배 연기를 뻐끔뻐끔 피어 올렸다. 그 신기료장수 할아버지가 길거리에 엉거주춤 서있는 것은 한 번도 본 일이 없었다. 일이 있으면 열심히 구두를 수선하고, 그렇지 않으면 언제나처럼 제자리에 앉아서 항상 무표정한 모습으로 허공만 멍하니 바라보는 것이었다. 그게 애초부터 나와는 무관한 일이라 나는 그 앞을 오가면서도 그냥 무심히 지나쳐 갈 뿐이었지만 그 인상만큼은 언제나 탈속(脫俗)하여 고결하다는 것이었다.

그런데 어느 날 나는 갑자기 신발이 떨어져서 그 신기료장수 할아버지를 찾아가게 되었다. 그때도 할아버지는 담배를 뻐끔뻐끔 피우고 계셨는데, "할아버지, 구두 뒤창 좀 갈아붙일 수 있을까요?" 하고 조심스럽게 말을 건넸더니 좋다는 표정으로 고개를 끄덕거리는 것이었다.

그래서 구두를 수선하게 되었는데 애초에 떨어진 고무 뒤창을 뜯어내고 새것으로 갈아붙이는 데도 꽤 힘겨운 표정이었다. 할아버지는 새 구두 뒤창으로 붙이는 데 있어서 고무풀로 붙이고, 못을 박고 칼로 사방을 도려내고, 줄칼로 쓸고 하면서도 시종 아무 말씀도 하지 않았으므로 나도 그냥 길거리에 그렇게 서있을 수밖에 없었다.

그런데 구두 뒤창을 거의 마무리 지을 단계에 이르렀을 때였다. 어떤 청년 하나가 신기료장수 할아버지에게 와서 자신의 구두를 손가락으로 가리키면서 "할아버지, 요것 꿰매는데 얼맙니까요?"라고 했다. 그런데 정말 내가 말하고자 하는 일은 그때부터였다. 할아버지가 그 청년을 향해 무섭도록 꽥 소리를 지르는 것이었다.

"구두 수선 안 해!"

신기료장수 할아버지의 말씀은, 청년의 질문이 막 끝나기 전이라서 나도 그만 깜짝 놀랐다. 청년이 다시 물었다.

"얼마냐구요?"

"아니, 이 사람아 구두 수선 안 한다니까!"

청년도 나도 그때 일이 어떻게 되었는지 잘 알 수가 없었다. 그래서 청년이 사라지자 할아버지에게 넌지시 물었다.

"아니 할아버지, 구두 수선 안 한다구요?"

"우린 값부터 물어보는 사람, 구두 수선 안 해!"

그러면서 할아버지는 알 듯 모를 듯한 목소리로 다음과 같이 중얼거리는 것이었다.

"젊은 사람이 돈밖에 모른다니, 정말 큰일이야 큰일! 아, 값이야 물으나마나 제값이 있을 테고… 제값이 있으면 제값대로 해줄 터이고… 구두나 벗어놓으면 될 것을, 쯧쯧! 내가 돈이 아쉬워서 여기 나와서 있는 줄 알아? 내 아들이 누군 줄 알아? 여기 앉아서 나 할 말 다 하구, 세상 구경도 많이 하면서 산다구…."

"할아버지, 그러면 저는 어떻습니까? 구두 수선받을 자격이 있습니까? 혹시 봐주신 것은 아닌지요?"

"원 별말씀을! 자네는 처음부터 태도가 좋았어. 자 구두 수선 다 했으니 잘 신구 열심히 뛰어나 보라구!"

"예, 할아버지 감사합니다. 구두 수선 값은 얼마인지요?"

"아, 그건 적당히 알아서 내놓구 가라구!"

그냥 웃어넘길 만한 성질의 일이 아니었다.

그때 문득 떠오른 것은 그 유명한 거리의 철학자 디오게네스와 정복자 알렉산더와의 대화였다. 어느 날 알렉산더가 디오게네스를 찾아와서 말했다. "나는 알렉산더 대왕이요, 무언가 필요한 것이 있으면 말하시오!" 그때 디오게네스는 통 속에서 햇볕을 즐기고 있었다. "자리를 좀 비켜주실래요? 당신이 내 앞에서 햇볕을 가리고 있군요!"

오, 거리의 철학자 디오게네스! 내가 그때의 신기료장수 할아버지를 생각하면, 그때마다 저 거리의 철학자였던 디오게네스를 떠올려 보는 것은 결코 이상한 일이 아니었다.

어떻게 살아야 할까?

옛 속담에 "호랑이는 죽어서 가죽을 남기고 사람은 죽어서 이름을 남긴다." 했다. 이 말은 꼭 그렇다는 것이 아니다. 그 속의 뜻을 잘 음미해 보면, 그렇게 행하여야 한다는 뜻으로 해석함이 더 옳을 것이다. 왜냐하면, 호랑이는 죽어서 꼭 가죽을 남기는 것도 아니며, 사람은 죽어서 꼭 이름을 남기는 것도 아니기 때문이다. 그것은 이 세상에서 어떻게 살았는가 하는 그 성패 여하에 따라 가죽을 남길 수도 있고, 그렇지 않을 수도 있다는 뜻이다.

우리가 이 세상을 떠날 때 보람된 이름을 남길 수 있다면 이에 더무엇을 바라랴. 때문에 우리의 한 생은 오늘을 살고 있는 현재가 더중요한 것이기에 과거나 미래보다 더 충실하게 살게 모든 것을 투자해야 할 의무를 지닌다. 물론 때에 따라서는 과거지향적이거나 미래지향적으로 살아갈 수도 있다. 그러나 우리가 살고 있는 오늘이라는 시점은 어제의 결과요, 미래는 또 오늘의 결과라고 할 때, 우리에게 무엇보다 중요한 것은 현재적인 삶의 패턴이 어떠한가 하는 것이다.

금일(今日)은 과거의 결론입니다.
현실에 살아있지 않는 과거는
무(無)와 같은 것입니다.

금일은 미래의 준비입니다.

미래에 계속되지 못한 금일은

도로(徒勞)뿐입니다.

금일의 자랑이 명일(明日)에 미침과 같이

금일의 잘못이

명일에 남아 가는 것입니다.

금일의 모든 것을 불멸(不滅)하는 것이

현실의 금일에서 사는 것이

영원의 금일에서 사는 것입니다.

인용한 글은 「금일(今日)」이란 시의 전문인데, 누구의 글인지 분명치 않다. 우연히 옛날의 수첩을 뒤적이다가 발견한 글로서는 가히 금언(金言)이라 아니할 수 없다. 이 시의 골격과 같이 '금일'이라는 하루하루를 살아간다는 것은, 그것이 오늘에 그치는 것이 아니라 오늘이란 어제의 결론이며 내일의 준비인 만큼 항상 경각심을 가지고 허송세월할 성질의 것이 아님이 분명하다.

여기서 우리는 필연적으로 다음과 같은 질문에 부닥트리지 않을 수 없다. '어떻게 살아야 할까?'라고. 그래서 사람들은 저마다 결론을 내리고 이렇게 대답을 한다. '참되게 살아야 한다.' 또는 '가치 있게 살아야 한다.'라고. 그러나 이것은 너무나 평범한, 누구나 알고 있는 그런 대답이 아닐 수 없다. 오늘 하루하루를 참되고 진실하게 살아야 한다는 것은 너무나 당연한 귀결이다.

그렇다면 이번에는 이런 질문을 던져보기로 하자. '무엇을 위하여 살 것인가?'라고. 자, 그러면 이번에는 어떤 대답을 할까? 대개의 경우 이번의 질문에는 누구나 잠시 머뭇거릴 수밖에 없게 된다. 그것을 주마등처럼 스쳐 가는 자기의 떳떳하지 못한 과거지사 때문이기도 하겠지만, 항상 너무나 아득하다고만 느껴왔던 미래에 대한 불확실성 때문에 쉽게 대답할 수 없게 만든다.

　그렇다! '어떻게 살아야 할까?'라는 질문은 '무엇을 위하여 살아야 할까?'라는 내용을 전제하지 않으면 안 된다. 그것이 선행 검토된 후에 잘되었으면 그대로 밀고 나갈 것이고, 못되었으면 궤도를 수정하지 않으면 안 된다. 그리하여 후자는 권력과 명예를, 또는 돈을 위하여 목숨을 걸어도 그것이 옳다고 생각되면 죽을 때까지 밀고 나가기도 하나니, 이것은 자기 편에서만 생각하는 개인주의적인 편향이다.

　그런데 이와는 정반대로 일생을 희생, 봉사로, 개인적 탐심에서 떠나서 사는 사람도 많이 볼 수 있으니, 무엇이 더 가치 있고 참되고 고귀한 것인가는 미루어 생각해 볼 문제다. 이렇게 놓고 볼 때, 세상 사람들은 누구나 두 가지 삶의 패턴으로 살아가고 있음을 발견하게 된다. 즉 하나는 자기중심적인 삶이요, 다른 하나는 타인을 위한 삶이다. 이 두 가지 삶 중에서 어느 것이 더 잘되고 가치 있는 것이냐 한다면 누구나 그것은 후자의 삶이라고 서슴없이 대답한다. 이것을 모두가 '사랑'이라고 한다면, 가치의 순서는 아무래도 '자기 사랑'보다는 '이웃 사랑'이 더 우위에 속한 사랑이라고 대답한다. 그렇다고 '자기 사랑'이 전적으로 틀렸다는 말은 아니다. 결코 투기나 탐심에서 시작되지 않은, 자기완성을 위한 자기 사랑이야말로 얼마나 필요한 사랑인가?

　그렇다면 세상에는 이렇게 '자기 사랑'과 '이웃 사랑' 외에는 또 다른 사랑은 없단 말인가? 아니다. 그 외 또 한 사랑이 있으니 그것을 우리는 아가페의 사랑이라고 한다. 그것은 절대자인 신이 우리에게 베푸는 사랑이기는 하지만, 반대로 그것은 우리가 신을 향한 사랑이기도 하다. 때문에 세상에서의 '사랑의 순서'를 정해 보라면 첫째가 하나님 사랑(對神)이요, 둘째가 이웃 사랑(對地)이며, 셋째가 자기 사랑(對自)이 된다. 이러한 사랑의 순서란 바꿔 생각해 보면 세상에서의 '가치의 순서'가 되기도 한다. 그렇다면 '어떻게 살아야 할까?' 먼저 신에게 감사하고, 다음에는 타인을 사랑하고, 마지막으로 자신을 사랑하며 살 일이다. 이것이 사람이 마땅히 행하여야 할 사랑의 순서요, 가치의 순서이다.

　이것을 인생이 마땅히 가져야 할 절대적인 사랑이라고 한다면 첫째, 하나님 사랑이란 그에게 충성한다는 것이다. 충성한다는 것은 순종한다는 말이고, 순종한다는 것은 순종함으로 평안을 얻을 수 있다는 뜻이다. 둘째로 이웃 사랑이란 이웃에 겸손하다는 말이고, 겸손함으로 타인을 돕고 용서하고 사랑한다는 뜻이다. 셋째로 자기 사랑이란 자기에게 충실한다는 뜻이다. 성실함으로 비로소 자기를 발견하고, 자기를 발견하게 되므로 자기 자신의 가능성까지를 발견하게 된다는 뜻이다.

　이러한 삶이야말로 진정 가치 있는 삶이 아닐 수 없다. 행복이란 진정 이러한 사람들에게서만 찾아와야 하는 결론인 것이다. 그런데도 세상은 공평치 못하여 가치 있게 사는 자가 왕왕 불행해지는 경우를 보게 된다. 동시에 그와는 정반대의 행복을 누리면서 사는 것도 보게 된다. 그렇다고 실망할 필요는 없다. 나타난 현상만으로는 아직은 판별할 수 없는 것이 현실이기에 행불행 간 자기를 희생하고 타인을 위해서 사는 사람을 우리는 결코 비웃을 수가 없겠다.

'어떻게 살아야 할까?' 자문하면서 이런저런 경우를 생각해 볼 때 옳게 사는 것, 그것이 유일한 대답이 된다. 옳게 사는 길은 자기 자신을 위해서 사는 것이 아니다. 그것은 타인을 위해서 사는 것이다. 눈을 밝게 뜨고 자기 자신에게서 떠나는 것이다. 그리고 타인을 위해서 자기 자신을 드리는 일이다.

우리는 왕왕 자기 자신만을 위하여 살다가 실패하는 많은 사람을 볼 수 있다. 이들에게 이웃이나 신을 이야기한다는 것은 무의미하기까지 하다. 오직 자기 자신의 영달만을 위한다. 그것이 지상 최대의 가치인 양 생각하고 그렇게 일생을 살아간다. 그리하여 혹 성공하기도 한다. 한 가지 아쉬운 것은, 세상적인 면에서 성공한 사람이 계속 자기중심 사상에 묶여있다는 사실이다. 조금만 눈을 돌리면 될 터인데 그들은 그들의 이웃을 끝까지 보지 못한다.

그리하여 세상은 가지 자신의 세상이 되고, 못 가진 자와 억눌린 자와 피폐한 자의 세상으로 구별되기도 한다. 그래서 못 가진 자와 억눌린 자와 피폐한 자는 가진 자에게 적개심을 가지고 투쟁에 나섬으로써 아수라를 방불케 한다. 이쯤 되면 가진 자나 못 가진 자나 다 자기중심적인 인생일 수밖에 없다. 가진 자의 편에서 보면 못 가진 자가 이웃이 되고, 못 가진 자의 편에서 보면 가진 자가 이웃이 된다. 못 가진 자라고 해서 이웃을 사랑하지 못하는 법이란 없다. 문제는 자기 자신의 탐심에서 떠나 '사랑의 순서'를 높이고 '가치의 순서'를 높이자는 것이다.

첫째로는 자기 자신에게 충실해야 한다. 주어진 여건에 충실하고 자기 시간에 충실할 일이다. 그것은 자기가 받은 대로 자기의 달란트를 선용하고 그것을 축복으로 받아들이는 일이다. 둘째로는 이웃에게 겸손해야 한다. 이웃의 성공에 대해서 겸손하고 이웃의 실패에 대해서 겸손할 일이다. 그것은 서로가 용서하고 위로하고 축복하는 일이다. 이웃을 헐뜯고 질시하는 행위가 아니라 그를 본받고자 하는 겸손함이다. 마지막으로는 절대자이신 신에게 순종하는 일이다. 혹자는 운명을 개척한다고도 한다. 그러나 이는 얼마나 우스운 이야기인가? 개척보다는 우선은 순응하는 자세를 견지해야 한다. 이렇게 생각하여 볼 때 '나'라는 것도 요 모양 요 꼴대로 신이 주신 것이고, 나의 가정도 신이 주신 것이고, 나의 기업이란 것이 신이 주신 것일 수밖에 없다. 그러므로 신에게 순종한다는 것은 주어진 여건에 충실한다는 뜻이 된다.

요 모양 요 꼴의 나 자신을 부인한다는 것은 있을 수가 없다. 여기서부터 출발이다. 출발이 좀 늦었다 해도 이제부터 출발인 것이다. '무엇을 위하여 살아야 할까?' 그 최종적인 결론이 행복을 위한 것이라면, 요 모양 요 꼴의 나 자신으로부터의 출발이란 행복하게 사는 첫걸음이 되는 셈이다.

그리하여 나 자신으로부터 나 자신을 발견하고, 이웃으로부터 나 자신을 발견하고, 신으로부터 나 자신을 발견하고, 무한한 자기 자신의 가능성을 보게 될 때 우리는 결코 실패하지 않을 것이다.

이 세상에 이름을 남기기 위해서가 아니라, 이 세상의 이름이란 사람답게 산 사람들에게 자연히 붙여지는 이름일 뿐이다. 어떻게 살아야 할까? 무엇을 위하여 살아야 할까? 그냥, 그냥 살아가는 것이 아니다. 현재적인 삶을 살아가는 사람은 누구나 '가치의 순서'를 정하고 '사랑의 순서'를 정하고 그렇게 하루하루를 살아갈 일이다.

불가능은 없다

"불가능은 없다."

이것은 『적극적 사고방식』의 저자 로버트 슐러(Robert H. Schuller)의 또 다른 베스트셀러의 저서 명이다. 이 책은 영감이 넘치는 이야기들로 가득 찬 매우 깊은 감명을 주는 책으로, 기독교적인 메시지들이 최고의 흥미와 최상의 매력적인 해설로써 잘 설명되어 있는데, 지금까지 영감과 희망과 긍정적 행동 지침을 제시한 책 중에서 최고의 성과를 얻고 있다고 해도 좋을 것이다.

평소 이 책을 읽고 난 다음 생각나는 것은 로버트 슐러가 제시하고 있는 여러 가지 방법이 새로운 것이 아니라고 해도 우리 인생에 있어서 매우 효율적인 최고의 행동 지침이라는 점에서 누구에게나 권장할 만한 내용이라는 것이다.

당신은 힘차게 걸을 수 있을 때 절룩거리고,
휘파람을 불 수 있을 때 불평을 중얼거리며,
웃을 수 있을 때 울고 있는 것은 아닐까요?
당신은 당신을 절망케 하는 좌절감과
당신을 우울하게 만드는 슬픔에 직면하여
당신의 문제에 굴복당하고 있지는 않은지요?
당신은 삶에 지치고,
열정과 자극이 부족하여

인생에 권태를 느끼고 있는 것은 아닌지요?

당신은 당신 자신이 거부했던 기회로 누군가가 굉장한

성공을 거둔 것을 보고 있습니까?

당신의 계획과 꿈이

번창할 수 있었음에도 허덕거리고

자라날 수 있었음에도 움츠러들며

성공할 수 있었음에도 실패하고 있는지요?

그는 이 책에서 인생에 있어 아주 다른 두 가지의 기본 유형의 사고방식이 있음을 먼저 제시한다. 그는 그 두 가지 사고방식이란 한쪽은 긍정적 사고주의자(思考主義者)요, 다른 한쪽은 부정적 사고주의자라고 말한다. 그리고 부정적 사고가 인생에 끼치는 마이너스 요인과 함께 긍정적 사고의 플러스적인 요인을 제시하므로 우리를 결단으로 이끈다. 그것은 곧 인생의 영원한 명제라 할 수 있는 '불가능은 없다.'라는 것이다.

애초에 "나에게 불가능은 없다."라고 말한 사람은 나폴레옹 보나파르트(1769~1821)이다. 과연 앞으로 몇 사람이나 더 이렇게 거만한 말을 거침없이 할 수 있겠는지는 미지수이겠으나, 로버트 H. 슐러는 "언제나 그렇다! 불가능은 없다."라고 말하고 있는 것이다. 그래서 불가능에 대한 도전은 언제나 긍정적 사고로부터 출발해야 하며, 적극적인 사고와 행동을 수반하므로 불가능을 가능으로 바꿀 수 있다는 것이다.

어떤 장벽이 가로막는다 해도 결코 포기하지 않는다. 그들은 기어

오른다거나 통과할 수 있는 길을 찾아내거나 아니며 딱 버티고 서서 그들의 장벽을 오히려 금광으로 바꿔버리고 만다. 그들은 제시된 문제나 의견들을 날카롭고 부정적인 눈으로 바라본다든가 입맛에 쓴 관점들을 성급하게 쓸어버리지 않는다. 그들은 언제나 가능성을 가지고 모든 문제점, 제안, 기회들에서 거의 모든 인간의 상황 속에 존재하고 있는 긍정적인 면만을 찾아내고자 애쓸 뿐이다.

나폴레옹도 한때 좌절을 맛보지 않은 것은 아니다. 자코뱅파에 속해있던 나폴레옹은 테르미도르의 반동에 의해서 실각했었으나 내외적으로 1796년 북이탈리아에 출정하여 이탈리아 여러 나라를 정복하고, 오스트리아를 격파하여 1797년에 캄포포르미오 조약을 강요한다. 대내적으로는 나폴레옹의 빛나는 군사적 재능과 영성, 그리고 그의 야심은 1799년 쿠데타를 일으켜 총재 정부를 타도하고 부르조아지(有産市民) 기대를 충족시키는 최적임자로 부상한다. 그는 대상인, 은행가 등으로부터 지지를 받아 군사력을 배경으로 원로원, 5백인 회의를 해산시키고 3명의 통령에 의한 통령정부를 형성하고 스스로 제1 통령의 지위에 오른다. 이것은 사실상 그에 의한 군사 독재의 개막이었으나 인간 면으로 볼 때는 위대한 승리의 개막이었던 것이다. 그의 전성기는 1808년에 절정을 달려 당시 제국의 판도는 북쪽은 북해, 남쪽은 이탈리아의 포강(江), 동쪽은 라인강, 서쪽은 피레네산맥에 달하는 대(大) 영토를 구축하였다.

"나의 사전에는 불가능은 없다."라고 외친 나폴레옹이야말로 모든 면에서 긍정적인 인생을 살다 간 인물이 아닐 수 없다. 과욕이었든가 무모했다든가 하는 표현으로는 어울리지 않는다. 그의 치적과 사고를 놓고 말할 때 어느 하나라도 부정적인 면은 찾아볼 수가 없다. 부정적 사고주의자들은 언제나 일을 성사시킬 수 있는 확실한 방법보다는 일이 성사되지 않은 이유만을 찾기를 좋아한다. 로버트 슐러는 말한다.

부정적 사고주의자들은 모든 긍정적인 제안에도 왜 그것이 이루어질 수 없으며, 왜 그것이 좋지 못한 아이디어이며, 그 일을 시도했던 자들이 어떻게 실패했으며(대개 이것이 그들의 결론적 이론이다), 그 일을 성사시키려면 얼마나 많은 비용이 드는가 따위의 피상적이고 잘 연구해 보지도 않은 무책임한 이유들로, 즉석에서 일시적이고 본능적이며 충동적인 반응을 보이는 사람들이다. 얼마나 어리석은 사람들인가? 그들이야말로 문젯거리를 미리 상상해 내고, 실패를 예견하며, 고통거리만을 예견하며 장애물을 머릿속에 그려보면서 비용을 과장해서 추산해 내는 사람들이기에 그들의 문제를 실행에 한 번도 옮겨보지 못한 채 실패해 버리고 만 사람들이다.

부정적 사고주의자들을 보고 있으면 그들의 태도는 매사에 의혹을 불러일으키고 공포심을 조성하며, 염세주의와 허무적 정신적 풍토를 조성하고 불만을 만들어내며, 낙천주의를 말살시키고 신념을 질식시켜 버리기 일쑤이다. 이런 이들의 마지막 결과는 보지 않아도 뻔한, '실패' 바로 그것이다.

그래서 그는 성공으로 가는 길은 오직 긍정적 사고에 의한 것뿐이며, 그의 행동 지침으로는 적극적인 생활 태도밖에 없다고 우리를 권면한다. 즉, 스스로 삶의 모든 분야에서 가능성만을 찾아 꾸준히 노력할 것을 제시하는 것이다.

* 열등의식을 극복하고 자신 있게 살아가며
* 새로운 아이디어들을 받아들여 그것들을 면밀하게 검토해 보고
* 기회를 보아 그것들을 용감하게 낚아채고
* 도전해 오는 문제점들은 기꺼이 받아들여 오히려 그것들을 독창적인 방법으로 해결해 나가며
* 당면한 개인적 비극들을 침착하게 견디어 내면서 가능하다면 이 비극까지도 정상적인 방향으로 사용하라!

긍정적인 사고방식은 이미 실패했다든가, 실패에 직면하고 있는 사람들에게도 마찬가지로 적용 가능한 방식이다. 실패했다고 해서 '나는 틀렸어!' 하고 자포자기에 빠진다든가 실패가 거의 확실하다고 해서 망연자실해서는 안 된다. 실패 가운데서도 가능성은 얼마든지 있는 것이다. 그래서 '실패는 성공의 어머니!'라고 했던가?

나폴레옹의 저 유명한 백일천하(百日天下)의 이야기는 이런 의미에서 우리에게 또 다른 의미를 부여해 준다. 그 백일천하를 창출해 낸 나폴레옹의 실패와 성공은 우리가 알고 있듯이 대체로 이러한 내용이다.

1813년 10월 나폴레옹은 15만여의 군대로 연방국 35만의 군대와 라이프치히에서 격돌한다. 연합국은 러시아, 프로이센에 합세하여 영국, 스페인이 대프 동맹을 결성한 후 오스트리아도 참가한 세력이었다. 결과는 나폴레옹의 패전이었다. 1814년 3월 연합군은 파리에 입성했고, 프랑스인의 국민 감정을 상하지 않게 하기 위해서 나폴레옹에게 관대히 대하여 지중해 엘바섬으로 옮기고 이를 공국으로 인정한다. 따라서 프랑스에는 왕제가 부활하여 루이 16세의 아우인 루

이 18세가 왕위에 오른다. 그러나 나폴레옹은 루이 18세가 인기가 없고 빈에 모인 열국의 이해가 대립되고 있는 것을 포착하고, 비밀리에 엘바섬을 탈출하여 병사들을 규합, 파리에 입성하여 루이 18세를 몰아내고 또다시 정권을 잡기에 이른다.

그러나 나폴레옹의 탈출을 안 영국은 의견 대립을 버리고 '평화의 교란자'에 대하여 공동으로 선전을 포고한다. 나폴레옹은 13만의 병력을 이끌고 벨기에를 침공, 먼저 프로이센을 격파하고, 1815년 6월 18일 브뤼셀 부근의 워털루에서 웰링턴이 이끄는 영국군과 격돌한다. 전국은 일진일퇴를 거듭하고, 판가름이 나지 않았으나 프로이센 구원군의 측면 공격을 받아 나폴레옹군은 드디어 파멸되고 만다. 루이 18세는 재차 파리에 입성하고 나폴레옹은 남대서양의 고도인 세인트 헬레나로 유배되고 만다.

> 오, 위대한 사람들이여!
> 이들은 믿음의 집을 짓는 사람들이며
> 희망의 후원자들이며
> 용기의 창조자이고
> 명성을 불러일으키는 자들이며
> 낙천주의를 전파하는 자!

긍정적 사고주의자들은 중도에 포기하지 않는다. 끝까지 실패를 바꿔 승리를 이끌어내고자 한다. 그러다가 설혹 실패하는 한이 있더라도 결코 후회하지 않는다. 이에 로버트 슐러의 『불가능은 없다』라는 저서는 우리들로 하여금 실패자의 무리 가운데서 성공자가 되게 하는 유일한 초대장임을 의심 없이 받아들이게 되는 것이다.

운명은 개척하는 것이다

『쟝 크리스토프(Jean-Christophe)』는 1915년 노벨문학상의 수상자인 로망 롤랑(Romain Rolland)의 장편소설이다. 10권으로 된 방대한 작품으로 악성 베토벤(Ludwig Van Beethoven)을 모델로 하였고, 위선과 허위를 배척하고 인간에 대한 신뢰를 저버리지 않은 채 굳세게 운명을 개척해 나가는 한 파란 많은 인간의 일대기를 그린 20세기 최고의 소설이다.

주인공 쟝 크리스토프는 궁중 악사를 아버지로 라인강 변에서 태어났는데, 선천적으로 음악의 재능을 가지고 있었다. 가난한 가운데서나마 그는 음악에 정진한다. 가난과 아버지의 주벽 때문에 어린 시절을 비참하게 보내면서도 풍부한 꿈과 벅찬 생명력의 소유자였던 크리스토프는 어느 날 할아버지에 의하여 그의 음악적 재능이 발견된다. 평범한 음악가인 아버지는 아들의 재능을 팔아서 생활 밑천으로 삼으려고 하지만 선량한 숙부 고트프리드(Gottfried)의 충고를 따라 크리스토프는 그 멍에에서 벗어난다.

성장함에 따라 크리스토프는 독일 사회의 온갖 허위와 부정에 부딪혀 이것들과 승산 없는 싸움을 벌이지만, 그의 꿈을 다 펴지 못한 채 어느 날 산책하러 나갔다가 마을 사람들과 병사들의 편싸움에 말려들어 부득이 국외로 도망가야 할 처지가 된다.

단신으로 파리에 온 크리스토프는 대도시의 혼탁한 공기 속에서 또다시 승산 없는 고독한 싸움을 강요당한다. 그러나 그런 가운데서

나마 그는 음악에 정진한다. 그는 다락방 하나를 얻어서 작곡에 몰두한다. 그러나 그의 실력을 알아주는 사람이 없어 그의 생활은 더욱 궁핍해지고 마음속의 번민은 더욱 커져만 간다.

그런 가운데서 그는 '산다는 것은 고생한다는 것이고, 싸운다는 것이다.'라고 스스로 자신을 격려한다. 불운이 겹치고 이곳저곳을 방황하던 중 피로에 젖은 그의 앞에 내성적인 한 프랑스 청년이 나타난다. 허식의 내면 깊숙이 숨어있는 참된 프랑스를, 참된 우정과 진지한 노력을, 그리고 건강한 민중을 크리스토프에게 알려주는 참다운 친구였던 젊은이가 바로 올리비애였다. 여기서 그는 그의 누이 앙뜨와네트, 그리고 어릴 때의 소꿉동무 그라치아를 사랑하게 된다. 그러나 그의 올리비애와의 우정도 메이데이의 난동 속에서 그가 죽음으로 끝나고, 크리스토프는 다시 스위스로 피신해야 하는 처지에 놓이게 된다. 옛 친구 블라운의 집에 여장을 푼 크리스토프는 여기서 또다시 새로운 수난에 부딪힌다. 그것은 블라운의 아내인 안나와의 불륜이었다. 안나와 사랑에 빠진 크리스토프는 함께 자살을 꾀하지만 이것마저 실패하고 절망에 빠진 그는 눈으로 뒤덮인 쥴라산 깊숙이 숨어버린다.

다시 봄이 찾아들자 크리스토프는 재기를 한다. 그러자 그의 음악적 명성은 점차 확고한 것으로 되었고, 평온 속에서 그는 인생의 하루하루를 보내게 된다. 이탈리아의 청명을 노래한 소꿉동무 그리치아와의 재회는 그에게 다시 한번 더 사랑의 정열을 불러일으키게 하지만, 그에게 또 불운이 겹쳐 그라치아가 죽음을 맞이하게 되자 크리스토프도 자신도 새로운 젊은 세대의 성장을 바라보면서 죽어가게 된다.

마침내 그의 차례가 오자 그는 인간으로서 자기가 온 정열을 바친 음악의 세계에 있어서도 결코 무의미하지 않았다고 자부하면서 고요히 죽음의 자리에 눕는다. 그리고 그는 이 세상에 자기보다 훨씬 큰 힘을 가진 존재 같은 것이 있음을 느끼면서 그는 그것에 호소하듯 이렇게 말한다. "자, 드디어 당도했습니다. 당신은 지독히도 무서웠습니다. 대체 당신은 누구십니까?"라고. 그리고 그는 한 줄기의 물결이 바다로 흘러가는 것처럼 그렇게 죽어간다.

쟝 크리스토프는 그 일생을 신선한 투쟁으로 일관한 이 시대의 영원한 청년이다. 그는 끊임없이 밀려드는 불운에 항거하면서 자기의 달란트(예술)를 높이 끌어 올린 놀라운 투지의 인물이다. 그에게는 위선이나 부정은 전혀 없었다. 그는 자신이 천재임을 확신했고, 그래서 그는 어떤 난관이 닥쳐도 이에 끊임없이 앞을 향해 전진할 수 있었던 것이다. 무겁기만 했던 그의 인생을 훌륭하게 이끌어 온 그의 모습은 실로 장엄하다고 하지 않을 수 없다.

로망 롤랑(Romain Rolland)은 어느 때 작품의 주인공인 쟝 크리스토프에 대해 말하기를 "오늘날의 세계에 사는 베토벤과 같은 한 인물을 만드는 데 있다"고 피력한 바 있는데, 작가의 그런 뜻대로 쟝 크리스토프는 이제 한갓 소설 속의 주인공이 아닌 역사 속의 실존 인물로, 또는 젊음의 표상으로 나타나서 좌절하고 있는 우리에게 신선한 충격을 던져준다.

인생이란 하나의 기나긴 싸움이라고 한다. 그것은 미지에의 탐구며 모험이며, 도전이다. 그것은 인생에는 운명 지어진 것이다. 피할 수도, 물러설 수도 없다. 그러므로 용기 있는 사람은 누구나 이렇게 외

친다. '운명이여, 내가 간다! 길을 비켜라!'라고. 여기서 운명을 받아들이느냐 아니면 거기에 도전하느냐 하는 문제가 제기된다. 운명에 고개를 숙인다는 것은 젊은이들에게 있어서는 도저히 참을 수 없는 모욕적인 일에 속한다. 그래서 그들은 과감히 도전하고 있으며, 이러한 싸움을 통하여 도전이 끊임없이 계속되는 것이다.

"인간은 세상과 생과 결투한다."라고 프랑츠 카프카(Franz Kafka)는 말했다. 그는 또 계속하여 말하기를 "우리는 항상 서로 싸우고 있다. 그러나 거기에는 두 가지 종류가 있다. 남에게 의지하지 않고 상대방의 힘을 측량해 보는 기사적인 것이 그 하나이고, 즉 사람은 누구나 다 홀로 존재하는 것이며, 제 스스로 패배하고 승리하는 것이다. 그리고 또 하나는 찔러댈 뿐만 아니라 동시에 자기 생명을 보존하기 위해서는 피를 빨아 먹는 해충의 투쟁이다."라고 했다. 이렇게 보면 투쟁은 언제나 스스로와의 투쟁이고, 생활 그 자체가 투쟁이 된다. 여기에서 투쟁 그 자체에 의미를 부여한다는 것은 아무 의미가 없다. 보다 큰 의미는 '도전'한다는 그 자체에 있으며, 투쟁이 승리로 끝나느냐 하는 것은 그렇게 문제가 되지 않는다. 그래서 문제는 인생이란 '싸움'이 아니며, '도전'이라는 것이며 그것을 얼마나 성실하고 꿋꿋하게 생활화하느냐 하는 점이다.

프랑스의 작가 쟝 리샤르 블로크는 쟝 크리스토프를 추모(?)하는 글에서 "소년 시절의 쟝 크리스토프는 함께 노는 친구가 없었다. 동네의 개구쟁이들은 쟝 크리스토프와 어울리기를 싫어했다. 그것은 그가 아이들과의 장난을 장난으로 대하지 않고 그것을 언제나 진정으로 알고 대하기 때문이었다."라고 했다. 쟝 크리스토프는 모든 것을 진정으로 받아들였다. 어떤 부정도 허용하지 않았다. 그리하여 사람에게 사랑을 받는 것을 원하면서 결국은 고독하게 되지 않을 수 없었던 쟝 크리스토프, "인생이 자기에게 즐거움을 주지 않으면 자기가 즐거움을 만들어내야 한다."라고 말한 베토벤과 그는 너무나 흡사한 점이 많은 인물이었다. 그리고 사실 그는 그렇게 되었다. 그리하여 쟝 크리스토프는 자기가 세상에 있다는 것만으로, 자기가 존재한다는 그 사실 하나만으로 위안에 찬 어떤 영향을 남기게 되었다. 그가 가는 곳마다 그는 어디에서나 내면에서 번지는 빛의 자국을 무의식중에 도처에 남겨놓았다. 이 내면의 빛은 그가 걸은 이 작품의 모든 길가에 오늘날까지 남아있다. 그 때문에 이 작품이 완결되었을 때 [로망 로랑은 이 작품을 1904년부터 1912년까지 잡지 『반월수첩(半月手帖)』에 발표했다], 즉 '쟝 크리스토프가 죽었다'는 뉴스가 이 세상에 울려 퍼졌을 때, 나는 그때 몸을 비틀며 울었다고 고백하는 여러 사람을 만났다고 하였다. 이 글을 보면 『쟝 크리스토프』가 발표될 그 당시에도 얼마나 장안의 지가를 올린 이상적인 작품이요, 인물이었던가는 이로써 증명이 되고도 남는다.

'쟝 크리스토프'는 온후하고 이상적인 인물이었다. 따라서 그의 싸움은 길고 오랜, 그러면서도 질긴 면을 보여준다. 그는 인생을 기나긴 싸움으로 생각하면서 겹치는 불운에 굴하지 않고 묵묵히 싸워나갔다. '쟝 크리스토프'에게 있어서는 어떠한 일이 닥친다 해도 단 한 번의 도피나 좌절이란 있을 수가 없었다. 자기 운명에 대한 방관자가 아닌 참인간으로서 끊임없이 운명에 도전함으로써 결국 자기의 운명을 극복해 나갔다.

사람에게는 일반적으로 잘 알려지지 않은 두 가지의 큰 죄가 있는데 그것은 성급함과 소홀함이라고 한다. 모든 다른 죄는 여기에서 생겨나는 것이라고 한다. 아담과 이브는 성급함으로 낙원에서 쫓겨났으며, 현대인들은 소홀함으로 낙원으로 되돌아갈 수가 없다고 한다. 만약 사람들에게 성급함과 소홀함이 없었다면 이 세상은 얼마나 행복을 누릴 수 있는 축복받은 땅이 되어있을까?

　'쟝 크리스토프'는 그것을 알고 있었다. 그래서 그의 일생의 싸움은 그 인간의 성급함과 소홀함을 극복하기 위한 그러한 싸움이었다. 그것은 어떤 문제에서도 자기 자신을 결코 소외시키지 않는 자기 긍정의 확고한 신념에서 출발한 그러한 싸움이었다. 그때 그가 사용한 것은 정직과 성실과 꿋꿋함이라는 무기였다.

　키에르케고르(S. Kierkegaard)의 『죽음에 이르는 병』을 보면 죽음에 이르는 병은 '절망'이라고 한다. 절망이라고 하는 것을, 여기서는 보통 용어와는 달리 '인간인 자기가 신을 떠나서, 신을 상실하고 있는 상태'를 의미한다. 일반적으로 말하면, 그것은 인간의 자기 소외의 상태이다.

　'쟝 크리스토프'는 어떤 문제에 있어서도 자기를 소외시키지 않았으며, 끊임없이 문제에 도전함으로써 승패 간 관계없이 문제에 굴하지 않고 그는 일생을 묵묵히 싸워나갔다.

　"만일 인간이 병으로 죽은 것과 같이 절망으로 죽는 것이라면 인간의 내부에 있는 영원한 것, 다시 말하면 자기는 육체가 병으로 죽는 것과 같은 의미로 죽을 수가 있지 않으면 안 될 것이다. 그러나 그것은 불가능하다. 절망자는 죽을 수가 없다."라고 키에르케고르는 말한다. '쟝 크리스토프'는 어쩌면 절망했는지도 모른다. 그래서 그는 더욱 정직하고 성실하게 살려 했는지 모른다. 그리고 꿋꿋하게 임종을 맞이하면서 '자신의 도전이 결코 무의미하지 않았다!'라고 자부하는 그에게서 더욱 불굴의 투지를 발견하게 되는지도 모른다.

노동에 대하여

노동은 인간의 삶을 기본적으로 영위하는 방편이다. 또 노동은 인간의 존엄성과 겸비성, 계몽, 심미적 향락, 창조성, 새로운 경험, 안정성, 자유, 정의, 인격 등을 실현하는 방편도 된다. 그래서 노동은 인간에게 있어서 시작이며 끝이라 할 수 있는 인간의 전 영역인 것이다. 하여 인간은 누구나 일을 한다. 인간은 처음부터 노동하는 자로 그렇게 탄생되었던 것이다. 인간이 이 본래적인 삶의 원천인 노동에 종사하는 것을 우리는 직업이라고 부른다. 그리고 인간이 현재 어떤 위치에서 어떤 일을 하고 있든 간에 그들은 모두가 다 직업인이라고 부른다. 그래서 인간이 살고, 인간이 산다는 것은 일한다는 뜻으로 해석된다. 여기서 인간의 일(work)과 노동(labor)이란 단어는 구별되지 않는다.

노동(직업)은 자연발생적인가? 그렇지 않다. 성경 창세기를 보면 이런 기사가 나온다. "하나님이 자기 형상 곧 하나님의 형상대로 사람을 창조하시되 남자와 여자를 창조하시고 하나님이 그들에게 복을 주시며 하나님이 그들에게 이르시되 생육하여 번성하여 땅에 충만하라, 땅을 정복하라, 바다의 물고기와 하늘의 새와 땅의 땅에 움직이는 모든 생물을 다스리라 하시니라(창세기 1장 27절~28절)." 인간에게 내린 최초의 명령이다(문화 명령). 곧 노동 명령이다. 그러므로 인간의 노동은 단지 인간의 노동이라고 말할 수 없다. 인간이 수행하고 있는 모든 노동은 모두가 신으로부터 위탁된 신의 노동인 것이다. 그러니까 지금 인간이 어떤 처지에서 어떤 일을 하고 있든 그것은 모두가 신의 일을 인간들이 대리하고 있는 경우가 된다.

천직(天職)이다. 그러므로 노동(직업)은 소명(召命)된 것이다. 그리고 인간은 자기가 처해 있는 모든 직업에서 부름을 받는다. 순천자(順天者)는 흥하고, 역천자(逆天者)는 망한다는 절대 윤리가 여기에 있다. 신의 뜻에 따라 일이나 노동을 하게 될 때 거기에는 무한한 축복이 있는 것이며, 오직 살기 위해서 사리사욕에 정진한다면 일과 노동이 오히려 저주로 떨어질 것이다. 직업을 갖게 되는 것은 이렇게 소명된 결과이며, 그에 따른 대가는 필연적으로 소중한 것이다. 그러므로 직업의 경중, 비천이란 있을 수가 없다. 어떤 세속적인 직업이라 해도 다 그런 것이다.

1522년에 와서 루터는 모든 직업, 공직, 계급 등도 소명이 될 수 있다고 단언하였는데, 그에 따르면 사람이 어떤 처지에서 어떤 직업에 종사한다고 하여도 그것은 모두 소명된다는 것이다. 이렇게 볼 때 결국 직업에 대한 소명 의식이 없는 사람은 그것을 인간의 욕심과 정욕을 채우는 도구로밖에는 생각지 않는다. 먹고살기 위한 삶의 수단과 방편에서 벗어나지를 못한다. 먹기 위해 일하기 때문에 먹을 것이 충분하면 일하지도 않는다. 얼마나 불쌍한 저주받는 존재들인가? 그러나 이와 반대로 직업에 대한 소명 의식이 투철한 사람은 일과 노동이 인간의 욕심과 정욕을 채우는 것이 아니라 이웃과 신에게 봉사하고 감사해야 할 축복으로 받아들인다.

여기서 한 가지 지적하고 넘어가야 할 것이 실업 문제인데, 이 세상에 무직자가 없거니와 산업화 시대로 접어들면서 날로 증가해 온 실업 사태는 역천으로 인한 결과가 아닌지 깊이 반성해 보지 않을 수 없다. 일의 결과에는 반드시 원인이 있듯이 무릇 모든 노동이 신의 노동 됨과 같이 신의 노동의 수임자로서 그 행사를 다 하지 못함에는 개인적, 사회적 어떤 요인이 작용 되지 않았나 하는 점이다. 그런 면에서 볼 때 직업에 종사하고 있는 인간들은 누구나 천혜를 누리는 자들이라 함에 아무 무리가 없을 것이다.

　그러므로 신의 노동으로서의 인간의 노동은 어느 것이나 모두가 동등한 것이다. 직업에 귀천이 없다는 것은 이를 두고 하는 말이요, 천직이란 어떤 작은 일이라 할지라도 신은 그 일을 통하여 우리에게 복을 베풀고 만사를 협동케 하여 결국 선을 이루어 가게 하는 것이다.

　오늘날 다양하게 분포되어 있는 직종은 그것이 천하든 귀하든, 작든 크든 다 사람들이 신의 명령을 수행하는 데 따른 도구의 직종일 수밖에 없다. 흡사 집을 짓는 데 있어서 건축 자재가 그 쓰임에 따라 다양함과 같이 그가 어떤 처지에서 어떤 일을 하든 간에 인간들은 자기에게 맡겨진 사역만을 감당하면 되는 것이다. 그러므로 철근은 철근의 일을 일만 하면 되고, 나무들은 나무의 일만을, 시멘트는 시멘트의 일만 하면 된다. 시멘트가 나무의 일을, 나무가 철근의 일을 도맡아 하거나 대신해서는 안 된다. 이렇게 각자가 자기가 부름 받아 맡은 일을 천직으로 알고 열심히 일할 때, 거기에는 대단원의 결실을 협동하여 아름답게 이룰 수가 있게 된다. 이처럼 일의 윤리의 가치는 그 크기에 있는 것이 아니고, 아무리 작은 일이라도 얼마나 성실하게 소명감을 갖고 일하느냐에 달린 것이다. 인간은 이렇게 소명된 자요, 일하는 존재로 태어났다. 그리고 많은 세월이 흐르자 소명은 이제 완전히 기능적 직업으로 변하였다.

여기에 하나의 길이 나타난다. 오늘날과 같이 세속화한 산업사회와 후기 산업사회에 있어서도 이 소명의 개념(원칙)은 계속 적용되지 않으면 안 된다는 사실이다. 노동(직업)의 기본적인 목적이 인간의 삶을 영위하기 위한 것이라는 것은 틀림없는 사실이다. 그러나 천직인(天職人)이란 누구나 노동을 통하여 신을 섬겨야 할 뿐 아니라 노동을 통하여 사람까지 섬겨야 한다는 것이다. 여태까지 지녀왔던 인간의 생존 조건으로서의 노동(직업)에서부터 이제는 이웃 사랑의 구체적인 표현으로서의 천직인이 되어야 한다는 것이다. 즉, 인간은 이웃의 필요에 봉사함으로 가치 실현과 함께 이웃 봉사의 길로 가지 않을 수가 없고, 모든 인간이 수행하고 있는 소명된 직업은 신, 인간, 이웃이라는 삼중적(三重的)인 관계에서 이해되어야 한다는 것이다.

노동 사명(勞動使命)

얼마 전 성경을 읽다가 가끔 가혹하게 느껴지는 구절들을 만난다. 그런 구절을 만나면 하나님은 사랑의 신이 아니라는 느낌마저도 받게 된다. 그는 사랑의 신이고 나의 구원이시거늘 어떻게 이런 가혹한 말을 할 수 있을까 하는 의아심도 감출 수는 없다. 그중에는 이런 가혹한 구절이 있었다. "일하기 싫거든 먹지도 말라!" 이는 데살로니가 후서 3장 10절에 있는 말씀이다. 아니 그렇다면 세상에는 일하지 않고도 먹는 사람이 있다던가? 성경에 그렇게 되어있으니 모르기는 해도 그런 사람이 있기는 있는 모양이다.

사람은 누구나 일을 한다. 자식을 위해서든 타인을 위해서든 그는 일하므로 식물(食物)을 얻고, 그 생을 살며 식구들을 부양하여 그 일생을 승리로 이끌어 간다.

그런데 세상에는 자신만을 위해 일하는 사람이 있다. 자신의 물욕, 명예욕을 채우기 위해서는 동분서주하지만 남을 위해서는 아무 일도 하지 않는다. 바람직한 일이라고 생각할 수 없다. 그런 반면에 타인을 위해서 일하는 사람이 있다. 이런 사람은 대개 자기의 이익을 돌보지 않으며, 자기의 몸도 돌보지 않는다. 그 이름을 내고 그 지위를 높이기를 즐겨 하지 않는다. 이런 사람은 대개 그 일생을 희생과 봉사로 일관하다가 죽는 것을 오히려 영광으로 생각한다.

얼마 전 신문에는 자기 사촌 누님 식구를 몰살하고 도주했다가 붙잡힌 사건이 보도되었는데, 그의 소감이 "한탕 하여 잘살아 보려 했노라."고 해서 많은 사람을 경악시켰다. 말하자면 그의 말대로라면 그도 일하여 돈을 벌려고 했던 것이다.

현대인은 영악하다. 돈을 벌기 위해서는 남의 목숨 같은 것은 돌아보지도 않는다. 지위를 높이기 위해서는 남을 깔아뭉개는 일쯤 항다반이다. 그리고 모든 일을 할수록 쉽게, 땀 같은 것은 흘리지 않는 방향으로 연구하여 보다 빨리 성공하고자 부단히 노력한다. 얼마나 영악한가?

우리가 성경을 읽을 때 간과하기 쉬운 것은 우리에게 내린 노동 명령이다. 하나님은 애초 우리에게 종교 명령만 내린 것이 아니었다. 창세기 3장 17절에는 "너는 종신토록 수고하여야 그 소산을 먹으리라." 명령하였고, 19절에는 이어서 "네가 얼굴에 땀을 흘려야 식물을 먹고…"라고 명령하셨다.

여기서 '땀'을 강조하고 있는 것은 정말로 감복할만한 구절이다. 그렇다. 땀은 노력의 결정체이다. 땀이 아니고는 어떤 문제이든 간에 해결점을 찾을 수가 없다. 앞에 가로놓인 높은 실패의 산을 넘으려 해도 땀 흘림의 수고가 없이는 되는 일이 아니다. 땀! 이 세상에 유일한 진리가 있다면 땀만이 영원불멸하는 진리일 것이다.

망우리 공동묘지에서

네 살 난 막내딸을 산간(山間)에 앉혀놓고 내가 묻는다.

"할머니 어디 계시니?"

"… 여기."

"할아버지는 어디 계시냐?"

"… 조기."

참 잘도 대답한다. 하지만 어딘가 쓸쓸해지는 느낌이다. 고사리 손 가락이 할머니를 가리킬 때는 활짝 웃더니 풀이 듬성듬성한 할아버 지 무덤을 가리킬 때는 파르르 떨다가 '흐응!' 하면서 몸까지 틀어버 린다.

할아버지가 어딨어, 흥 이게 할아버지라고? 거짓말, 아빠는 거짓말 쟁이야. 딸아이는 금시 그렇게 반항하는 표정이 되더니 인사조차 거 절이다. 몸을 비틀고 달아나다가 아예 무덤 꼭대기로 올라가 버린다. "이놈!" 하고 호통을 치니까 그제야 싱긋 웃더니 내려가 버린다.

나는 웃었다. 할머니도 따라 웃으신다. 따라 웃으시는 할머니의 표 정이 그렇게 맑을 수가 없다. '어머니, 오래 사셔야지요.' 나는 속으로 그렇게 중얼거리면서 어쩌면 아버지 사후(死後) 20여 년을 보아온 어 머니의 표정이건만 해마다 그 표정이 맑아지고 있다고 생각했다.

첫 아이를 낳았을 때, 그러니까 우리 어머니가 처음으로 할머니가 되었을 때의 표정과 둘, 셋, 넷… 네 명의 할머니가 되었을 때의 표정이 그렇게 달라질 수가 없더니 아이들이 자꾸 자라고 있는 요즘은 아예 어느 경지를 넘어선 표정이시다.

그런 어머니를 보고 있으면 나 또한 괜스레 기분이 좋아진다. 내가 기분이 좋으면 어머님도 덩달아 기분이 좋다고 하시니 이 또한 묘한 일이다. '아이를 많이 낳길 참 잘했구나!' 하고 외쳐도 보고 싶은 심정이 된다. 셋만 낳아 기르자던 구호가 둘만 낳아 잘 키우자로 바뀐 지가 벌써 몇 년 전인데 식량 전쟁, 교육 전쟁도 아랑곳없이 네 명을 낳아 마구잡이로 희희낙락이다.

속이나 좀 상하고 경제 사정이 여의치 못할 때는 가끔 냅다 소리를 지르곤 하게 되는데, 그때마다 의례 한마디씩 한다는 것이 '거 왜 네 명씩이나 낳아가지고서…' 이렇게 되면 싸움을 하다가도 또 웃지 않을 수가 없다. 내가 외아들이기 때문인지는 몰라도 지지리 못난 병이란 병을 도맡아 앓을 때 어머니는 손주들이나 낳을까 했을지 모른다. 그때마다 어머니는 젊었을 때 유산해 버린, 내 둘째 동생이 되었을 아들 생각을 얼마나 하는지 몰랐다. 친척 중에서도 그랬다.

"아들 하나만 더 있으면 걱정이 없는데…." 그러시던 어머니였는데, 요즈음은 손자 손녀 앞에 놓고 매우 느긋한 표정이시다. 아직은 어린 애들이지만, 2남 2녀가 자라서 다들 성인이 되고 사회에 봉사할 때가 되면… 생각만 해도 가슴이 벅차지는 일이신 모습이다. 그간의 대가로 무엇을 지불하든 어떠한 역경에 있든, 다 감당한 후에 차지할 또 하나의 기쁨은 예비되어 있는 것이니까. 어쩐지 인생이 느긋해지는 것 같다. 어머니가 성경책을 꺼내 시편 119편을 읽으신다.

행위가 정직한 자들이 복이 있나니 여호와의 율법을 좇는 자로다

여호와의 증거를 지키는 자들은 복이 있나니 전심으로 하나님을 찾는 자로다

내 영혼이 근심을 인하여 녹사오니 주의 말씀을 좇으사 강건케 하옵소서

내 눈을 돌이켜 허망한 것을 보지 말게 하시고, 나로 주의 길에서 살게 하소서

떨리는 목소리다. 환갑까지도 못 살리라고 늘 말씀하시던 어머니. 외할아버지, 외할머니, 아버지까지도 60세를 못 사셨다. 외삼촌은 50도 넘기지 못한 단명들이라서 지금 사시는 것은 덤이라고 하신다. 그래서 늘상 죽음을 예비하면서 살고 계신단다. 그래서 나뿐 아니라 어린 손자들에게도 '땅의 것을 바라지 말고 하늘 것을 바라보며 살아야 한다.'라고, 늘 가르치시던 어머니! 오, 나의 어머니!

성묘를 끝내고 일어서려는데 작은아버지가 70 노구를 끌고 오셔서 또 상을 벌였다. 집이 화곡동인데 여기까지 족히 두 시간은 걸렸으리라. 매해 추석과 한식을 빠지는 때라곤 없다. 오셔서는 꼭 술 한 잔을 따라 붓는다. 언제 천주교로 개종했는지, 오늘은 성호를 그으시고 눈물까지 닦으신다.

이장(移葬) 문제를 한참 동안 상의했다. 망우리 공동묘지에는 다시 묘를 쓰지 못하게 됐으니까 어차피 이장을 먼저 해놔야 어머니가 돌아가시면 합장(合葬)할 수 있게 된다는 것이란다.

"아주마이, 저편 저 도봉산 뒤편인 데 신세계공원묘지라고, 거기

어때요? 유원지예요. 놀기도 좋고…"

"좋지요 뭐…" 그리고는 또 활짝 소녀처럼 웃으시는 어머니시다.

― 아이들이 흩어져 꽃들을 꺾어온다. 이름도 알 수 없는 흰 꽃, 노란 꽃, 빨간 꽃들을 할아버지 무덤 위에다 뿌린다. 그러니까 새로운 꽃상여가 노을에 잠겨 저편 하늘로 떠나가는 느낌이다.

패러독스(paradox)

독일의 철학자 라이프니즈(Leibniz)를 생각해 본다. 그의 단자론(單子論)에 의하면 실체와 같은 근본적 존재는 그 수가 무한하다고 본다. 곧 우주 전체는 무수한 단자로 구성되어 있는데, 그 무수한 단자는 하나도 똑같은 것은 없는 동시에 결코 아주 다른 것도 없다는 것이다. 그렇게 보면 우주의 모든 사물은 다 연속율(連屬律)로 통일할 수 있게 마련이다.

우주 만상을 진리의 방향에서 보면 세상은 진리로 채워있고, 모순에서 보면 모순으로 채워있기 마련이지만, 이 세상은 또 피차에 충돌하는 그러한 모순 속에서 관통하는 진리도 있다는 것이다.

일원론(一元論)이나 이원론(二元論), 다원론(多元論)이 그렇고, 음양설(陰陽說)과 이기설(理氣說)이 서로 유사한가 하면, 예정론(豫定論)과 운명론(運命論)에도 그러한 방향이 없지 않아 필경은 서로가 모순되면서도 연결이 되고 있는 터란다.

이런 원리를 한 번 종교와 연관시켜 생각해 보면 어떻게 될까? 그렇게 되면 모든 종교가 한 평면 위에 놓이기 마련인데, 한마디로 대동소이하다고 단언해 낼 수가 있을지는 의문이다. 그러나 자연과학이나 기다 철학 면에서도 그리하지만, 종교에도 그 한계가 절정에 이르면 반드시 역리(易理)에 의한 미묘한 진리가 발견됨을 누구나 수긍하리라.

유일신(唯一神)이냐 아니냐, 신(神)과 영혼의 유무(有無), 거기에 의한 타력선(他力善·救援)과 자력선(自力善·해탈)의 상이한 문제만 **빼놓고** 보면 종교의 궁극적 목적은 어느 것이나 다 성(聖), 그 자체를 이루는 데 있다고 하겠다.

고금의 어느 종교인도 가치 중에 가장 숭고·완비한 인격 가치의 성(聖)을 이루기 위해서 노력한 흔적이 역력한 반면, 신(神) 편에서 봐도 불타(佛陀)는 정거천(淨居天)의 게시(揭示)를 받고 진여(眞如)에서 내생(來生)하였다고 했고, 예수 자신도 신(神)의 로고스로 말미암아 사람이 되었다고 했다. 회회교(回回敎)에 와서는 엘로힘이 알라로, 다시 마호메트로 대체되어 나타난다.

물론 이런 것들을 다 같은 평면 위에 놓고 생각한다는 것은 거의 불가능한 처사일 수밖에 없는 일지만, 왜 이런 생각들을 해보는가 하면, 현재에 와서 불교(佛敎)에서 특이한 점들이 많이 발견됨에 따라서이다.

주택식(住宅式) 사찰이 시정(市井)의 한가운데 여기저기 서는 일이라든가, 불사(佛像)란 대개가 좌상(坐像)이었는데 입상(立像)이 많아졌다는 일들은 무엇을 뜻하는가, 선정(禪定)에 들어 극기(克己) 인욕(忍辱)의 정적면(靜的面)에서 벗어나서 타력적(他力的)인 동적자세(動的姿勢)를 지향함에는 그것이 무슨 또 다른 진리의 역리현상(易理現象)인지 주목하지 않을 수 없게 된다. 자력(自力)이 타력(他力)으로, 타력이 자력으로 회귀하고 있는 듯한 만사성(萬事聖)이다.

성(聖) 연습

진선미성(眞善美聖)을 대상으로 하는 것을 사가치설(四價値設)이라고 한다. 그들 중에서 가장 숭고하고 완비된 것은 말할 것도 없이 성(聖)이다. 그래서 성(聖)은 진선미(眞善美)의 모든 가치의 집대성이라 한다. 때문에 존재하는 것의 사유와 행위의 최고 가치도 성(聖)인 셈이다. 성(聖)은 그만큼 획득하기가 어려운 지고한 것으로 되어있다.

아테네에서 부당한 재판에 복종함으로 그 윤리적 각성의 증거로서 스스로 독배(毒盃)를 든 소크라테스, 인류를 구원하기 위하여 스스로 십자가를 진 예수, 열반과 해탈을 인류에 보여준 각자(覺者) 석가, 구체적 현실 회복을 위해 끝없이 부르짖었던 공자 등등 실제로 성을 획득한 이는 몇 사람뿐이다. 살아서는 인류의 위대한 교사로서, 죽어서는 한 문화권의 상징으로, 또는 인류의 영원한 구원자로서 길을 비추고 있는 것이다.

이분들의 말씀을 경(經)이라 하고, 그를 따르면 도(徒)가 되고, 믿고 행하면 성(聖)을 이루게 되는 것이다. 우리는 그저 그분들의 뒤만 따라가면 되는 것이다.

성을 이루기 위하여 과학이나 철학을 끌어들일 필요는 없다. 왜냐하면, 성을 상대로 하는 것은 오직 종교이기 때문이다. 종교야말로 신뿐 아니라 인격을 대상으로 삼으며 구경 인격만이 가치의 실재가 되어 참다운 성을 이루게 되는 것이다.

그러나 우리는 아직도 너무나 멀리에 떨어져 있다. 인간이 이 최고

가치인 성의 존재 또는 인격의 실체를 획득하는 때야 비로소 인간의 본질을 완전히 발휘할 수가 있게 된다면 종교인들이 걷고 있는 길은 이 세상에서 가장 올바른 길을 걸어가고 있는 셈이다. 때문에 지정의 (知情意)의 의식작용에만 따라갈 것이 아니라 성의 수권자로서의 부단한 노력과 긍지로 성화(聖化)되는 길이 종교인들의 사명이기도 하다.

우리나라의 경우만 해도 그렇다. 신라-고려 시대는 불교의 이념과 그 문화권 안에서, 이조 시대에 와서는 유교의 이념과 그 문화권 안에서, 또 근대개화기 이래 서양 문물을 우리가 받아들여 살고 있는 것은 기독교라는 종교의 이념과 문화인 것이다.

개인이나 국가가 바라는 성화의 길은 멀고도 험했다. 하지만 종교의 불길은 꺼질 줄 모르고 동서고금, 경향 각지를 휩쓸고 있다. 오늘날 불교의 부흥이 바로 그렇고 팽배하고 있는 충효 사상이 또한 그렇다. 길은 달라도 목적은 같다던가? 이렇게도 해보고, 저렇게도 해보고, 몇 개 문화권의 복합처럼 이루어진 현대 한국 사회에서 걷던 길을 멈추고, 구원은 어디에서부터 오는가? 잠시 궁구해 본다.

부모 공경의 길

아버지는 나를 낳으시고 어머니 나를 기르시니
애달프다 어버이시여, 나를 낳아 기르시니
얼마나 수고로우셨으랴. 그 은혜 갚고자 하나
높은 하늘같이 끝없는 것이로다.

위의 시는 『명심보감 효행 편』에 나와있는 글이다. 부모가 자식에게 준 은덕이 어느 정도인가 이 시를 읽으면 깨우쳐 알만하다. 사람이 세상에 올 때는 스스로 오는 것이 아니다. 누구나 부모에 의하지 않고는 가능할 수가 없으니 마찬가지로 기르시는 이도 부모님이시다. 먹이고, 입히고, 가르치고, 그렇게 헌신하면서 일생을 바치시니 자식된 자로서 그 은혜를 어찌 잊을 수 있으리오. 그리하여 이 시는 만분지일이라도 갚고자 하나 그 은혜가 하늘같이 끝이 없으므로 도저히 갚을 길이 없다는 탄식뿐이다.

그러면 부모의 은혜는 도저히 갚을 수 없는 것일까? 갚을 수 없기에 그냥 말이나 구호로 끝나야 하는 것일까? 물론 부모의 은혜를 갚는다는 것 자체가 어폐가 있는 말이기는 하다. 왜냐하면, 부모가 자식을 낳고 기르는 것은 그 어떤 대가를 바라고 한 일이 아니기 때문이다. 그러기에 부모의 은덕을 기리는 자식들 입에서는 저절로 탄식이 나올 수밖에 없는 일이다.

옛 성현은 말하기를 "효자가 어버이를 섬기고 모시는 데 있어서는 공경을 다 하고, 봉양함에는 즐거움을 다하고, 병이 들은즉 근심을 다 하고, 돌아가실 때는 슬픔을 다하고, 제사가 있은즉 엄숙함을 다 할지니라."라고 하였다. 또 성경에는 "네 아버지와 어머니를 공경하라. 이것이 약속 있는 첫 계명이니, 이는 네가 잘되고 땅에서 장수하리라."라고 하였다.

여기에서 부모를 어떻게 섬겨야 할까, 그 섬김의 결과는 어떤 것일까 하는 문제는 무의미하다. 우리가 성현의 말씀에서 깨달아야 할 점은 부모 섬김에 대한 바른 해답이 아니라, 성현들이 왜 그런 말을 하지 않으면 안 되었을까 하는 점이다.

흔히 내리사랑은 있어도 윗사랑은 없다고 말한다. 마찬가지로 옛날에도 지금처럼 윤리 도덕이 땅에 떨어진 때가 있었고, 내리사랑은 있어도 부모를 향한 윗사랑은 없었다는 증거이다. 그래서 "부모를 공경하라. 그 은덕을 기리고 갚도록 하라"고 말하고 있는 것이라 하겠다.

부모는 우리와 제일 가까운데 계신 분이다. 우리는 늘 부모를 모시고 살면서 그분들의 인격과 사상을 송두리째 받는다. 그것을 깨닫게 되었을 때는 자녀들도 나이를 먹었을 때일 것이고, 그리하여 그 극진한 사랑과 희생에 대하여 조금이라도 보답하고자 애쓰는 것이 자녀 된 모습이기도 하다. 부모에게 효도하는 것은 예부터 모든 윤리와 도덕의 근본이었다. 그러나 오늘날에 와서는 급격한 사회의 변천으로 핵가족 시대가 형성되므로 부모에게 효도하는 것은 구세대의 하나의 유물로 전락한 감이 없지 않게 되었다.

이렇게 볼 때 현대의 사회구조가 문제라면 문제랄 수 있다. 종전에 전통적으로 이어져 내려오던 대가족 제도가 붕괴되고 핵가족 제도가 도래하므로 개개인에게 불어닥친 열풍은 개인주의 사고방식이 되었다. 개인주의는 자기 안일을 추구하고 타인과의 연대를 경시하므로 비인격적 타산적 인간들을 양산시켰다. 부모를 공경하려면 먼저 개인주의를 버려야 한다. 나만 잘 살려는 생각으로 부모를 모시지 않거나 경시해서는 안 된다.

옛날에 어떤 사람이 홀어머니를 모시고 살았다. 노총각이 다 되어야 겨우 결혼을 했는데, 몸이 약한 처녀를 신부로 맞게 되었다. 신부는 시집을 온 얼마 후부터 몸져눕게 되었는데 일어날 줄을 몰랐다. 백약이 무효였다. 그러던 중 백방으로 수소문한 결과 사람의 간이 특효라는 이야기를 듣게 되었다. 그때 남편 된 사람은 이런 생각을 하게 되었다. '어머니는 이미 늙었으니 살 만큼 사셨다. 내 어머니의 간을 내어 아내에게 먹이리라.' 생각은 곧 행동으로 옮겨갔다. 어머니를 깊은 산속으로 데려가서 살해한 그는 어머니의 간을 꺼내 들고는 아내에게 먹일 양으로 급히 산길을 내려오게 되었다. 숨이 하늘에 달만큼 헉헉거렸다. 산길은 험하고 처처에 위험이 도사리고 있었다. 그때 그것을 내려다보고 있던 어머니의 혼령이 사랑하는 아들에게 이렇게 말한다. "애야, 천천히 조심해서 가거라. 그러다가 넘어지면 큰일이야!"

또 한 번은 이런 일도 있었다.

고려장(高麗葬)이란 것이 있었다. 우리나라에 전해 내려온 유일한 이 악습은 연로한 부모를 더 모시지 않고 산속이나 기타 인적이 외진 곳에 유기(내다 버려 죽임)하는 것인데, 조선 말기까지만 해도 그런 일이 성행되고 있었다.

어떤 한 사람이 그의 어머니가 늙고 병들자 더 이상 봉양치 않고 유기하고자 하였다. 그래서 아들은 노모(老母)를 업고 깊은 산속으로 향했다. 노모가 말했다.

"아범아, 날 업고 어디로 가느냐?"

아들이 대답했다. "어머닌 알 필요 없어요!"

그러나 오래 살아온 노모가 아들의 행동거지를 짐작 못 할 바가 아니다. 노모는 아들의 등에 업혀 깊은 산속으로 들어가면서 웬일인지 나뭇가지를 자꾸 꺾었다. 길을 버리고 외진 데로 들어설 때마다, 내를 건너고 등성이를 넘을 때마다, 꼬불꼬불 길을 돌아갈 때마다 나뭇가지를 자꾸 꺾는다. 아들이 말했다.

"아, 쓸데없이 나뭇가지는 왜 자꾸 꺾어요?"

노모가 대답했다. "이따가 아범 집에 갈 때 길 잃어버리지 말라고…."

부모의 사랑과 희생은 이와 같은 것이다. 그의 은덕을 만분의 일이라도 보답하지는 못하고 부모에게 엉뚱한 생각을 한다는 것은 상상하지도 못할 일이다.

다음으로 부모를 공경하려면 뜻과 정성을 다할 일이다. 꾸밈이나 체면 때문에 할 수 없이 겉치레로 해서는 안 된다. 상덕(尚德)이라는 효자가 있었다. 상덕은 가뭄과 흉년이 들고 질병을 만나서 아버님과 어머님이 병들고 굶주려 돌아가시게 되었다. 상덕이 밤낮으로 정장(옷을 벗지 않음)을 하고 진심으로 정성을 다하여 안심하도록 위로를 하였으나 아무것도 없었으므로 봉양할 수가 없었다. 그래서 자신의 넓적다리 살을 베어 잡수시도록 하고, 어머님이 종기가 났을 때는 입으로 빨아 낫게 치료하여 주었다.

도 씨(都氏)라는 사람이 있었다. 도 씨는 집 안이 가난하였으나 효도가 지극하였다. 숯을 팔아 고기를 사서 빠짐없이 어머니의 반찬을 마련해 드렸다. 하루는 시장에서 늦게 되어 바삐 집으로 돌아오는데 소리개가 고기를 낚아채 가기에 도 씨가 슬피 울면서 집에 돌아와 보니 소리개가 벌써 집 안뜰에 고기를 가져다 놓고 있었다. 또 하루는 어머니께서 병환이 나서 홍시(감)가 잡숫고 싶다 하였다. 때는 5월이었다. 때아닌 홍시를 찾아 도 씨가 숲속에서 방황하던 중 날 저무는 줄도 모르더니 느닷없이 호랑이가 나타나 가로막았다. 깜짝 놀라 바라보니 호랑이가 등에 타라는 시늉을 한다. 도 씨가 타고 백여 리나 되는 산마을에 이르러 사람 사는 집을 찾아서 하룻밤 쉬려고 하였더니 얼마 안 되어서 주인이 저녁밥을 차려주는데 보니 제삿밥이었다. 도 씨가 밥을 먹으려고 하니 거기에 홍시가 있었다. 도 씨가 기뻐하며 홍시의 내력을 묻고 또 자신의 말을 한즉 주인이 대답하였다. "돌아가신 아버님께서 감을 즐기셨으므로 해마다 감을 가리기를 2백여 개 가려서 두었는데 그것이 겨울을 지나고, 또 봄을 지나 5월쯤에 이르면 상하지 않는 것이 7~8개에 지나지 않았는데, 금년에는 웬일인지 50여 개의 감이 상하지 않아서 그것참 이상한 일이라고 여겼더니 역시 자네 같은 효자가 있었기 때문인 줄 내 미처 몰랐네. 하늘이 그대의 효성에 감동한 거야!" 하였다. 그리고 주인이 감 스무 개를 도 씨에게 주었다. 도 씨가 고마운 뜻을 표하고 문밖에 나오니 호랑이가 누어서 그때까지 기다리고 있었다. 호랑이를 타고 집에 돌아오니 새벽닭이 울었다. 이렇게 해서 도 씨는 어머니가 잡숫기 원했던 홍시를 대접하였는데 뒤에 어머님이 하늘의 명에 따라 돌아가시니 도 씨는 피눈물을 흘렸다 하였다.

다음으로, 부모를 공경하려면 부모를 복되게 하여야 한다. 자녀 된 자가 아무리 사심을 버리고 부모 공경하기를 뜻과 정성을 다한다고 하나 자식 된 자 스스로의 그 몸으로 기쁨을 온전히 안겨드리지 않으면 안 된다. 따지고 보면 사실 부모를 공경하고 부모를 봉양하며 근심과 슬픔을 다하고 돌아가신 후에 그 은덕을 기린다는 것은 그렇게 어려운 일이 아니다. 진실로 어려운 것은 내 마음의 씀씀이와 행실이라 하겠으니, 부모님을 향해 아무렇게나 내뱉은 말은 없는가, 가정적으로나 사회적으로나 지탄 받을 그런 행실은 혹 없었는가 하는 그런 문제들이 어려운 것이라고 하겠다.

부모님은 자식들의 언행(言行)을 따라 기뻐하시기도 하고 슬퍼하시기도 한다. 자식들이 영광을 받았을 때 이는 곧 부모님의 영광이 되며, 자식들이 실패하거나 타락하거나 범죄하였을 때 이는 곧 부모님의 슬픔과 한숨이 되는 것이다. 자식들이 부모님의 가슴에 슬픔을 안겨주면서 부모를 공경한다 한들 무슨 소용됨이 있겠는가?

자녀들은 부모를 공경하여야 한다. 그러나 우리는 부모가 우리에게 해주신 만큼은 도저히 다 갚을 수가 없다. 우리는 그저 노력할 뿐인 것이다. 그러면 우리가 땅에서 잘되고 자자손손, 또 그와 같은 효자가 나와 복됨과 영화가 우리의 가정에서 영원히 떠나지 않을 것을 믿어 의심치 않는다.

효도의 참뜻

사람은 누구나 태어나면서부터 한 가정과 국가에 속하여 일생을 살아간다. 이것은 고금을 통해 변치 않는 영원한 진리이다. 이것은 운명 지어진 것이며, 사람이 한 가정에서 생을 영위하며 마찬가지로 한 국가를 사랑하여 기꺼이 목숨까지 바친다. 이에 반하여 가정을 도외시하거나 민족이나 조국을 사랑하고 받들지 않으면 그것은 불효(不孝), 불충(不忠)이라 하여 지탄의 대상이 된다.

그러기에 사람은 누구나 그가 어떤 형편이나 처지에 있든 한 가정과 국가의 일원으로서 임무와 책임을 다하려고 하고, 그들을 받들고 소중히 여기는 일에 최선을 다하게 된다.

그렇다면 가정이란 무엇이며, 이 가정에 대한 사람들의 길은 어떤 것인가? 가정은 가족의 공동체이다. 가정은 남녀의 결혼으로 성립되고 개인적 욕구를 가장 정상적으로 충족시킬 수 있는 곳이다. 사람은 이 가정에서 태어나고 성장하고 결혼함으로 또 새로운 가정을 건설해 간다. 이것이 보편적으로 걷는 인간의 길이다. 따라서 가정은 개인의 생활 장소이고 자연적인 집단이며, 사회기구에서는 사회의 기본적 단위가 된다.

그런데 한 가정을 이루는 가족을 구성 면에서 보면 과거에는 그것이 부계동거가족(父系同居家族)의 형태를 유지하고 있었으나, 산업의 발달과 인구의 도시 집중화 현상 등, 여러 가지 사회구조 변화로 현대 가족은 점차 핵가족(核家族)이 증가하는 추세에 있다. 따라서 이런 현상은 전통적인 가족제도였던 부모 부부, 장남 부부, 차남 부부 등 몇 쌍의 부부가 함께 사는 대가족(大家族) 제도가 붕괴되고 개인의 자유 개방의 주장과 함께 소가족(小家族)화가 촉진되므로 가족 상호관계가 소원해 짐과 더불어 가족 의식이 점차 약체화되었다.

이것은 필연적인 결과이다. 한 가정의 가정생활이란 궁극적으로는 공통된 것이겠으나 가족의 생활내용이 개인에 따라 그 추구하는 바가 같은 것일 수가 없기에, 가족 간에 여러 가지 인공적인 갈등 내지 성취욕이 표면화된 결과인 것이다.

이렇게 되자 여기서 제일 문제로 지적되는 것이 부모와 자녀 간에 이루어지는 종적인 관계이다. 설사 전통적인 가족제도를 유지하고 있는 가정이라 해도, 부모 편에서보다는 자녀 편에서, 자신들을 위한 경제계획, 가족계획, 교육계획, 주택계획, 노후계획 등등을 자기들대로 설계하게 되므로, 어쩔 수 없이 부모와 자녀 간에 가족 의식이 약체화되지 않을 수 없기에, 전통적인 미풍양속이었던 효도사상(孝道思想)까지 이완되었다는 사실이다.

그래서 현대사회에 있어서 제일 문제점으로 대두되는 것이 충효 사상이라면 너무나 과문한 탓일까? 이렇게 생각하면 현대에 있어서 나라에 충성하고 부모에게 효도해야 한다는 것은 케케묵은 전근대적 잔재일지도 모른다. 그러나 사실이 그렇다고 해서, 즉 부모가 자녀를 사랑하는 것이 영원불변인 것처럼 자녀가 부모에게 드리는 효도를 그르칠 수는 없는 일이다.

부모님이 나를 낳고 길렀으니 그 은혜는 말로 다 형용할 수 없다. 만분의 하나라도 갚고자 하나 자녀로서는 그 은혜를 도저히 갚을 길이 없다. 오직 그의 가르침에 따르고 복종하여 세상에서 쓰임 받는 재목이 될 수 있다면 거기서 더 바랄 것이 없을 것이다. 그러나 그것이 제 마음대로 안 되고 자행자지(自行自止)하여 결국 부모에게 불효하게 되니 이 일을 어쩔 것인가?

그러기에 단 한 번도 엇나가지 않고 마음속으로부터 부모를 존경하고, 사랑하고, 순종하면서 훌륭하게 성장하는 자녀는 진정 행복한 삶을 살아가는 사람임이 틀림없겠다. 현대사회의 구조가 변하여 자녀와 부모 간에 가족 의식이 약체화된 것은 어쩔 수 없는 일이다. 그러나 그렇다고 해서 부모의 사랑을 저버린다거나 갈등한다거나 무관심한 일이 있다면 이것은 매우 잘못된 일임을 깨닫고 부단히 노력하고 개선하여 부모가 자녀에게 사랑하는 이상의 사랑과 존경과 공경을 보내야 마땅하다.

그렇다면 현대생활에 있어서 효도의 길이란 과연 어떤 것일까? 또 자녀가 부모에게 해야 할 참 효도의 내용은 무엇일까? 옛 성현들은 모두 약속이나 한 듯이 효도에 대하여 언급하고 있으니, 효도의 길과 내용은 모두 효행(孝行)에 관한 것이다. 실제 행동을 통해 가시적(可視的)으로 보여주는 것이다. 이론적인 도덕율(道德律)이 아니었다.

"네 부모를 공경하라"고 하나님이 말씀하시다. 10계명을 보면, 1계명에서 4계명까지는 오직 한 분이신 여호와를 하나님으로 믿는 신앙의 결단을 명하고 있으나, 5계명부터는 인간에 대해서 지킬 바 계명을 말하고 있다. 우리는 사람과 사람 사이에서 인간으로 태어나 살고 있는데, 하나님을 사랑하고 섬기며 하나님의 계명을 지키는 생활을 기초로 하여 우리는 삶과 사람 사이에서 어떻게 살 것인가를 5계명이하에서 명령하신다.

제5계명인 "네 부모를 공경하라."라는 명령은 인간으로서 지킬 바 으뜸가는 계명이라고 성경은 증거한다(에베소 6:1~3). 그러므로 부모를 공경한다는 것은 사람이 되어 무엇보다 중요하며 마땅히 해야 할 당위(當爲)에 속한다. 자식이 어버이를 '공경한다'는 말은 원래 어버이를 하나님께서 주신 소중한 존재임을 깨닫고 하나님을 섬기듯 모신다는 뜻이다.

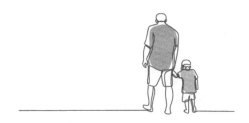

자녀들의 조기교육
-예능교육 중심으로

수십 년 전의 이야기다. 우리 집 수정이가 다섯 살인가 되었을 때, 한번은 동네 아이들과 놀다가 돌아와서는 엄마한테 울상으로 마구 떼를 썼다. "엄마, 나 피아노 배울 테야! 유정이도 배우고, 승재도 배우고, 다 배운대!" 하였다. 아닌 게 아니라 우리 동네 아이들 열 명 중에 여덟아홉이 피아노 레슨을 받으러 다니거나 아니면 미술을 배우러 다닌다는 것은 벌써 귀띔으로 알고 있는 터였다. 속으로 찔끔한 우리 부부는 서둘러 의론하지 않을 수 없었다.

"어려서부터 개발해 줘야 한대요." 이것은 아내의 말이었다. 일리 있다 싶어서 나도 고개를 끄덕였다. 다음 날 아침 일찍이 아내는 엘리제 음악학원에 찾아갔다. 몇 마디 말을 주고받고는 아내는 이내 웃는 낯으로 돌아왔다. 입학이 됐단다. '기특한 것, 출세하려나 보다.' 나는 그렇게 생각했다.

새 옷을 꺼내어 다린다. 머리를 손질해 준다. 아침의 아내는 정신이 없었다. 오후부터 바로 레슨에 들어간단다. 남달리 영특한 아이니까 이 일만은 충분히 해낼 수 있을 것 같았다. 우리 내와는 잔뜩 기대에 부풀지 않을 수 없었다.

그런데 며칠이 지나서였다. 그날따라 나는 실로폰 한 개를 사 들고 일찍 귀가했는데, 이번에는 아내가 울상이 되어있었다. 오늘은 아이가 레슨을 받으러 가지 않았단다. 아니, 차라리 퇴학시켜야 되겠단다. 아이를 불러서 물어보았더니 선생님이 때리더라는 것이다. 손가락을 몇 번인가 탁탁 쳤단다.

"피아노 레슨시키는 것보다 집에서 자유롭게 키워요!" 아내의 말이었다. 나는 또 일리가 있다 싶어 고개를 끄덕였다. 가만히 생각해 보니 아이의 개인적인 형편을 보살펴주는 일이 무엇보다 필요한 것 같았다. 조급한 마음으로 아이들의 머리나 마음을 개발시켜서 인간의 참된 여러 힘을 파괴시키는 결과를 초래해서는 안 될 것이라 생각했다.

그런데 대개의 부모들은 욕망에 가득 차있기가 일쑤다. 아이들의 형편을 보아서 아이들을 가르치는 것이 아니라, 자기의 편으로 아이들을 끌어넣는다. '너는 이것을 해야 한다. 다른 집 아이들도 하는데, 너는 더 잘해야 한다. 그리고 피아노 한 대쯤은 우리 집에 있어야 하니까, 너는 꼭 해내야 한다.' 어른들은 그렇게 말한다. 또 아이들을 너무 과신하고 있다. 자기의 아이들은 다른 집 아이들과 근본이 다르며, 천재성까지 가지고 있다고 주장한다. 그리해서 착각하는 것이 조기교육이다. 천재는 조숙하다고 했던가? 천재가 아니면 능재(能才)라도 만들어야 한다고 생각한다.

대개의 부모들이 아이들을 가르치는 데 있어서 피아노 레슨부터 시키는 것은 우리가 이해하여야 한다. 이 기간의 중요 교육의 목표는 오래전부터, 언어의 습득과 오관(五官)의 연습이 되어왔기 때문이다. 어린이들의 주의력을 집중시키고, 그의 판단력을 날카롭게 만들고, 마음을 고상하게 높여주는 데는 음악 이상으로 효과 있는 것은 또 없을 것이다. 그러나 페스탈로치(Pestalozzi)는 이에 대해서 일찍이 경고한 바 있다. "오늘날 우리들은 어린이들을 요설(饒舌)로 이끌어 그들의 오감 중에서 귀만을 채워주고 있는 것이다."라고!

마이엘 베일은 다섯 살 때 벌써 훌륭히 피아노를 쳤다. 모차르트는 여섯 살 때 연주회를 열었다. 헨델은 열세 살에 이미 「마스」를 작곡하였고, 베토벤은 같은 나이로 「소나타」를 셋이나 지었다고 한다. 그러나 우리들의 아이들은 천재가 아니다. 우리의 아이들은 그렇게 가르쳐서도 안 된다. 가르치기도 전에 콩쿨 대회에 출전시킨다는 것은 더더구나 있을 수 없는 일이다.

세상의 부모나 교사들은 아동을 아동으로 만들려고 하지 않고 학자로 만들려고 하기 때문에 아동을 꾸짖고, 매질하고, 벌을 주고, 교훈하고, 위협하고, 추겨 올리고, 가르치고, 이해시키려 하지 않으면 안 되게 된다. 이것은 프랑스의 사상가인 루소가 쓴 『에밀』에 나오는 말이다.

암소는 송아지를 낳도록 가르치지 않는다. 늙은 당나귀는 그 새끼에게 인내와 만족감을 가르친다. 당나귀는 자기 새끼가 가벼운 발을 가진 사슴처럼 뛰는 것을 경계하며, 말이 부리는 재주를 본뜨지 않게 경계한다. 이는 은자(隱者)의 『황혼』에 나오는 말이다.

톨스토이의 『예술론』을 보면 또 이런 문구가 있다. "음악 예술은 다른 어떤 예술보다도 더 체육적이며 생리적인 노동이 필요하다. 음악 예술의 창작에는 무엇보다도 먼저 어떠한 악기를 대하더라도 빨리 손가락을 움직이는 연습을 하여, 그 방면에서 최고 완전한 숙련의 경지에 달한 사람에게 지지 않을 경지에까지 다다르지 않으면 안 된다."라고!

이 모든 말을 종합해 보면 '아이들을 아이들답게', '자기 형편과 아이들의 형편'을 알고 가르치고, 기왕 가르칠 바에는 최고경지에 다다르게 하지 않으면 안 된다는 최고의 경구들이다.

아이들이 피아노를 배워 우리 앞에서 기술을 부릴 때는 우리는 물론 즐겁다. 그러나 자칫 기교에 흐르기 쉬운 교육, 특히 피아노 레슨에 있어서는 더욱 그렇다. 자녀들의 일시적인 호기심을 채워주는 미봉책을 써서도 안 되고, 더구나 부녀자의 허영심이 가세되어 여기에 나타난다면 문제는 더욱 심각해 질 것이다. 이에 각성하여 마지않을 것은 자녀들의 조기교육이요, 특히 예능교육이 아닌가 한다.

예수님의 아이들

우리 집 아이들은 모두 2남 2녀, 지금 한창 자라는 중이다. 여자, 남자, 여자, 남자의 순으로 큰아이가 열다섯 살, 다음이 열세 살, 열한 살, 아홉 살이다. 학년별로 보면 중학생이 한 명이고, 초등학교 학생이 세 명인 꼴이다. 부모 입장에서 볼 때면 그저 그만그만한 아이들이라, 공부할 때나 놀 때나 자기네들끼리 어울리므로 별 신경이 가지 않는다.

언젠가 내가 아이들 방에 '열심히 공부하고 열심히 놀자!'라는 표어를 써 붙인 이후부터는 아이들이 언제나 하나의 공동체를 이루고 스스로 생활하고 있는 데야 더 할 말이 없다. 이것이 잘되고 있는 일인지, 아니면 잘못되고 있는 일인지, 오히려 그런 문제에 신경이 쓰일 정도다. 아이들 네 명이 같이 앉아서 공부할 때면 산만해질 것 같은데 그렇지 않다. 오히려 면학 분위기가 조성되어 숙연한 자세들이 좋을뿐더러 아이들이 네 명이면 어떤 놀이도 할 수 있을 것 같아서 좋았다.

동네 아이들과 함께가 아니어도 좋다. 자기들끼리 모여 자전거도 타고, 약수터에도 가고, 피아노를 치면서 노래자랑을 한다. 숫자가 충분하니까 동네 아이들을 구태여 끼여줄 필요가 없는 것이다. 이럴 때면 나는 문득 이런 생각을 한다. 많이 낳기를 잘하였구나!

우리 집 아이들은 대개 아침 6시 30분에 일어나고 밤 10시 30분에 잠을 잔다. 학교에 다녀와서는 언제나 그날의 숙제를 하고 일기를 써야 하는데, 특히 여자아이들은 자기의 빨래를 해야 잠자리에 들게 하였다. 우리 내외가 자는 데는 아이들을 네 명씩이나 데리고 잘만한 방이 아니라서 언제나 분산 취침이다. 할머니가 두 명씩을 분배받듯이 맡아서는 다음 날 아침까지 모든 것을 책임져 오셨는데, 그것이 벌써 15년째이다.

언제나 우리는 그러했다. 아이 하나를 낳고 키우려고 하면 또 하나가 생기고 생기고 했으니까, 어차피 할머니가 한 명씩을 계속 맡지 않을 수가 없었던 어쩔 수 없는 상황이었다. 그런데 문제는 할머니가 그것을 귀찮은 것으로 받아들이지 않았다는 것이다. 오히려 귀찮았을 그 시간을 이용하여 당신께서는 자신의 손자 손녀들을 착실한 신앙가로 키우시려 하였다는 사실이다.

기도하는 법과 성경 읽는 요령을 가르쳐주셨으며, 성경 속에 들어 있는 오묘하고 기이한 말씀들을 흥미롭게 들려줌으로써 괄목할만한 성과를 거두시었다. 요즈음은 그 결실을 보고 있는 것인지, 아이들이 모두 열심히 교회에 감으로 해서 할머니가 기뻐하시는 것이 이만저만이 아니라는 것이다.

사실 따지고 보면 나도 그런 교육을 받고 자라온지라 우리 최씨 가문에 있어서는 그게 2대에 걸쳐서 시행되고 있는 터이다. 정녕 할머니의 정성이 적어도 3대까지 미칠 수가 있다면 얼마나 좋을까? '믿음·소망·사랑' 이제는 아이들 방에 아예 이런 가훈까지 써 붙여놓고 살아가고 있다.

(1983년 7월)

모태신앙의 변

내가 이 세상에 태어난 것은 어머니가 우리 최씨 가문으로 출가해 온 지 3년째 되는 때였다. 그래서 어머니는 아기를 낳지 못하는 줄 알고 그 기간 동안 불안과 초조 속에서 아기를 낳게 해달라고 거의 매일 하나님께 기도드렸다.

어머니는 처녀 때부터 이미 예수를 구주로 영접한 독실한 크리스천으로, 그때까지도 열심히 신앙생활을 계속하고 있었다. 그런데 하루는 기도를 드리다가, 저 사무엘의 어머니 한나처럼 "아들을 낳으면 하나님께 바치겠습니다."라고 서원하였고, 그것이 동기가 되어서 나를 잉태한 것이었다.

하나님이 어머니의 기도를 들어주신 것이다. 그래서 내가 이 세상에 태어났을 때 어머니의 기쁨은 말로 할 수 없는 것이었다. 어머니는 핏덩이인 나를 안고 하나님께 감사하였고, 그때 또 아기를 사명자로 키우겠다고 다짐하였다. 나는 유아세례를 받았고, 어려서부터 교회에 다녔으며, 어머니가 들려주는 성경 말씀을 무수히도 많이 들으면서 자랐다. 그리고 그때부터 지금까지 40여 년이란 긴 세월, 예수님과 같이한 삶을 어머니와 같이하고 있는 것이다.

따지고 보면 나는 이 세상에 태어나기 전부터 크리스천이었던 셈이다. 영원 전부터라고는 감히 말할 수는 없지만, 나는 하나님의 특별하신 섭리와 은총으로 태어난 택자(擇者)임을 부인하지 않는다.

신학교를 졸업했다. 벌써 오래전에, 성지순례도 다녀왔다. 이제 며칠만 더 있으면 수학 기간을 마치고 또 신학대학원을 졸업할 예정이다. 하나님이 이제 나를 어떻게 쓰실 것인지, 그것은 아직 알 수는 없지만, 위로 하나님의 손길을 기다리며 사명자의 길에 들어설 것만은 틀림없는 사실이다.

"전도사님!" 하고, 사람들은 나를 그렇게 불러주지만, 신학교를 나오고 신학 관계 기관에서 근무하고 있다고 해서 다 전도사인가? 나는 이직 전도사가 아니다. 전도사가 아닐뿐더러 하나님 앞에서는 아직 아무것도 아닌 것이다.

"목사님!" 하고 어떤 사람들은 나를 또 그렇게 부르기도 한다. 참으로 기막힌 표현이다. 나를 위한 격려인지, 비아냥거림인지, 그런 호칭이 통할 리도 없지만, 그럴 때마다 괜스레 속이 상해져서 온몸이 욱신거리는 것을 참을 길이 없게 된다.

그때는 가끔씩 이런 생각을 해본다. '하필이면 어머니가 왜 그런 서원을 하셨단 말인가? 서원은 그렇다 하고, 하나님은 또 어쩌려고 보잘것없는 나를 택하셨단 말인가?'라고!

금년 어머니의 나이 72세! 어머니는 아직도 어려서 넘어지기 잘하는 갓난아기 같은 나를 위해 기도하고 계신다. 어머니가 은연중 하나님께 또 어떤 약속을 드렸는지, 그것은 아직 당신이 말하지 않으므로 알 수가 없지만, 일생을 통한 어머니의 나를 위한 기도 제목은 저토록 길기만 하다.

하나님께 용서를 빌었다. 그리고 어머니에게도! 신학교를 졸업한 지도 10여 년이나 지났는데, 아직도 직분 없이 그냥 신앙생활만을 계속하고 있다는 사실이 부끄럽기만 하다. 주여! 내가 여기 있나이다. 나

를 보내소서. 매일 손들고 당신께 가오니 당신의 채찍으로 나를 치
소서.

(1984년 2월 5일)

주도(酒道)

　수삼 년 전의 일이었다. 내로라는 문인(文人)들이 자천타천으로 주당 대회를 개최하였다. 진탕 술을 퍼마시고 떠들고 부수고 난장판을 연출할 것은 주최 측의 의도였던 아니건 간에 대회는 순조롭게 진행되었다. 그런데 끝막음에 이르러 '술은 무엇 때문에 마시느냐?'라는 문제가 출제되어 갑론을박을 벌이게 되었다.

　"술은 멋으로 마시노라!" 어느 대춧빛의 얼굴을 한 노객이 일어서며 일갈하였다. "아니다. 사교로 마신다!", "아니다. 기분이 좋아서!", "아니다. 기분이 나빠서!" 여기저기에서 소요가 일기 시작했다. 그때였다. 몰골이 꾀죄죄한 청년 한 사람이 일어서나 혀 꼬부라진 소리로 "술은 취하려고 마시지…" 하고 외쳐대는 것이었다. 그리고 그는 그 말도 다 끝맺지 못하고 넙죽 거꾸러져 버리는 것이었다. 그는 다른 사람이 아니라 파계승 시인 고은이었다. 그때 좌중이 다 같이 기립하여 그에게 경의를 표하고, 탄복하여 박수를 퍼부었다는 이야기다.

　『진서(晋書)』에는 이런 이야기가 나온다.

　진(晋)의 맹가(孟嘉)는 항온(恒溫)의 참군(參軍)이 되었는데, 술을 좋아하였다. 맹가를 보고 술에 무슨 좋은 것이 있어서 마시느냐고 물으니, 가(嘉)는 대답하기를 "공(公)은 아직 주중취(酒中趣)를 모르는구려."라고 하였다고 한다.

　주중취(酒中趣), 곧 술을 마시는 즐거움이란 술에 취하는 즐거움인 것이다. 술을 마시는 자가 일배일배부일배(一杯一杯復一杯)로 취하지 않게 마시는 법도 있을 수 없거니와 술을 마셔도 취하지 않는다면 이 세상뿐 아니라 마시는 자도 온통 미쳐버릴 지경일 것이다.

도연명(陶淵明, 365~427)은 술을 좋아하였는데 술과는 일체 불가분이었다. 그는 맨정신으로는 미친 세상, 헝클어진 속세를 대할 수가 없었다. 그래서 그는 평생을 맹숭이로 지내는 사람보다는 오히려 술 취한 사람 편을 들어 밤에도 불 밝히고 계속 마시라고 권면까지 하였다.

따라서 후학들이 도연명이 남긴 그 유명한 시편들인 「음주(飮酒)」 20수(首)에서 그의 인생관, 그의 철학, 그의 현실 비판 및 그의 이상까지도 읽을 수 있게 된 것은 매우 다행한 일이 된 셈이다. 그만큼 그는 온 세상이 썩고 더러운 까닭에 맨정신보다는 술 취한 속에서 취하면 취할수록 참다운 삶과 참뜻을 찾고자 애썼으므로 하여 그에게 있어서는 오직 술만이 그를 참 세상, 무위자연(無爲自然)의 경지까지 나갈 수 있게 하였던 것이다. 즉 자연과의 합일, 세속에서의 탈피, 자아 성찰과 철학적 사유를 술 한 잔에 담아내고 있었던 것이다.

이태백(李太白, 701~762)은 그 경지를 「월하독작(月下獨酌)」에서 다음과 같이 노래하였다.

하늘이 만일 술을 사랑하지 않았다면
주성(酒星)이 하늘에 있지 않았으리라.

땅이 만일 술을 사랑하지 않았다면

하늘에 주천(酒泉)이 없어야 하리라.
하늘과 땅이 이미 술을 사랑하였으니
술을 사랑함이 하늘에 부끄럽지 않아라.

이미 들었노라.
맑은 술은 성인에 비한다고.

또한 이르되
탁한 술은 현자와 같다고.

성현 같은 술을 이미 마셨으니
어찌 반드시 신선을 구할 것인가.

석 잔을 마시면 대도(大道)에 통하고
한 말을 마시면 자연과 하나가 된다.
(三杯通大道 一斗合自然)

다만 취중의 아취(雅趣)를 얻으면 그뿐
깨어 있는 자에게 전할 생각을 말아라.

　술에 취한다는 것은 의식을 잃어버린다는 말이 아니다. 오히려 의
식의 초월이다. 이태백의 말을 빌리면, 석 잔의 술을 마시면 그것으
로 의식을 초월한 허무, 만물의 본체인 대도를 알아서 무념무상, 혼

돈한 본원(本源)의 경지까지 이르게 된다는 것이다. 뿐만 아니라 한 말의 술을 마시면 본래의 자연스러운 성질에 합당하여 그 무엇에 좌우되지 않는 절대한 무위자연의 심경이 되는 것이라는 것이다.

1920년대의 일이다.

성균관 뒷산에는 근세를 풍미한 사주성(四酒聖)이 앉아서 허리띠를 풀어놓고 방담, 폭음을 하고 있었다. 공초 오상순(空超 吳相淳), 수주 변영로(樹州 卞榮魯), 성재 이관구(誠齋 李寬求), 횡보(橫步) 염상섭(廉想涉) 등, 그들이야말로 둘째가라면 서러워할 한국 문단이 배출한 주초(酒草)의 성현(聖賢)들이었다.

흥이 절정에 달했을 무렵 그만 소나기가 퍼붓기 시작하였다. 그러자 네 사람은 일제히 만세를 불렀다. 그때 공초가 기상천외의 제안을 했다. "옷이란 대자연과 인간 사이를 이간시키는 것이니 우리는 이 옷들을 모두 벗어 던져버리자!"라고 하였다. 공초가 먼저 알몸이 되었고, 나머지 세 사람도 알몸이 되었다. 술과 비에 대취한 네 사람은 알몸을 드러낸 채 방성대가로 하산하기 시작했다. 중도에 마침 몇 마리 소가 나무에 매여있는 것을 보고는 달려가서 한 마리씩 잡아 집어 탔다. 완전 나체에다 소까지 짚어 탄 네 사람은 유유히 비탈길을 내려가 똘물(소낙비로 갑자기 생긴 작은 시내)을 건너고 공자(孔子)를 모신 성균관을 지나 명륜동 큰길까지 진출하였다. 이 엄청난 일단의 행군을 본 행인들은 경악의 비명을 울렸다. 결국 달려온 순사와 행인들의 제지를 받고 시내까지 진출하려던 당초의 장도를 포기한 채 눈물을 머금고 뒤돌아설 수밖에 없었다는 것은 한국 문단에 회자되고 있는 영원불변한 이야기이다.

그날의 광인 중 한 사람이었던 수주 변영로는 1955년 빈에서 열린 국제펜클럽대회에 한국 대표로 참석하여 세계 문인들 앞에서 그 이야기를 털어놓았다. 박장대소를 한 세계 문인들은 즉석에서 변영로에게 '동양의 버나드 쇼(Bernard Shaw)'라는 별칭을 붙여주었다. 버나드 쇼가 술꾼이었는지는 잘 알 수 없으나, 기행 면에서는 단연 으뜸이라 할 수 있었으니, 그렇게 짐작이 가는 것은 그의 묘비명이다. 가라사대 "우물쭈물하다가 내 이렇게 될 줄 알았지!" 그런가 하면 서산대사(西山大師, 1520~1604)는 술꾼이었음이 분명한바, "내가 죽으면 술통 밑에 묻어줘! 운이 좋으면 술통 바닥이 샐지도 모르니까!"라고 하였다.

두자미(杜子美, 712~770)의 「음주팔천(飮中八遷) (?)歌」에는 여덟 사람의 주중선인(酒中仙人)들이 등장하고 있다. 주호(酒豪) 가지장(賀知章), 여양(汝陽) 왕 진(王 璡), 좌상(左相) 이적지(李適之), 최종지(崔宗之), 소진(蘇晉), 이백(李白), 장욱(張旭), 초대(焦隊) 등 옛 중국의 팔주성(八酒聖)이다. 그들은 반드시 동시(同時) 동교(同交)한 사람들은 아니었지만, 이들은 모두 취중 기행으로 속세를 초탈한 인물들이었다.

지장(知章)의 말 탄 모양은 흔들흔들 배 탄 것 같구나.

추안(醉眼)이 몽롱하니 샘에 떨어져도 물속에서 자겠네.

여양(汝陽)은 서 말 술을 마신 후에야 비로소 조정(朝廷)에 납신다네.

길에서 누룩 수레만 만나도 입에는 침이 흐르니,

영지(領地)를 주천(酒泉)으로 옮기지 못함이 恨이 되리라.

좌상(左相)은 나날이 흥겨웁다 만금(萬金)을 뿌리니,

술을 마시기를 고래가 주천(酒泉)을 빨 듯하는구나.

잔을 입에 물되 성인(聖人)을 즐기고 현인(賢人)을 피한다고.

종지(宗之)는 소탈한 미소년(美少年).

잔을 들고 백안(白眼)으로 청천(靑天)을 바라보니,

청백(淸白)한 인격이 옥수(玉樹)가 풍전(風前)에 임한 것 같아라.

소진(蘇晋)은 수불(繡佛) 앞에 길이 머리 숙이고,

취중에는 왕왕 속진(俗塵)에서 벗어나는 선(禪)의 경지를 즐겨 하였네.

마시다 취하면 장안 거리 술집에서 잠들어.

천자(天子)께서 부르셔도 배에 오르지 않고,

스스로 일컫되 신(臣)은 주중선(酒中仙)이라 하였네.

장욱(張旭)은 삼배(三杯) 장성(章聖)이라 전해 온다.

왕공(王公) 앞에서도 의관(衣冠) 없이 나서네.

종이 위에 붓을 휘두르면 운연(雲煙) 같은 장서(章書) 글씨.

초대(焦隊)는 술 닷 말을 마시고 기고(氣高)해지는 때면

고담(高談), 웅변으로 술자리에 있는 사람들을 놀라게 하였네.

   그런데 이들과는 달리 굴원(屈原)은 술을 마시지 않을뿐더러 취하려 하지도 않았다. 때문에 무고(誣告)에 걸려 강변으로 추방당하였다. 우수에 잠겨 헤매고 있을 때에 어부 노인이 찾아와 그에게 물었다. "무슨 까닭으로 여기에 이르렀는가?" 굴원이 대답하되 "온 세상이 다 흐렸는데 나 홀로 맑으며, 뭇사람이 다 취했는데 나 홀로 깨었으니 이로써 추방을 당함일세."라고 하였다. 노인이 다시 반문한다. "세상 사람이 모두 탁하거늘 그대는 같이 흙탕물을 튀기며 파도를 높이지

않는가? 또 모든 사람이 다 취했거늘 왜 남들과 같이 술지게미를 먹고 막걸리를 마시지 않는가? 무슨 까닭으로 깊이 생각하고 높이 행하여 스스로 추방을 당케 하였단 말인가?" 이에 대해 굴원은 대답했다. "어찌 깨끗한 몸으로 구질구질한 물건을 받을 수 있으며 또 희디흰 결백한 몸으로 속세의 때나 먼지를 뒤집어쓸 수 있겠는가? 차라리 상강 물결에 가서 물고기 뱃속에 묻히겠노라!"라고 하였다.

한편 취음선생(醉吟先生)이라 불린 백거이(白居易, 772~846)는 술과 시와 거문고라는 북창삼우(北窓三友)라는 친구 셋 있었으니, 이를 노래하여 가로되 다음과 같이 하였다.

오늘 북창 아래에서(今日北窓下)

무엇 하느냐고 스스로 묻네(自問何所爲)

기쁘게도 세 친구를 얻었는데(欣戀得三友)

세 친구는 누구인가(三友自爲誰)

거문고 뜯다가 술을 마시고(琴罷輒擧酒)

술을 마시다가 문득 시를 읊으며(酒罷輒吟詩)

세 친구가 번갈아 이어받으니(三友遞相引)

돌도 돎이 끝이 없구나(循環武己時)

애주가로 유명한 이백(李白)은 1,500여 수 가운데 11.3%인 주시(酒詩) 179수를 남겼고, 두보(杜甫)는 1,400수 가운데 주시(酒詩) 21.3%인 300수를 남겼고, 도연명(陶淵明)과 송(宋) 대의 여류시인 이청조(李清照)는 각각 주시(酒詩) 50수를 남겼는데, 백거이의 경우에는 2,000

여 수의 시 중에서 음주시(飮酒詩) 800여 수를 남긴 것으로 유명하다.

그렇다면 우리나라의 경우는 이에 필적할만한 주중선(酒中仙)들은 도통 없었던가? 그렇지 않다. 고려 시대의 학자이자 시인, 작가인 이인노(李仁老, 1152~1220)를 비롯한 칠현(七賢)이 있었으니, 그들이 바로 시주(詩酒)로 종유(從遊)하던 죽림고회(竹林高會) 회원들이다. 현실에 대한 불만과 탄식으로 오세재(吳世才), 임춘(林椿), 조통(趙通), 황보항(皇甫沆), 함순(咸淳), 이담지(李湛之) 등과 망년우(忘年友)를 맺었고, 중국 진나라 때에 시주(詩酒)를 벗 삼던 죽림칠현(竹林七賢)을 본받아 강좌칠현(江左七賢) 또는 해좌칠현(海左七賢)이라고 자처하면서 지낸바, 그들이 바로 시주(詩酒)를 농락하던 우리나라를 대표할만할 주중선(酒中聖)들이 아닌가 한다.

이에 나는 "맑은 술을 성인에 비하고 탁한 술은 현자와 같다"고 한 이태백의 「월하독작(月下獨酌)」를 다시 생각해 보고, 마시지 않는 자는 무엇이 될까, 혹시 바보천치가 되지 않을까? 저어하는 마음이고, 다만 마시고 또 마시는 자 주도(酒道)에 들었다 할 것이다.

(1981, 『현대시학』)

노산 이은상과 고봉 김치선

1965년의 일이었다. 군에서 막 제대한 나는 보다 나은 직장을 찾아서 약 1년간을 이리저리 전전하였다. 약품 공장에 들어가 일을 했는가 하면, 타일 상회에 나가 자전거를 타면서 상점의 일을 하였다. 그러나 그때의 내 꿈은 기왕에 시를 쓰고 있었으므로 신문사나 잡지사 같은데 들어가 기자로 일하는 것이 소원이었다.

짜증스러운 나날이 아닐 수 없었다. 그러던 어느 날 나는 원하던 바대로 문예 전문지인 『문학춘추』에 취직이 되었다. 시험을 치고 면접을 하고 합격하여 서류를 준비하는 중에 봉착한 애로는 그 당시의 관례대로 신원보증인과 재정보증인을 세우는 일이었다. 그런데 그것은 꼭 누구나 알 수 있는 명사(名士)라야 한다는 까다로운 조건이었다. 그것도 2명을 보증인으로 세워야 했다.

눈앞이 캄캄하였다. 알고 있는 사람들을 머리에 떠올려 보았으나 '누구나 알 수 있는 명사'를 신원보증과 재정보증인으로 세운다는 것은 애초부터 틀린 일이었다.

그럴 때 생각난 분이 내가 지금부터 쓰고자 하는 고봉(高峰) 김치선(金致善) 박사이시다. 그분은 내가 다니고 있는 교회의 목사로 부임한 일이 있었는데 당시 총신대학의 교수로서 대한신학교의 학장을 겸하고 있었다. 그리고 그는 우리나라 신학계의 태두로서 제1호 신학박사이며 유명한 부흥사며 독립투사였기에 그를 알고 있는 사람이면 누구나 그를 가리켜 '눈물의 선지자, 한국의 예레미야'라고 부르기에 주저하지 않았다.

그 정도라면 하고 생각하니 당장 달려가지 않을 수 없었다. 지금의 대한신학교 서울 캠퍼스가 있는 용산구 서계동 언덕을 오르니 당신이 반갑게 맞아주었다. 그래서 찾아온 용건을 간단히 말씀드렸다. 그리고 이것은 평소부터 간절한 꿈이었으니 꼭 봐주십사 하고 말씀드렸다. 그랬더니 김 박사님은 너무나 쉽게 그걸 허락해 주셨다. 당신이 신용보증인과 재정보증인이 되어주셨을 뿐만 아니라 "한 사람이 더 필요한 모양이니 없다면 내가 또 한 사람 추천해 주지!" 하면서, "노산(鷺山) 이은상(李殷相) 군에게 가보라"고 하면서 추천장까지 써서 주었던 것이다. 노산은 김 박사의 연희전문학교 영문과 동기동창이었다. 내가 어정쩡한 표정을 짓고 있으려니까 "가보면 될 것이다."라고 하면서, 확신을 심어주는 것이었다. 그래서 달려간 노산 선생님의 집이었다. 안 되면 어쩌나 하고 불안을 안고 달려갔었는데, 노산 이은상 선생님이 쾌히 승낙해 주실 줄이야! 죄던 마음이 확 풀린 상상 밖의 일이라 그저 어안이 벙벙하였다.

노산 선생님과 나와는 물론 그때까지만 해도 일면식도 없었다. 가지고 간 서류를 물끄러미 내려다보더니 "어디다 쓰면 되나?" 하면서 나에 대한 자세한 신분도 묻지 않고 쓸 채비부터 서두르는 것이었다. 그래서 내가 "괜찮겠습니까?" 하고 물으니 노산 선생님 말씀이 "물론! 김 군이 보낸 사람이니까!" 라고 하는 것이었다.

가슴이 찡하였다. 붕우유신(朋友有信)이 아닌가? 그래도 그렇지, 생판 모르는 청년을 친구가 소개했다고 신원보증인과 재정보증인이 되어주시다니! 그리고 문단의 말학을 아끼고 사랑함이 이 정도라니, 그때의 내 감격은 말로 할 수 없는 것이었다. 나는 영운(嶺雲) 모윤숙(毛允淑) 선생의 문하였으므로, 그 후로 노산 문하에 들어가 활동은 하지 않았으나 멀리서나마 그분의 은덕에 감사하면서 열심히 일하면서 글을 쓰고 하였음은 두말할 필요가 없다.

그런데 그것이 줄곧 내 일생을 좌우한 한 큰 사건이었을 줄이야 어찌 상상이나 하였겠는가? 김 박사께서 그렇게 내 길을 열어주시면서 하신 말씀에 대한 소회이다. "자네, 잡지사에 들어가서 잘 배우도록 하게나. 그렇지만 다 배운 후에는 언젠가는 내 학교에 와서 일해야 한다네!" 하신 말씀이었다. 그때 내게 재정보증과 신원보증을 서주고 추천장까지 써주면서 하시던 김 박사님의 말씀은 아직도 귀에 쟁쟁, 잊을 수가 없다.

그로부터 20년, 처음에는 문예지 『문학춘추』의 말단 기자로 출발하였으나, 여성지 『여상』 기자, 월간 『영화잡지』 발행인, 월간 『생명샘』 주간 역임하면서 잡지인(雜誌人)으로 우뚝 설 수 있었고, 이후에 대한 신학교에 들어가서 20여 년 동안 여러 부처에서 봉직하면서 김치선 박사와의 약속을 이행할 수 있었다는 사실이다. 알 수 없어라. 앞으로 나의 앞에 어떤 과제가 또 주어질지는 알 수는 없지만, 어떤 일이든 고봉 김치선 박사와 노산 이은상 선생님의 명령인 줄 알고 최선을 다해서 수행해 가리라.

크리스천 문학가의 정체성

이따금씩 이런 생각을 하게 된다. 기독교 문학과 크리스천 문학은 무엇이 다른가? 이는 한국크리스천문학가협회가 한때 한국기독교문 인협회가 되었다가 다시 한국크리스천문학가협회로 된 때문이다. 그 것이나 이것이나 동일한 것이 아니겠는가 하다가도, 신앙인의 입장에 서 보면 기독교+문학보다는 크리스천+문학이 우선해야 한다는 생 각을 가지게 된다. 즉 기독교가 예수를 구주로 믿고 따르는 사람들 의 종교라고 한다면, 크리스천은 예수를 믿고 따르는 데서 그치는 것 이 아니라 진일보하여 이를 실천하면서 사는 사람들이라고 생각하게 되는 것이다. 그 당시에 단체명을 그리할 수밖에 없었던 무슨 사정이 있었는지는 모르지만, 그렇게 하기까지는 심도 있는 논의와 결의가 있었을 것이 분명한바, 추측건대 문학을 우선순위에 두는 문인들은 기독교 문인협회에, 신앙을 우선순위에 두는 문인들은 크리스천 문 학가협회에 뜻을 두고 결성한 것이 아닌가 한다.

따라서 예수를 믿는 사람이 문학을 하는 것과 문학 하는 사람이 예수를 믿는다는 것은 근본부터 서로 다르다는 셈법이다. 그리하여 우리는 기독교 문학을 논할 때 부득불 두 가지 방법으로 정의할 수 밖에 없게 되는데, 그 하나는 작가의 신앙이고 다른 하나는 작품의 종교적 내용이라 할 것이다. 즉 작가는 작품을 가지고 말하면 그만 이지만, 신앙인의 경우에는 그렇지 않으니 어디까지나 신앙을 우선순

위에 두고 말해야 하지 않을까 한다. 이렇게 되면 문학인의 입장에서는 신앙보다는 문학이 먼저가 되는 것이고, 신앙인의 입장에서는 문학보다는 신앙이 먼저가 되는 것이다. 문학과 종교는 하나이면서도 둘이고 둘이면서도 하나라는 생각, 그것이 바로 기독교 문학의 실체가 아닌가 한다.

그렇다면 기독교 문학에 그런 경향의 작품들이 있는가를 살펴볼 필요가 있다. 텍스트는 단일 목적을 가지고 예술성을 제공할 수도 있고, 미적 가치를 재현할 수도 있고, 불확실성에 대해서 관여할 수도 있으나, 신앙생활 전반에 걸친 사항까지도 관계하게 된다는 것을 전제로 하고, 문학의 본질과 크리스천의 책임이라는 명제하에서 기독교적 주제에 초점을 맞추어 보기로 한다. 그리하여 단편적이기는 하지만, 밀턴의 『실락원』을 비롯하여 로버트 로웰의 『킹 데이비스 올드』, 아치볼드 메클레시의 퓰리처 수상 드라마인 『J. B.』가 있고, 신앙인의 주제에 초점을 맞춘 작품으로는 주인공을 크리스천으로 설정하고 기술한 다윗의 『시편』들을 비롯하여 조지 허버트의 『일요일』, 에밀리 디킨슨의 『몇 사람은 교회에 가서 안식일을 지킨다』, 필립 라킨즈의 『교회 가기』, 루이스 멕니스의 『주일 아침』 등의 경우가 전래적이었음을 상정해 보게 되는 것이다.

그렇다면 크리스천 문학에 있어서 작품 활동은 어떻게 해야 마땅한 것일까? 문학이 먼저냐, 신앙이 먼저냐? 이에 대한 대답은 40여 년 전 문인협회 총회에 있었던 실화로 대체하고자 한다. 그것이 한국

기독교문인협회였는지 한국크리스천문학가협회였는지 아리송하지만, 나는 그때 실로 오랜만에 총회에 참석하고 있었던바, 당시에 회장은 김OO 시인이었다.

먼저 예배를 드렸고, 회무도 은혜 가운데 처리되었다. 그리고 식사 시간이었다. 그 시간에 소주와 맥주병이 난무하였다는 사실이다. 가관인 것은 목사, 장로, 집사, 평신도 할 것 없이 서로 술을 권하면서 나름대로 은혜의 말씀을 나누었는데, 도저히 이해할 수 없는 장면이 아닐 수 없었다. 목사가 장로에게 술을 권하면서 "장로님, 한잔 하세요." 하는가 하면, 장로가 집사에게 술을 따라 주면서 "집사님, 한 잔 더 하세요." 하면서 경쟁하듯이 장내를 마구 누비는 것이었다. 일 배 또 일 배! 웃고 떠드는 소리! 혀 꼬부라진 소리…. 좋게 말해서는 제도에 얽매이지 않는 거침없는 낭만이요 기행이라 할 수 있겠지만, 신앙(종교인)보다는 문학(문인)이 우선한다는 선포식이나 다름없었다는 이야기이다.

그날의 난장판이 언제까지 계속되었는지는 알 수 없다. 왜냐하면, 나는 그때 자리를 박차고 줄행랑(?)을 쳤으니까! 그리고 그 후로 나는 한국크리스천문학가협회든 한국기독교문인협회든 단 한 번도 총회에 참석하지 않았다. 그날의 지옥도 같았던 트라우마에 '총회!'라고 한다면 아직도 거부감이 있다는 고백이다. 그리하여 크리스천 문인은 문서선교사라는 각오로 활동함이 마땅하다는 생각과 기독교 문학은 나아가 구원의 문학이 되어야 한다는 생각인데, 이에 대하여 크리스천 문인들의 동의를 구하고자 한다. 즉 "너희 안에 행하시는 이는 하나님이시니 자기의 기쁘신 뜻을 위하여 너희에게 소원을 두고 행하게 하시나니(빌립보 2:13)"라고 함과 같은 기조에 대한 동의와 '아멘!'인 것이다. 샬롬!

잠자는 거인의 나라, 몽골

하늘 위에서 내려다본 몽골은 초원의 끝없는 파라다이스였다.

양과 염소가 낙타와 함께 어울려 느릿느릿 풀을 뜯고 있는 모습은 그야말로 한 폭의 그림이었다. 산과 들이 따로 없고 세상은 온통 푸르기만 한데, 톨(Tuul)강 쪽을 내려다보니 말을 탄 목동들이 양 떼를 몰고 신바람 나게 초원을 달리고 있었다.

그때 나는 나도 모르게 불쑥 한마디를 던져버렸다.

"아니, 저렇게 푸른 초장을 개간도 하지 않고 그대로 내버려 두다니…." 그런데 그것은 오산이었다. 부얀트와(Buyant-Uhaa) 공항을 빠져나온 버스가 몽골의 수도인 울란바토르(Ulanbator)로 향해 달릴 때 주위에 펼쳐진 초원을 바라보니 그것은 모두 개간할 수 없는 반사막(半沙漠)이 아닌가? 반사막이란 사막보다는 환경이 좋은 곳이기는 하지만 물기가 조금 남아있어 풀만 겨우 자랄 수 있는 척박한 땅이다.

그래서 몽골은 전래적으로 목축업밖에 할 수 없었으니 이 나라 국민들은 도시를 제외하고는 취락을 이루고 살아갈 수가 없다. 국민 한 사람이 소유한 양의 수가 100~200마리 정도이니 한 가정이 목축업을 함에 있어서는 상당량의 목초지를 확보해야 하므로 모여서 같이 살아갈 수가 없는 것이다.

일단 목초지를 확보하면 그들의 전통 가옥인 게르(Gher)를 짓게 되는데 두 시간이면 짓고 한 시간이면 헐 수 있는, 말하자면 조립식 가옥이다. 그렇다고 게르가 엉터리 가옥이라고 생각한다면 그것 또한 오산이다. 게르는 수천 년을 이어온 몽골의 전통 가옥이니만큼 무엇보다 방한과 방풍이 뛰어나고, 천문지리까지 살필 수 있는 과학적 근거에 의해 건축되었다는 사실에 누구나 감탄사를 자아내게 한다.

그런 게르가 많아야 2~3개 정도 모여있는 것이 이곳 생활의 풍경들이다. 현재 인구는 235만 명. 국토는 155만6천 ㎢로 한반도의 약 7배에 달하며, 고도는 평균 1,580m이고, 수도인 울란바토르에는 70만 명이 거주하고 있다.

마침 우리 일행이 몽골을 방문한 시기는 몽골의 국경일로, 나담 축제(Nadam Festival)가 한창 열리고 있는 축제 기간이었다. 그 기간은 칭기즈칸이 몽골을 통일한 790주년, 몽골이 독립한 75주년을 기념하는 기간으로, 전일 벌이지는 말 타기와 활쏘기, 씨름의 3대 경기는 일대 장관이 아닐 수 없었다. 기마술의 경우를 보면 4~5세의 어린이가 이미 기수로 출전하여 승리를 다투고 있었고, 부녀자라 해도 말을 탐에 있어서 안장에 앉아 타기보다는 꼿꼿이 서서 말을 달리는 신기에 가까운 기마술을 익히고 있었다.

이번에 몽골을 방문하게 된 것은 몽골 정부의 공식 초청에 의한 것인데, 마침 안양대학교 김영실 총장께서 몽골의 국빈으로 참석함에 있어서, 총장 비서실장 자격으로 몽골을 방문하게 된 것은 나에게는 큰 행운이 아닐 수 없었다.

우리 일행은 과거 쿠바대사관 자리였던 한국대사관을 방문하고 그곳 대사와 함께 환담을 하였고, 몽골국립대학교에 초청되어서는 외국어대학장 등 한국어과 교수들의 영접을 받고 진지한 대화를 나누기도 했다. 특히 학과장인 박완 교수와의 대화 중 몽골의 살길은 동방에 있다는, 그리하여 동방의 경제 대국인 한국으로 가야 한다는 국책에 힘입어 각 대학에 불원 한국어과를 설치할 예정인데 이미 4개 대학에 한국어과를 개설하였다는 이야기를 듣고 크게 감명받았다.

몽골 국립대학의 경우 한국어과가 개설된 것은 1991년의 일이었다. 현재 재학생은 95명이고, 2회에 걸쳐서 25명의 졸업생을 배출하고 있었다. 논문은 언어, 역사, 문화에 관련된 것이 태반이었다. 이 나라의 교육 제도는 유치원 1년, 초등학교 6년, 중학교 2년, 일반 고등학교(직업·기술고등학교) 2년이고, 대학교는 학사과정 3~5년, 석사과정 2~3년, 박사과정 2~5년이었다.

하루는 시간을 내어 소(小) 그랜드캐니언이라 불리는 테를지(Terelji)에 방문하기로 하였다. 그곳은 울란바토르에서 버스 편으로 약 한 시간 거리에 있는 몽골이 자랑하는 명승지였다. 기괴한 바위가 초원을 가로막고 선 곳으로부터 시작되는데, 그 한가운데를 톨강의 지류인 셀렝게강이 흐르고 있었고, 거북바위 등 장려한 바위군이 여기저기 흩어져 있어서 퍽 이색적인 풍경이었다.

마침내 테를지의 끝이라 할 수 있는 공룡공원에 다다르니 공룡 조각이 군데군데 전시되어 있었고, 관광객이 투숙할 수 있는 호텔인 몽골리안 게르가 몇 채 모여있었다. 사진 몇 장을 찍고 나니 몽골평화친선협회 임원인 우네보르길 박사가 우리를 친절히 안내하여 주었다. 게르에 들어서니 곰 가죽과 여우 가죽이 온 벽을 둘러쳐 있어 사뭇 원시적인 분위기를 자아내고 있었다.

마침 점심시간이었다. 몽골리안 바비큐가 나왔는데 염소 바비큐였다.

그런데 쟁반에 들려 나온 바비큐는 몸통뿐이었다. 설명하는 걸 들어보니 염소 머리와 네 다리의 뼈는 모두 빼고 나머지를 돌멩이 여러 개와 같이 염소 배에 넣고 꿰매어 구운 것이라고 한다. 3~4명의 요리사가 붙어 서서 큰 칼로 배를 가르고 돌멩이를 골라낸 다음 나머지 살코기를 꺼내 접시에 담아 주는데 과연 일미였다. 돌려주는 칭기즈칸 보드카와 같이 먹으니 모두 피곤이 확 풀린 듯하였다.

같은 우랄 알타이어(Ural-Altaic Languages) 언어계(言語系)에 속하는 사람들이라서 그런지 말도 잘 통하고, 같은 몽골리안이라는 인식에 서였던지 시종이 화기애애하였다. 고깃값(가축 시세)을 물어보니 염소 1마리에 40불, 말 100불, 송아지 150불, 어미 소 250불이라고 한다. 식생활은 쇠고기, 양고기, 흑빵이 주식이며, 마유주와 보드카를 즐겨 마신다고 하였고, 채소는 구하기도 어렵거니와 여기서는 동물들이나 먹는다고 하여 잘 먹지를 않는다고 한다.

두 나라 간의 교역은 매우 활발한 편이었다. 실제로 울란바토르에서 제일 크다는 백화점을 찾아가 보니 완구, 신발, 의류 등 우리나라의 제품이 산적해 있어 흐뭇한 감이 없지 않았다. 시민들의 표정은 밝고 활기찼다. 1991년 이래 국명을 몽고인민공화국에서 몽골로 바꾼 후 정치, 경제, 문화 등 여러 방면에서 민주국가로 탈바꿈한 성공적인 사례들을 많이 발견할 수 있었다.

특히 금년에는 6월에 실시한 총선에서 민주 연합이 승리함으로 75년간 실시된 공산주의 통치가 완전히 끝나있었고, 모두는 나담 축제와 함께 신생 민주국가로 탄생한 분위기에 무르녹아 있었다.

거리거리에는 유명, 무명 화가들이 그린 몽골 풍속화들이 흘러넘치고 있었으며, 예술회관에서 관람한 오페라 「칭기즈칸전쟁 영웅사」

는 그 규모나 내용 면에서 어떤 나라 오페라에 뒤지지 않았다. 특히 그 동적인 춤사위는 우리를 완전히 매료시켰다.

몽골은 아직 잠자는 거인의 나라 같았다. 그러나 몽골은 이제 서서히 구각을 탈피하고 있음이 분명했다. 뿐만 아니라 몽골은 오랫동안 통치해 온 공산주의 이론에서 벗어나 정치, 경제, 문화 등 열강과 어깨를 겨누기 위하여 민주 진영과 유대를 더욱 공고히 함으로써 또 다른 차원의 초원의 나라, 몽골을 건설해 가고 있음이 틀림없었다.

전 국토의 약 40%를 차지하는 고비사막을 제외하고는 완만한 산세에 겨울 스포츠로 수많은 스키장을 건설할 수 있으며, 그 외 계절에는 자연 녹지에 수많은 골프장을 만들 수 있으며, 우선 그렇게만 된다면 앞으로 수많은 관광객이 몽골을 찾을 것은 자명한 일이라는 생각이 들었다. 그리고 몽골의 독특한 음료수인 마유주(말 젖은 발효시켜 만든 우유)와 염소나 양의 바비큐가 세계적인 구미를 당길 날도 멀지 않았다는 생각에 여기 몽골에 먼저 와서 보고, 느끼고, 먹고 한 이 모든 것이 대견스럽기까지 하였다.

그리하여 나는 8박 9일간의 몽골 방문 일정을 마감하는 비행기 위에서 끝없이 펼쳐진 회색의 고비사막을 내려다보면서 그 무한 보고에, 또 다른 몽골의 꿈이 거기에 도사리고 있음을 결코 의심치 않았다.

오, 제국의 꿈이 아직도 살아서 꿈틀거리는 칭기즈칸의 땅이며, 초원이 한없이 펼쳐진 미래의 땅 몽골이여, 영원히!

속·사랑의 아포리즘

오늘 되지 못하는 일은 내일도 되지 않네. 하루라도 헛되이 보낼 수는 없네. 결심하여 과감하게 때를 놓치지 말고 될 만한 것부터 일의 실마리를 잡아야 하는 걸세. 결심한 이상은 놓치지 말아야 해.

－『파우스트』 중에서

* 믿고 행하는 곳에 승리가 있다.
－ 가장 우매한 것은 믿음 없이 하는 행동이고, 행동은 하지 않고 믿기만 하는 것입니다.

* 아무리 작은 일이라도 하찮은 것이라고는 없다.
－ 호불호 간에 부적격한 사물(事物)은 없습니다.

* 공명(共鳴)이 공명을 부른다.
－ 사랑받기를 원한다면 먼저 사랑을 해야 합니다.

* 한발 앞서가는 사람이 개척자이다.
－ 나중에 움직이는 사람을 추종자라고 합니다.

* 세상의 줄은 많기도 하구나.
－ 일단 줄을 섰으면 끝까지 참고 기다려야 합니다.

* 수식어가 함정이다.
– 수식어가 말이나 글보다 더 우수할 수는 없습니다.

* 유물론(唯物論)을 갈(耕)면 유신론(有神論)이 나온다.
– 말세는 유신론자들이 유물론을 찬양할 때입니다.

* 진리는 곧바로(直線) 나아가는 것이다.
– 비진리는 뱅뱅 도는(圓形) 것입니다.

* 역사를 묻어버려라.
– 새 역사를 쓰면서 살아야 진국입니다.

* 전쟁의 역사는 신의 심판 역사였다.
– 전쟁의 연출자는 신이었고, 배역은 언제나 사람이었습니다.

* 꿈을 꾸자. 선험적(先驗的)인 꿈을!
– 생멸(生滅) 유전(流轉)하는 현상이 모두 꿈속에 있소이다.

* 먼저 사람이 되자.
– 사람의 사람됨이란 언행일치(言行一致)로부터 시작됩니다.

* 기계가 사람을 구축하고 있다.
– 악화(惡貨)가 양화(良貨)를 구축하는 것과 같은 경우입니다.

* 가다가 한 번쯤은 뒤돌아보아라.
– 누가 뒤에서 우리를 지켜보듯이 그렇게 조심스레 산 적이 있었던가?
  누가 뒤에서 우리를 시켰듯이 그렇게 맹목적으로 산 적이 있었던가?

* 사람은 죽어서 문화를 남긴다.
– 후대에 민족의 얼과 정기를 남겨줘야 하는 것이 우리의 책무입니다.

* '만약'이라고 말하지 말자.
– 확언 외에는 어떤 말도 가정해서 말하지 않아야 합니다.

* 복수(複數)만이 대안(代案)이다.
– 단수만으로는 살 수 없는 인생길입니다.

* 수긍이면 좌절도 없다.
– 행복한 사람은 행불행 간에 모두를 안고 가는 사람입니다.

* 어머니가 기도드리니 나도 기도드린다.
– 기도는 어렸을 때부터 아이들에게 가르쳐줘야 합니다.

* 예수를 닮자.
– 예수가 이성일인격(二性一人格)이니 나 또한 그리되려고 기도합니다.

* 독서는 지각을 닦고 명상은 영혼을 닦는다.
– 지혜의 샘이 독서와 명상을 통해서 흘러나오는구나.

* 정회(情懷)는 정회일 뿐!
– 숱한 정회의 곳이 공동묘지입니다.

* 성공은 땀과 비례한다.
– 성공의 양(量)이 바로 땀의 양입니다.

* 자기 정체성을 확립하자.
– 자기 정체성 확립은 현실적 자기를 긍정하는 데서부터 출발합니다.

* 나는 합창단의 대원이다.
– 내 소리는 모두의 소리가 되게 해야 합니다.

* 대지(大地)처럼 넓게 살자.
– 모든 것을 받아주고 모든 것을 내어주는 것이 대지의 마음입니다.

* 거듭나야 한다는 것은 죽어야 산다는 말입니다.
– 최고 최대의 지고한 말씀은 소성(蘇醒)케 하는 말씀입니다.

* 위정자는 하늘이 낸 사람이다.
– 민심이 천심입니다. 천심을 역행하는 자가 악덕한 위정자입니다.

* 종달새는 언제나 보리밭 위에서 노래한다.
– 밭갈이는 가능한 밭부터 갈아야 합니다.

* 심령이 가난한 사람이 행복한 사람이다.
– 현실에 만족한 사람이 행복한 사람입니다.

* 천국은 여기에도 있고 저기에도 있다.
– 천국은 매일의 식탁 위에 도래해 있습니다.

* 자문자답으로 활로를 찾아라.
– 문제는 내게 있고, 해결책도 내게 있음을 왜 진작 몰랐던가!

* 맞으면 맞는 것이다.
– 오늘 비가 흠뻑 내렸으니 내일은 비가 내리지 않는다고 생각지
  말라.

* 감우(甘雨) 같은 사람이 되어라.
– 이 나라와 하늘나라에 귀히 쓰임 받는 일꾼이 되게 하소서!

* 젊은이는 늙은이같이! 늙은이는 젊은이같이!
– 지혜로움과 패기가 세파를 이기에 합니다.

* 도전이 없으면 성패도 없다.
– 첫째는 도전이요, 둘째도 도전이요, 셋째도 도전입니다.

* 현장을 사수하라.
– 현장인처럼 즐거운 인생은 없습니다.

* 오늘의 하루가 내일의 백날보다 낫다.
‑ 오늘의 열매를 매일 거둬야 합니다. 내일의 열매는 내일 거둬야
  합니다.

* 최초 선택이 운명을 좌우한다.
‑ 첫 단추를 잘 꿰야 합니다. 일단 들어서면 돌이킬 수 없는 것이
  인생길입니다.

* 교육이 먹거리를 창출한다.
‑ 목구멍이 포도청인데 먹거리를 천시하고 있는 교육입니다.

* 석양이여, 회광반조(回光返照)여!
‑ 끝맺음을 잘해야 한다. 낙조의 찬란함처럼 안녕을 고할 수 있다면!

* 누에고치처럼 살고지고!
‑ 누에고치는 사시장춘 뽕잎만을 먹고사는 누에고치요, 명주실을
  뽑아놓고 죽는 누에고치입니다.

* 오직 당신만을 위해서!
‑ 하늘바라기처럼 살고지고!

* 사는 길은 결국은 죽음을 향해 가는 길이다.
‑ 죽을 각오로 일하면 무슨 일이든 이루지 못할 일이 없겠습니다.

* 나의 길은 나를 딛고 가는 길이다.
－ 오늘의 나는 어제의 나요, 내일의 나임을 명심해야 합니다.

* 빨리빨리는 '준비하다'의 준비의 대명사!
－ 점진적, 순차적으로 살아야 하는 것이 인생길입니다.

* 운명이 숙명을 결정한다.
－ 신의 영역에 속한 것이 운명이고, 인간의 영역에 속한 것이 숙명
  입니다.

* 길이 아니면 뚫고서 가라.
－ 우물쭈물하면서 길을 가지 맙시다.

* 시련을 만나거든 감사하게 생각하라.
－ 시련은 연단을, 연단은 열매를 맺습니다.

* 과업(課業)이 나를 부른다.
－ 오오, 어서 과업이여 오라! 힘차게 대답하고 달려가리다.

* 삶보다 귀한 죽음이 있다.
－ 오오, 삶이 죽음보다 더 나은 것이 아니겠느냐? 그러나 내가 죽
  고 네가 산다면 죽음이 삶보다 더 귀한 것이 아니겠느냐?

* 다신론(多神論)은 정신 추적의 산물이다.
－ 유일신은 천상의 것이고, 다신론은 지상의 것입니다.

* 항상 자신에게 질문하면서 살아야 한다.

– 나는 누구인가? 지금 어디에 있는가? 무슨 일을 하고 있는가?

* 나는 나를 지키는 파수꾼이다.

– 나를 남의 손에 맡길 수 없습니다. 내 거취는 스스로 결정하고 책임져야 합니다.

* 별종이 되어야 한다.

– 차별화의 길을 가야 합니다. 생각이나 행동이 남과 같아서는 두각을 나타낼 수 없습니다.

* 순환하는 곳에 생명이 있다.

– 정체되면 썩습니다. 공법을 물같이 정의를 하수같이 흐르게 해야 합니다.

* 소국적으로 생각하면 믿을 것은 나밖에 없다.

– 대국적으로 생각하면 속을 줄을 알고 믿어야 합니다.

* 예술이란 무엇인가? 만물을 화생(化生)케 하는 것이다.

– 무의미한 것을 유의미한 것으로 되게 하는 것이 예술입니다.

* 자기 자리가 명당이다.

– 우둔한 사람은 남의 자리를 탐하는 사람입니다.

* 생각을 바꾸면 통찰이 보인다.
– 비가시광선(非可視光線) 세 가지가 있으니 첫째는 믿음이요, 둘째
  는 행위이요, 셋째는 마음입니다.

* 자녀에게 효도하라.
– 가화만사성(家和萬事成)은 부모가 먼저 실천해야 가능합니다.

* 도둑질도 배워야 한다.
– 배워서 쓸데없는 것이라고는 하나도 없습니다.

* 과정(過程)이 중요하다.
– 결실은 과정의 산물입니다.

* 신바람 나는 삶을 살아보자.
– 모든 것은 다 나를 위해서 존재하는 것이라고 생각해야 합니다.

* 인생에 지름길이란 없다.
– 점진적, 순차적으로 가야 하는 길이 인생길입니다.

* 명상가가 되어라.
– 기도는 신과의 대화 시간이고, 명상은 자신과의 대화 시간입니다.

* 다시, 모계사회로다.
– 근력(筋力)의 시대는 지나갔습니다. 바야흐로 인지(人智)가 주된
  시대입니다.

* 피땀의 결정체를 열매라 한다.
– 피는 하늘의 것이고, 땀은 사람의 것입니다.

* 결국 서로는 생산 활동을 하는 서로의 매개물이다.
– 민주주의의 후견(後見)이 자본주의일 줄이야!

* 양화(良貨)는 나누기고, 악화(惡貨)는 뺄셈이다.
– 선(善)는 덧셈이고, 악(惡)은 곱셈입니다.

* 본받아야 할 행실은 실천적인 삶뿐이다.
– 호박잎이라도 따야 삶아서 먹을 수 있습니다.

* 결국 역사는 신세계(神世界)의 역사였다.
– 진실한 역사는 역사신학(歷史神學)뿐입니다.

* 오너라! 뇌성과 폭우여!
– 젊은이여, 마음을 강하게 하고 담대히 폭풍 앞에 나서야 합니다.

* 기회를 창출하라.
– 백년하청(百年河淸)입니다. 기회는 오는 것이 아니라 만들어내야
  하는 것입니다.

* 두둑이 고랑 되고 고랑이 두둑 된다.
– 항상 승리하는 것은 아니다. 올라갔을 때 조심해야 합니다.

* 남녀관계는 방정식 관계다.
- 괄호(括弧)를 그대로 두면 미지수 그대로이나 괄호를 벗기면 플러스는 마이너스가 되고, 마이너스는 플러스가 됩니다.

* 나는 고독을 사랑한다.
- 정신적인 자아와 동물적인 자아의 싸움에서 고독할 수밖에 없는 참 자아입니다.

* 아아, 어머니여!
- 생사화복의 근원지로서의 대지일세!

* 나는 회의(懷疑)한다.
- 내 모습 그대로를 승인하지 못하고 내면적 동기를 승인하지 못하는 나를 회의한다.

* 몸은 형식이고 정신은 내용이다.
- 몸이 정신을 감싸는 것이 아니라 정신이 몸을 감싸고 있게 해야 합니다.

* 문제가 문제를 낳고 낳은 문제가 다시 문제를 낳는다.
- 세상만사는 모두 꼬리에 꼬리를 물고 일어나는 현상입니다.

* 내가 이 시대의 사명자다.
- 나는 주춧돌이라는 자부심과 나는 파수꾼이라는 사명 의식으로 살아야 합니다.

* 평화의 제단에 침을 뱉어라.

－ 평화는 피의 대가로 쟁취한 것과 다름 없습니다.

* 자기 맡은 일에서 최고가 되어라.

－ 최고는 높은 것이 아니라 긴 것, 즉 오래 가는 것을 말합니다.

* 인생에 휴식이란 없다.

－ 은퇴 없는 삶을 살아야 합니다. 생명이 끝나는 날이 은퇴하는 날
입니다.

* 지성은 지혜의 첫걸음이다.

－ 지혜는 본체이고, 지성은 지체입니다.

* 싸운다. 또 이긴다. 그 생각뿐이다.

－ 현명한 사람은 실패했을 때까지를 상정(想定)하고 있는 사람입니다.

* 나는 독백을 사랑한다.

－ 독백은 어떤 비밀도 말할 수 있어서 좋습니다.

* 원칙 없는 적용을 임기응변이라고 한다.

－ 적용 가능한 사안(事案)이라면 불가능은 없습니다.

* 불확실하다고 주저하고 있을 수만은 없다. 믿고 행할 수밖에!

－ 확실한 것은 믿음 안에서만 있는 것입니다.

* 집착이 승리한다.
– 사소한 집착을 버리고 큰 집착에 올인해야 합니다.

* 웃으면서 살아라.
– 웃음은 긍정적 반응에서 나오는 것이니 웃으면 복이 오는 것입
　니다.

* 너무 가까운 것은 좋지 않다.
– 내장, 쓸개 다 보여줬다가 패가망신합니다.

* 어머니가 말씀하셨다. 돈은 만악(萬惡)의 뿌리니라.
– 어머니, 용서하세요. 악과 더불어서 살고 있는 아들입니다.

* 앞만을 향해 달려라.
– 독수리같이 날고, 나팔을 불면서 앞만을 향해 달려야 합니다.

* 새벽처럼 살자.
– 별빛이 찬란한 새벽이슬, 이슬을 흔드는 신선한 바람, 어디선가
　잔잔히 들리는 시냇물 소리, 까치는 둥지를 벗어나 나뭇가지 위
　에 앉고…. 동트는 미명을 보면서 그것처럼 살아야 합니다.

* 시원(始原)의 노래를 다시 부르자.

- 혼돈과 공허, 배덕의 계절이여.

아아, 어서 광음은 겨같이 날려라.

악덕과 궤휼의 극렬한 불꽃이여.

타올라라. 흉흉한 시공,

옛것은 종잇장처럼 말려서 떠나가고

영복의 하늘과 땅이 새롭게 도래하여라.

어서! 어서!

제3부

기억 속으로

설날의 풍속도

　새해 첫날을 설날이라 한다. 예부터 모든 관청이 문을 닫고 3일간 출근하지 않으며, 일반 백성들도 이날은 일하지 않고 집에서 쉬게 된다. 이 기간에는 성묘를 가지 않으며, 대개 웃어른을 찾아 세배하기와 찾아온 손님을 접대하는 것으로 시간을 보낸다.

　설날이라면 원래가 음력 원일(元日)인데, 관에서 설날을 주도하여 양력으로 삼고서부터는 이중과세의 폐단이 팽대해져 몇 년 전부턴가 두 번의 설날을 갖게 되었다. 그래서 짜장 양력 첫날은 관의 설이고, 음력 첫날은 백성의 설로 점차 정착화되어 가는 느낌이다.

　이날이 되면 고향과 가족을 떠나 타향에서 방황하던 탕자도 돌아오고, 때로는 금의환향한 아들을 붙잡고 오랫동안 폐하였던 차례(茶禮)를 다시 드리기도 한다. 위로는 못 드렸던 효도를 다 하고, 아래로는 평소에 베풀지 못했던 사랑도 아낌없이 쏟게 된다. 이는 다른 것이 아니라 『논어(論語) 학이(學而)편』에, "사람됨이 부모에게 효도하고 어른들에게 공손하면서 상관에게 반항하려는 자는 드물다. 훌륭한 사람은 근본을 소중히 여기나니, 근본만 확고히 서면 도(道)는 저절로 생겨나는 것이다. 부모에게 효도하고 어른들에게 공손하다는 말을 듣는 것, 그것이 인(仁)의 덕을 완성해 가는 근본이 아니겠는가."라고 함과 같은 것이다.

설날

　1979년 1월 28일. 기미년(己未年) 원일(元日)이다. 나는 연보라 바지에 옥색 저고리, 비취색 조끼와 비취색 마고자를 입고 집 안에 좌정해 있다.

　노모가 상좌에 앉으시면 까치동 저고리에 다홍치마를 받쳐 입은 큰애가 먼저 세배를 드린다. 그러면 다른 아이들도 따라서 똑같이 세배를 드리며 "할머니, 오래오래 사세요." 한다. 흐뭇해하시는 어머니, 그러면서도 어딘가 쓸쓸해하시는 어머님이시다.

　나는 흘끗, 언제나 근엄한 모습으로 항상 아랫목 벽 위를 차지하고 계신 선친의 모습을 재빨리 훔쳐본다. 벌써 작고하신 지 20여 년이 되었지만 생존하셨어도 77세의 정정한 연세, 천진난만한 손자 손녀들의 세배 한번 받아보지 못하시고 불운한 시대에 불우하게 돌아가신 선친이시다.

　수(壽), 부(富), 강녕(康寧), 유호덕(攸好德), 고종명(考終命)이라 하여 인간의 욕망으로 보아 제일 첫째 되는 복이 오래 사는 것이라면 그 말이 정녕 틀린 말은 아닌 성싶다. 선친의 아래로 내게는 작은아버지 되는 동생이 한 분 생존해 계시고, 거기서 불혹을 넘어선 조카들이 셋, 손자 손녀가 8명이다. 어머니는 본래가 10형제였지만 남은 5남매 중에서 6·25통에 헤어지고 사별하고 하여 지금은 자매만 남게 되었다.

　그러니 어머니는 명실공히 외롭고 쓸쓸한 대소가(大小家)의 어른이시고, 나는 또 장손의 신분으로 많지 않은 형제들의 장(長)이기도 하다.

　모두가 크리스천인지라 때에 차례 같은 것은 드리지 않지만, 이날만 되면 우리는 모든 가세를 기울여 음식을 마련하지 않으면 안 된다. 그것은 대소가(大小家)의 장(長)으로부터 유(幼)에 이르기까지 이날만 되면 모두가 우리 집을 방문하지 않으면 안 되고 어머니께 꼭들 세배를 드리러 오기 때문이다.

오늘따라 아내는 폐백 때 입던 연두저고리와 다홍치마를 10년 만에 꺼내 입고 재기발랄한 모습이다. 떡국을 끓여 오고 만두를 빚어 손님을 접대한다. 평소보다 나물 몇 가지를 더 얹은 소찬이지만, 으레껏 세찬(歲饌)이려니 해서 그런지 잘들 먹는다. 식혜나 수정과를 따로 준비하기는 했지만, 남정네들에게는 작년에 뒷산에 올라 따서 담가놓았던 송엽주 한 잔씩 돌리는 것을 잊지 않는다.

돼지고기를 갈아 넣고, 파와 마늘을 찧어 넣고, 숙주, 두부, 김치, 양파를 다져서 삶아 돌에다 눌러놓았던 만두소가 맛있다고들 해서, 아내는 연방 싱글벙글이다. 자기 것 동이 나서 기분이 좋은 날은 아마도 이날밖에 없는 듯, 이걸 준비하기 위해서 아내는 몇 날 몇 밤을 설쳤는지 모른다.

떡국이야 쇠고기나 쇠뼈 국에 끓여 오면 되는 것이지만, 떡은 꼭 멥쌀로 빚는다. 물에다 세 시간가량 불린 다음 조리질해서 건져 방앗간에 가서 찧고 김에 쪄서 길게 뽑아 오는데 가만히 살피니 딱딱하게 굳기 전에 미리 썰어놓는 것이 무엇보다 중요했다.

그걸 몇 시간이고 썰고 앉은 것이 처연해서 좀 도와줄 양이면 5분도 못 되어 손힘이 쭉 빠져나가는 듯했다. 그러니 준비해 놓은 음식이 안 팔리면 오히려 분통이 터질 일이렷다. 음식이 떨어지면 또 들여오고, 이렇게 들여오기를 계속해서 하루를 질탕하게 대접받고 또 접대하다 보면 주객이 다 같이 배부르고 취하고 지치기 마련이다. 그 시간이 좀 길어질 양이면 남자들은 둘러앉아 화투판을 벌이고, 여자들은 여자끼리 윷놀이를 즐긴다.

화투와 윷놀이

화투판은 비교적 조용한 편이지만 머리를 써서 싸우고, 윷판은 그 숙연하던 목소리들이 자지러지면서 몸끼리 부딪치면서 온 동리를 뒤집어엎을 정도로 열기를 띤다.

윷놀이는 예부터 붉은 싸리나무 두 토막을 쪼개어 네 쪽으로 만든 놈을 가지고 놀았는데, 네 쪽이 모두 엎어지면 모, 네 쪽이 모두 젖혀지면 윷, 세 개가 엎어지고 한 개가 젖혀지면 도, 두 개 두 개씩 엎어지고 젖혀지면 개, 한 개가 엎어지고 세 개가 젖혀진 것을 걸이라 한다.

28개의 점을 찍어 말판을 만들고, 두 사람이 상대하여 각각 던지는데 도는 한 점을 가고, 개는 두 점, 걸은 세 점, 윷은 네 점, 모는 다섯 점을 달려간다. 한 사람이 각각 네 필의 말을 부리는데, 말이 가는 곳에 말끼리 겹치면 나중 말이 먼저 말을 잡아먹게 되고 잡아먹은 말 편이 한 번 더 윷을 던지게 된다. 『동국세시기(東國歲時記)』에도 이렇게 던지며 노는 것을 서희(栖戱), 곧 윷놀이라 했다.

옛날에는 설날에 윷을 세 번을 던져 짝을 지어 64괘(六四掛)로써 새해의 길흉을 점쳤다고는 하지만 지금에 와서 그런 유풍은 찾아볼 수가 없게 되었다. 그러나 화투에 와서는 오히려 그런 유풍은 너무나 다양하게 행해지고 있는 셈이다. 우선 내가 알고 있는 것만 적어보아도 1년 열두 달의 신수를 본다는 신수점, 거북점, 또는 마(魔)의 3을 잡아내야만 떨어진다는 갑오 떼기, 그 외 오관 떼기도 널리 행해지고 있다.

화투점(신수점)은 맨 먼저 4줄에 4장씩 엎어서 깔아놓고 한 장씩을 그 위에 펴놓는다. 그다음 펴놓은 것이 맞으면 우선 맞은 패끼리 떼어내서 처음 머리 위에 각각 던져놓고, 펴놓은 것이 맞지 않을 경우에는 다른 패를 펴서 또 맞은 패끼리 떼어낸다. 나중에는 각 줄의 네 장이 한 패로 맞는 것들을 가지고 차례를 정하여 그날의 점을 보게 마련이다.

① 솔(소식) ② 매조(애인) ③ 사꾸라(산뽀) ④ 혹싸리(시아까시) ⑤ 난초(국수) ⑥ 목단(기쁨) ⑦ 홍싸리(홍재) ⑧ 공산(달밤) ⑨ 국진(술) ⑩ 풍(슬픔) ⑪ 똥(돈) ⑫ 비(손님). 그러니 위의 것을 편의상 123, 456, 789, 101, 112의 패로 떨어졌다고 가정하고 말해 볼 양이면 ① 소식이 와서 애인과 함께 산뽀(산책)를 갔다. ② 시아까시를 받고 국수를 먹으니 기쁘다. ③ 달밤에 술을 먹고 홍재했다. ④ 손님이 와서 돈을 가져가니 슬프더라는 등등. 웃지 못할 즉석 코미디가 엮어지는 것이다. 그 내레이터에 따라 흥은 더욱 고조되기도, 저하되기도 한다. (사꾸라, 산뽀, 시아까시라는 일본조는 실제로 그렇게 쓰이고 있는 것을 그대로 적어놓는다.)

거북점 떼는 방법은, 3장씩 13패를 벌려서 엎어놓고(제일 밖에 놓은 8장은 젖혀 놓는다.) 밖에서부터 안으로 같은 것끼리 짝을 맞추어서 떼게 되는데, 손에 들고 있는 나머지 패와 맞추어서 떼게 된다. 놓는 방법은 가운데 한 패(3장)를 놓은 다음, 패의 귀퉁이마다 4패를 벌려놓고, 벌려놓은 4패 귀퉁이마다 또 4패를 벌려놓으면 되는(합 13패) 것이다. 처음 놓은 가운데 한 패까지 떼면 성공이고, 그렇지 못하면 신수가 없는 것이다.

마의 숫자 3(사꾸라)을 잡아내는 방법은, 한 장씩 차례로 놓으면 되는 것인데, 3장의 숫자가 9가 되면 계속 떼어서 옆에 놓고, 마지막 3(사꾸라)이 나올 때까지 계속해서 패를 공급하면서 떼면 되는 것이다.

술판

한 잔 술을 곁들여 패를 나누고 가르고….

남정네에게는 3기(三忌)라 할 수 있는 주색잡기에 색만 제외한 나머지 기량, 즉 주와 잡기의 기량을 중인 환시리에 마음껏 발휘하게 되니 실로 통쾌한 일이 아닐 수 없었다. 그렇다고 이로 말미암아 탈선하여 주색에 빠졌다든가 재보(財寶)를 날렸다든가 하는 경우란 거의 찾아볼 수 없으니 가히 미풍양속이라 칭할 만하겠다.

주(酒)가 과하면 육신을 상하게 되고, 색(色)이 과하면 정신을 상하게 되고, 잡기(雜技)가 성하면 패가망신하게 되니, 어느 누가 감히 조심하지 않을 수 있으랴! 그러나 설혹 얼마간 손을 대는 경우라 할지라도 서로 간의 순수한 감정의 유로로 사무사(思毋邪)의 경지에서 노닐 수만 있다면 또 어찌 3기(三忌)인들 감히 금할 수만 있겠는가?

대저 용재 성현(成俔)도 『용재총화(慵齋叢話)』에서 이르기를 "원일(元日)에 사람들은 다 일하지 아니하고 다투어 모여서 노름판을 벌이고 술을 마시면서 놀며 즐긴다." 하였거니와, 금년도 기미년(己未年) 원일

(元日)만은 마침 관공서도 출근하지 않는 일요일이라 더욱더 즐거움이 넘치는 것 같았다.

신(辛), 산(酸), 함(鹹), 고(苦), 감(甘)의 맛을 다 보고, 궁(宮), 상(商), 각(角), 치(徵), 우(羽)의 소리 다 듣고, 청(靑), 황(黃), 적(赤), 백(白), 흑(黑)의 오색(五色)에 싸여서 주색잡기로 주유천하하던 호사스러운 무리도 이제는 다 효(孝)를 다짐하며 집으로 돌아가고, 이날만은 노유장화(路柳墻花)들도 문을 닫고 세장(歲粧)으로 단장하고 다투어 친척과 벗과 동료의 집을 찾아 세배를 드리니 아으, 우리 조상들의 그 큰 하늘과 땅의 덕을 밝혀 빛내는 것만 같으오다. 금년 설날을 전후해서 3천5백만 인구 중에서 무려 6백만 명이나 되는 사람들이 집을 찾아 귀향하였다 하니 일찍이 우리 역사상 이런 민족의 대이동이 언제 있었던가 싶으오다.

이중과세하지 말라는 계몽이 있으나 없으나 이즈음 한국의 여인네들은 야금야금 음식을 준비하되 부족하지도 않고 남기지도 않게 분수껏 준비하는 슬기로 다져지고, 이토록 많은 사람이 가면 오면 만사제폐하고 철시(撤市)로 이날을 맞고 보내니 참으로 이에 따른 낭비와 각 사람, 각 가정의 씀씀이도 만만치는 않겠다.

조금 여유라도 있는 양이면 친지 간에 사과 한 상자쯤은 보통으로 서로 오가는 정도고, 세배를 가도 빈손으로는 안 가는 것이 우리네의 미풍인지라 어른들이 계신 곳은 술병이나 아이들이 많은 곳에는 과자봉지쯤은 꼭 지참하게 된다. 그러면서도 언제 어느 때 어느 집에 가서 또 아이들의 세배를 받게 될지 모르므로 세뱃돈은 항상 두둑하게 준비하지 않으면 안 된다.

설날만 되면 즐거운 어린이들의 표정은 예나 지금이나 변함없이 우리를 동심의 세계로 빠져들게 하는데, 그렇건만 항상 아쉬운 것은 팽이치기며 연날리기며 우리가 어렸을 때만 해도 그렇게 성행하던 것이 불과 몇십 년 사이건만 거의 사라져 버리고, 어른을 따라온 아이들이 기껏 TV 앞에 옹기종기 모여 앉아 하루를 보내는 것을 보면 한없이 측은해지기까지 하는 것이다.

연

이 혼탁한 도심에서 놀이터를 잃어버린 것마저 억울한데 왜 아이들은 놀이마저 잃어버렸을까? 고향의 뒷동산에 올라 사금파리 먹인 연줄을 들이대며 친구들과 연싸움에 몰두하던 그때가 정녕 그리워진다. 구만리장천(九萬里長天)에 연 꼬리 가물가물 띄워놓고 그냥 감았다 놓았다 하는 것도 좋았지만, 연싸움에서 진 아이들이 산 넘어 떨어진 연 꼬리를 쫓아 숨이고 내고 허겁지겁 달려갔다가 그냥 돌아오던 모습들이 눈에 선하다.

연 뒤에 때로는 자기의 이름을 써넣고 띄우다가 저녁 무렵에 그 연줄을 끊어버리기도 했는데, 그때는 그저 건너편 동네 아이들에게 자기 소식이나 전한다는 조금은 으스대는 기분이었지만 이 일은 후에 '집안 식구 아무개 무슨 생, 몸의 액을 없애 버린다(家口某生身厄消滅)'는 옛 풍습에서도 찾아볼 수 있는 일이었다. 연날리기는 대개 겨울부터 시작하여 정월 대보름쯤에 가서야 절정을 이루곤 했는데, 어른이나 아이나 할 것 없이 한복으로 곱게 차려입고 그 동산에서 연 날리는 구경을 하면 모두가 태평성대를 누리는 듯 화사한 몸맵시가 정겨운 얼굴들이었다.

지금은 한복이 평상복의 자리에서 밀려나 점차 예복화되어 가는 경향이라지만, 나 자신을 스스로 살펴보아도 오늘이라는 시점에서 옛날의 그 멋은 정녕 되찾을 수가 없을 성싶다. 바지, 저고리, 조끼, 마고자까지 입은 것은 좋지만 버선 대신 양말을 신고, 고무신 대신 구두를 신고, 두루마기도 못 얻어 입은 맨꽁무니로 휘워이 휘이 거리를 걸어 세배하러 다닌다는 것은 가히 가관이 아닐 수 없겠다.

여자들의 경우도 결코 자랑할 거리라곤 없다.

옛날 궁중에서만 허용되었다는 수복희(壽福喜)의 금박을 멋대로 찍어 넣고, 양반집에서나 조금씩 놓아 입었다는 꽃이나 봉황의 수를 아롱다롱 박아 넣고, 어깨에는 흉배나 태극무늬의 문양을 의젓하게 추켜 달고, 벤치 코트까지 낀 속치마 위에 궁중에서나 입던 여덟 폭 치마를 휘휘 휘감고 다니는 것은 적이 한숨을 자아낼만한 풍경이라 하겠다.

한복

"군자는 반드시 옛날 옷을 입고 옛날 말을 하여야만 어진 것이다." 라는 말을 듣고 묵자(墨子)가 말하되 "이른바 옛날의 말이나 옷이라는 것도 그 당시에는 모두 새것이 아닌가. 옛사람이 그것을 말하고 그것을 입었다면 어찌 군자라 할 수 있겠는가?"라고 질타했다지만,

옷이란 원래가 제격에 맞게 제대로 찾아 입어야 옳은 것이 아닌가.

한국 복식사를 연구한 유희경(柳喜卿)의 말을 빌리면

옛날 양반집 여인들은 집안의 큰 행사 때 결혼 전까지는 홍치마, 그 후부터는 남색 치마를 입고 그 위에 노랑이나 연두색의 자주색 삼회장저고리를 입었다. 홍, 청, 노랑, 연두, 자주색은 지금의 색깔과는 조금씩 다르다. 노랑은 송화(松花)색으로 침침한 크림색, 연두는 녹두색이며, 회장으로 쓰는 자색은 지금의 자주색보다 더 검정이 많이 섞인 침착하고 깊이가 있는 색깔이었다.

나이가 들수록 회장의 자색은 더욱 검은색이 돌고, 치마의 홍색역시 갈앉은 빨간색으로, 나이가 더 들면 그것도 옥색이나 회색의 옷으로 갈아입었다. 남자 옷도 비취색, 꽃자주색 같은 것은 무당이나 입었고 대개는 고동색, 청흑색같은 짙고 침착한 색들을 입었다. 따라서 한복은 모두 원색으로 입었다고는 하지만 요즘같이 드러나는 원색이 아닌 침착 은은한 것이었다는 것이다.

그러고 보니 거리거리에 박수무당들의 물결이요, 거리거리에 왕녀들의 행차시라 적이나 한스럽고 부끄럽다. 기왕에사 남정네들은 비취색 조끼와 꽃자주색 마고자를 걸쳤으니 내킨 김에 한 손에 채 들고 다른 한 손에 부채 들면 영락없는 박수무당들이라 가무(歌舞)를 곁들여 강신(降神)하고,

어ㅡ 낮이 면은 별 뉘도 마다시고/밤이 면은 잔 이슬도 마다시고 하는데/너희가 몇몇 해 늘어놓고/성조 받아 안유한 게 뭐 있느냐/지신 받아 굿을 한 게 뭐 있는가. 호령호령할 만도 하다.

그러고 보니 이게 또 웬일이냐. 세 폭 치마에 행주치마를 겹쳐 두

른 아내가 오늘따라 더욱 다소곳하고 더욱 품위 있게 보이는 도다. 바라건대 걸음걸이와 마음가짐과 몸가짐의 시종이 여일하여 일생을 시부모 공대 잘하는 영원한 시악시로 점지해 주고 싶은 마음이다. 뿐이랴. 군자는 가히 삼재팔난(三災八難)을 건너뛰어야 하고 삼단(三端)을 피하며 삼기(三忌)에 과하지 않고 삼우(三友) 곧 시(詩)와 술과 거문고를 벗하여 지낸다고 하였으니, 나 또한 군자연하여 송(松) 죽(竹) 매(梅)의 은은한 향기 벗하여 아내와 더불어서 오래오래 살게 되기를 바라는도다.

(1979, 『현대시학』)

부여 기행 하이킹

입동을 며칠 앞둔 1980년 11월 2일 일요일, 보이스카우트 서울 제 278단 중곡유년대(중곡초등학교) 학부형 합동 하이킹대회가 개최되었다. 날씨는 다소 쌀쌀하였으나 대체로 맑은 편이었다. 학, 부, 모가 분승한 4대의 서울교통버스가 경부고속도로를 씽씽 달렸다. 청주 인터체인지를 벗어나 조치원, 공주, 부여를 달리는 동안 우리는 한껏 목청을 높여 아이들처럼 노래를 불렀다.

백마강 달밤에 물새가 울어
읽어버린 옛날이 애달프구나
저어라 사공아 일엽편주 두둥실
낙화암 그늘에 울어나 보자

그것이 끝나면 또 이런 노래도 불렀다.

청산 속에 묻힌 옥도 갈아야만 광채 나네
낙락장송 큰 나무도 깎아야만 동량 되네
공부하는 청년들아 너희 직분 잊지 마라
새벽달은 넘어가고 동천 조일 비쳐 온다

백제 고도, 수십 년을 기다린 보람이 있어 오늘은 이렇게 처자(妻子)와 같이 부여를 향해 힘차게 달려가고 있는 것이다. 휙휙 스쳐 지나는 산야의 붉게 물든 단풍이며, 주렁주렁 매달린 감나무 울타리를 따라 한없이 전개되는 평화로운 농가의 정경은 세파에 찌들대로 찌들은 우리 중년의 어버이들을 흥분하게 하고도 남음이 있었다. 공주 우금티 고개를 넘으면서는 동학군의 전몰 위령비를 아래로 내려다보면서 잠시 숙연해지는 마음이었다. 그러나 그곳 출신 인솔 선생님의 익살을 섞은 야담에 취해 우리는 그마저 금시 잊고 그가 지칭하는 대로 장군봉이며 승리봉, 용정리며 구린내를 찾아 다시 산야를 두리번거리기에 여념이 없었다.

　"저곳은 용정리(龍井里)입니다. 저곳은 구린내입니다. 옛날 소정방이 백마강에서 용 한 마리를 낚아 올렸는데 그때 용 대가리가 떨어져 썩은 곳이 구린내입니다. 그 썩은 냄새가 어찌나 지독했던지 그 동리 이름을 사람들은 지금도 구린내라 부른답니다." 그리고 그는 "참말이유!" 하고 덧붙여 말하는 것도 잊지 않았다.

백제 고도

　백제 고도인 부여는 조용하고 자그마한 도성이었다. 시내에 있는 박물관이며, 계백 장군의 동상이 제법 고도의 위엄을 갖추고 있었으나 규모가 크다지 크지 않기에 조금만 발뒤꿈치를 쳐들어도 교외의 논밭이며 그곳을 끼고 흐르는 백마강의 물줄기가 전부 다 보일 정도였다.

박물관 앞에서 하차하고 차차차 교감 선생님이 인솔하는 대로 박물관 담장을 돌아나가니 그곳이 부소산성(扶蘇山城) 입구였고, 육중한 철문을 따라서 좌우로 처진 견고한 철조망이 부소산성을 전부 빙둘러쳐 있어서 출입의 통제가 철저한데 놀라움을 금치 못했다.

　부소산성에 입성하여 우측으로 난 길을 따라 오르니 넓고 완만한 경사진 솔밭이 나타났다. 우리는 거기서 준비해 온 점심을 먹었다. 나는 처음에는 잔솔가지가 떨어져 융단같이 된 자리를 잡아 빨리 식사를 끝내고 부소산성을 누구보다 앞서 탐승하리라는 요량으로 서둘렀으나 다른 학부모들이 합석을 권해 오기에 할 수 없이 같이 어울리게 되었다. 모두 국거리를 준비하는 동안 나는 아들 귀석을 데리고 약수터로 향한다는 것이 불현듯 삼충사(三忠祠)에 이르렀다.

　삼충사는 백제 말엽에 기울어진 국운을 돌이키고자 죽음을 각오하고 의자왕을 간(諫)하였던 성충(成忠, ?~657)과 홍수(興首, 미상) 및 계백(階伯, ?~660)의 애국 혼을 봉사(奉祀)한 성역인데 부소산 중복, 시가를 남면한 곳에 있었고, 해마다 가을에 개최되는 백제 문화제가 이곳 삼충사의 봉제(奉祭)로부터 개막된다기에 진즉 한번 와보고 싶던 곳이라 귀석의 손을 끌고 앞으로 다가섰다. 사당은 옛것을 헐고 지금 한참 새로 짓고 있는 참이었고, 삼충(三忠)의 영정을 봉안한 그곳은 임시로 마련한 초라한 기와집의 대청마루였는데 그것이 곧 쓰러질 것만 같아 아이들 보기에 민망스럽기 짝이 없었다.

　그곳을 지키던 사람이 마루 끝에 서서 우렁찬 목소리로 말했다. "저분들이 바로 성충과 홍수, 계백 장군입니다. 올라오셔서 분양하십시오." 그러나 나는 그 말만 듣고 고개를 끄덕이고 모자를 벗어들고

는 그냥 마루 끝의 마당에 서서 귀석과 같이 한참을 묵념한 다음에
야 고개를 들었다.

향연이 모락모락 피어오르고 있었다. 물어보지 않아도 기상에 넘치
는 저분 중 우측이 계백 장군일 것이고, 다음 두 분이 좌평(佐平) 성
충과 흥수일 것이다. 바라보니 그들은 다 같이 홀을 머리에 쓰고 흘
러넘치는 고매한 품격에 비장한 심금들을 아직도 다는 감추지 못하
였다. 무엇이라, 무엇이라 말을 할 듯한 그 표정들이 진지하고 이미
그들이 운명하기 전에 남긴 말씀들은 세월이 갈수록 이 시대의 공간
을 더욱 확대해 가고 있음을 적연히 깨닫게 되어, 나 또한 잠시 잠깐
이기는 하였지만 그 순간만은 비감에 젖어들지 않을 수 없었다.

그러니까 나당(羅唐) 연합군을 맞아 백제가 멸망되기는 의자왕 20
년인 660년 7월의 일이었다. 7월 9일에 계백은 결사용사(決死勇士) 5
천 명을 이끌고 황산(黃山) 험한 곳을 의지하여 삼영(三營)을 설치하였
고, 김유신은 품일(品日), 흠춘(欽春) 등과 더불어 정병 5만 명을 거느
리고 황산벌로 진격하였으나 네 번 싸워 네 번 다 계백에게 패퇴하였
다. 그러나 이 싸움에서 흠춘(欽春)의 아들 반굴(盤屈)과 품일(品日)의
아들 관창(官昌)이 어린 나이에 단기로 싸우다 전사하자 삼군이 크게
감격하여 결사의 각오로 진격함으로 계백도 결국은 이를 당하지 못
하고 중과부적으로 장렬하게 전사하기에 이르렀던 것이다.

계백과 삼충

계백은 당대의 검출한 지장이요 휴머니스트였다. 그는 출전에 앞서

말하기를 "한 나라의 사람으로 당나라와 신라의 대군을 당하게 되므로 국가의 존망을 예측할 수 없겠다. 내 처자가 적들에게 잡혀서 노비가 되어 욕을 당하는 것보다 차라리 쾌히 죽은 것만 같지 못하리라"고, 드디어는 모두 죽이고 임전하였다. 그런데 그는 황산벌 싸움에서는 관창을 사로잡아 투구를 벗겨보고는 그가 소년이고 용맹스러움을 사랑하여 차마 죽이지 못하고 감탄하여 말하기를 "신라에는 기이한 용사들도 많도다. 하물며 황차 장사들이랴?" 하고, 그를 살려 보냈던 일은 계백만이 할 수 있는 너무나 유명한 이야기였다.

이보다 앞서 의자왕은 사태의 급박함을 감지하고 사자를 흥수(興首)가 귀향가 있던 고마미지현(古馬彌知縣/長興)으로 보내어 당면할 일을 의논하였다.

"사태가 위급하니 어떻게 하면 좋겠는가?" 하고 물으니 흥수는 "당병(唐兵)은 무리가 많고 군사들의 기강이 엄정하니 평원이나 광야에서 대진하여 싸우지 말고 백강(白江)을 통과하지 못하도록 막고, 신라군은 탄현(炭峴)을 통과하지 못하도록 막고, 대왕(大王)께서는 성문을 굳게 닫고 지키다가 그들이 군량이 다하고 군사들의 피로함을 기다린 후에 적을 격파하도록 할 것입니다."라고 말하였다. 그런데 대신들은 그 말을 믿지 않고 오히려 흥수를 헐뜯기에 왕은 또 그렇게 할 수도 없어 결정치 못하던 차에 당병은 이미 백강으로 들어오고 신라군은 이미 탄현을 넘어들어 왔으므로 부득이 장군 계백의 결사대를 파견할 수밖에 없었던 것이다.

그런데 이보다 앞서 좌평(佐平) 성충(成忠)은 656년 3월에 왕이 궁인과 더불어 음란하고 탐락(耽樂)하며 술 마시고 노는 것을 그치지 않으므로 극간하다가 노여움을 받아 옥에 갇히게 되었다. 성충은 여기에서 몸이 쇠약하여 죽게 되었는데 임종할 때 왕에게 글을 올려 말하기를 "충신은 죽어도 임금을 잊지 않는다고 함으로 원컨대 한 말씀 더 드리고 죽으려 하나이다. 신이 항상 시세의 변화를 관찰하였는데 반드시 전쟁이 일어날 것 같습니다. 무릇 군사를 쓸 때는 그 지리를 살펴 늘 상류(上流)에 처하여 적을 맞아 싸운 연후에야 가히 보존할 수 있겠사오니 만약 다른 나라의 군사가 쳐들어오면 육로로는 탄현(炭峴)을 지나오지 못하도록 하시고, 수군은 기벌포(伎伐浦/錦江上流)의 언덕을 올라오지 못하게 하시고, 그 험난한 곳에 의지하여 막아 치는 것이 옳겠나이다." 하였다. 그러나 왕은 이를 알아 살피지 못하였다. 후에 의자왕이 탄식하여 말하기를 "후회로다! 내가 성충의 충성된 말을 듣지 아니하여 이 지경에 이르렀구나!" 하고 거듭 후회했으니, 그때는 이미 계백마저 죽고 사비성(泗沘城)마저 나당 연합군에 의해 포위된 후였다.

용감하고 효성과 우애심이 지극하여 해동증자(海東曾子)로까지 불렸던 의자왕이언만 만년에는 저토록 사치와 방탕에 젖어 급기야 충신들의 간언까지 듣지 않고 있다가 사비성이 함락되자 7월 17일 의자왕은 태자(太子) 효(孝)와 방령(方領)의 군대를 거느리고 웅진성(熊津城)으로부터 와서 항복하니 백제는 31대 678년 만에 멸망하고 말았던 것이다.

그때 백제 성벽을 넘어 성 위에 꽂힌 깃발은 라기(羅旗)가 아닌 당기(唐旗)였으니 그 원통함이란 이에서 더 말할 필요도 없겠다. 또 태자(太子) 융(隆)이 법민(法敏, 후에 文武王)의 말 앞에 꿇어앉아 땅에 엎드리고 당하(堂下)의 의자왕이 당상(堂上)에 앉은 무열왕(武烈王)에게 술을 부어 올리니 살아있던 좌평(佐平) 등이 "군신들의 원통하여 울부짖음이 땅에 사무쳤다."라고 하였다.

삼충(三忠)은 그것을 아는지 모르는지, 멀리서 삼충(三忠)을 바라보노라니 무엇이라, 무엇이라 말할 듯 말듯 통분한 노성이 금시라도 터질 듯 그들 앞에 서있는 내 다리마저 후들거리며 땅에 얼어붙는 듯해서 나는 자신도 모르게 이렇게 조용히 중얼거렸다.

"삼충(三忠)이시여! 길이 지키소서. 이제 뜬눈을 감으시고 영민하소서. 이 땅의 후예들이 또 당신들의 뒤를 따르리이다. 순국의 붉은 피로 넘쳐 흐르리이다."

낙화암

삼충사(三忠祠)를 뒷걸음치듯 빠져나와서는 나는 그제야 잡았던 아이의 손을 놓고 심호흡을 몇 번 한 후에야 정신을 차렸다. 식사는 다 준비되어 있었다. 우리는 되도록 빨리 먹어 치우자고 했으나 마침 허기져서 그것도 그리 쉬운 일은 아니었다. 거의 식사를 끝내고 일어서려는데 보이스카우트를 집합하는 호루라기 소리가 막 들려오기에 빨리 행장을 추스렀다. 정말 아이들이 등성이를 따라 죽 올라가고 있었다. 우리는 늙은이 젊은이 할 것 없이 또 죽 따라 올라갔다.

한 고개 두 고개 넘으니 영일루(迎日樓)요, 영일루를 내려 약 150m 상거한 곳에 반월성지(半月城址)와 군창지(軍倉址)가 남아있었다. 군창지에는 게시판 같은 것을 세워놓고 병화(兵火)에 타다 남은 새까만

쌀과 보리를 용기에 담아 전시하고 있었는데 우리는 그것을 한참이나 들여다보았다. 그 당시 군량이 얼마나 많았던지 지금도 반월성지를 어림하여 파보면 어디서고 누구나 타다 남은 알곡들을 발견할 수 있다고 했으나 여기서 그걸 실행하고자 하는 사람은 아무도 없었다. 반월성지에는 반월루(半月樓)가 있었고, 반월루를 내려서서는 곧 광장인데 광장에서는 궁여사(宮女祠)로 가는 협로와 사비루(泗沘樓)로 가는 대로가 있어 누구나 여기서는 잠시 머뭇거리게 된다.

궁여사(宮女祠)를 버려두고 사자루에 올랐다. 사자루에 오르니 상류(上流)에서 흘러내린 물이 서쪽으로 크게 휘어져 부소산성을 감싸고 도는 것이 천년의 요새를 구축하였다. 사비루(泗沘樓)는 사자루가 오전된 것이고, 사비(泗沘)는 원래 백제의 서울로서 성광(聖光) 16년(538)에 웅진(熊津)으로부터 그 도성을 이곳으로 옮겨온 후 123년 동안 영화를 누렸던 곳이다. 기미(己未) 중진(仲辰)에 의친왕(義親王) 이강공(李堈公)이 쓴 사비루(泗沘樓)의 현판이 특히 주목되었다.

다시 사자루에서 강변 쪽으로 뚝 떨어진 길이 있기에 수백 제단을 헤아려 내려가자니 그것이 바로 낙화암(洛花岩)이었다. 낙화암 위에 서니 백마강이 한층 더 가깝게 다가서고, 그곳에서 불어오는 시원한 바람에 구곡간장이 다 녹아내렸다.

낙화암! 3천 궁녀가 망국의 비애를 안고 앞을 다투어 꽃같이 떨어진 애절한 옛터에 지금 남아있는 것이라고는 아무것도 없었다. 낙화암을 굽어보는 자리에 세워진 백화정(白花亭)만이 옛일을 말해 주는 듯 고혼이 된 3천 궁녀의 넋을 달래는 봉제(奉祭)도 없이 시인 묵객들은 여기 와서 그저 덧없는 필(筆)만 달리고, 백마강도 어기엇차! 그 아래로 덧없이 흘러갈 뿐이다.

아! 그대들, 사랑하는 의자왕은 때에 당(唐)에 잡혀가서 죽고, 당나라 망산(芒山)에 있는 손호(孫皓)와 진숙보(陳淑寶)의 묘 옆에 묻히니 이제는 그대들 곁에 돌아올 길도 막연하구나! 그의 묘호(墓號)는 김자광록대부위위경(金紫光祿大夫衛尉卿)이니, 날개가 있다면 그대들 사뿐히 날아 사비수를 박차고 날아가거라. 그리하여 땅 위에 평화가 올 때까지 누 억겁 이역을 헤매는 망혼을 위로하다가 사뿐히 날아와 의자왕과 더불어 허물어진 사비의 궁성을 수리하고 흩어진 백성들을 모아 이 나라를 지키는 초석이 되되 삼충(三忠)의 간절한 소망함을 결코 잊어서는 아니될 것이니라.

선화공주

본래 역사는 흐르고 변하는 것이라지만 원래가 같은 나라에서 이런 비극이란 결코 있어서는 안 되는 것이었다. 더구나 선대의 무왕(武王, 30代)과 선화공주(善花公主)와의 로맨스를 추론하여 보건대 그것이 만약 사실이었다면 이런 일은 더구나 잊을 수 없는 비극 중의 비극이 아닐 수 없겠다. 우리가 알고 있는 설화는 대개 이러하였다.

"신라 진평왕(眞平王)의 셋째 공주인 선화(善花)의 미색은 인근 나라의 왕자였던 서동(薯童, 후에 武王)의 가슴을 설레게 하였다. 서동은 머리를 깎고 신라에 잠입하여 동네 아이들에게 마를 나누어주면서 그가 지은 동요를 꾀어 부르게 하였는데, 그 노래에 '선화공주님은/남그스기(몰래) 얼어(嫁) 두고/서동방(薯童房) 님을 밤에 몰(몰래) 안고 가다.'라고 하였다. 그래서 동요가 서울에 퍼져 대궐에까지 알려지니 진평왕은 불가불 먼 곳으로 선화공주를 귀양 보내지 않을 수 없었다. 그때 서동이 도중에 나와 맞으며 시위하고 위로하여 관계한 후에 백제로 데리고 가서 같이 살았다."라고 하였다.

선화공주가 무왕(武王)의 비(妃)가 되었는지 아닌지 설화는 확실치는 않다. 그러나 그 설화가 사실이라면 선화공주는 반드시 비(妃)가 되어야 옳고, 비였다면 그가 바로 의자왕의 모후도 되는 셈이다. 그렇다면 김춘추 무열왕(武烈王)과 의자왕은 이종사촌 간이 되는 셈이다. 왜냐하면, 무열왕의 모후도 진평왕의 딸인 천명공주(天明公主) 자신으로서 선화공주의 언니였던 것이다.

그런데 백제(百濟)의 태자 융(隆)과 신라(新羅)의 태자 법민(法敏)과의 대결에서, 법민이 융의 항복을 받고 꿇어앉히고 낮에 침을 뱉으며 꾸짖기를 "너의 아비는 나의 누이동생을 참혹하게 죽여 옥중에 묻어놓아 나로 하여금 20년 동안 마음을 아프게 하고 고민하게 하였다. 오늘 너의 목숨은 나의 손안에 있다."라고 한 기록은 이것이 도대체 무슨 말인지 나로서는 도통 추론해 낼 수가 없었다. 그렇다면 설화는 법왕(法王)과 의자왕(王)이 잘못 뒤바뀐 이야기였더란 말인가? 아니라면 의자왕이 언제 어느 때 그 선대(先代)를 따라 무열왕의 딸 중 어느 하나를 꾀어내어 후궁으로 삼았다가 참살해 버린 일이 있어 법민(法敏)이 그토록 분개할 수 있었더란 말인가? "말을 듣고 융은 또 융대로 땅에 엎으려 아무 말도 못 하였다."라고 했으니 더욱 괴이한 일이 아닐 수 없겠다.

고란사

　낙화암을 다 구경하고는 꼬불꼬불한 벼랑길을 더듬어 백마강 가까이까지 내려갔는데 작고 조그마한 가람이 하나 있어 물어보니 그것이 바로 고란사라고 했다. 고란사(皐蘭寺) 절벽 아래로는 선착장이 있어 사람들로 붐볐고, 고란사 입구에는 별도로 또 표를 팔고 있었기에 줄을 지어서만 표를 살 수 있었다.

　입장권을 사 들고는 고란사의 종소리 어쩌고… 하는 소리를 귓전에 흘리면서 나는 막 고란사 문턱을 넘어서는데 그때, 기다렸었다는 듯 꽈–앙– 하고, 정말 고란사 종소리가 경내에서 은은히 울려 퍼져 경탄하기를 마지않았다. 시계를 보니 저녁 4시경이었다. 이상도 하다 생각하면서 나는 경내로 들어서고, 또 꽈–앙–앙– 하고 종소리가 울렸다. 지금은 무슨 예불을 드릴 시간도 아닐 것인데 영종각(靈種閣)에는 신사 차림의 네댓 사람이 빙 둘러서서 또 종을 울려 때렸다. 직감에 아하, 어느 높으신 분이신 모양이구나 하고 멋대로 생각해 볼 수밖에는…. 그러면서도 고란사 천고의 비밀을 간직한 종소리가 다시 한번 더 울려 퍼지기를 기다리는 그때, 법당에서 스님 한 분이 부랴부랴 나와서는 예의 신사들을 밀어젖히고는 재빨리 종각 문을 걸어 잠그고는 어이없다는 표정으로 신사들을 째려보는 것이 아닌가? 그때서야 나도 일의 시종이 어찌 되었는지 겨우 깨닫고는 "저런 몰상식한 놈, 배짱도 좋게스리!" 하고 씨부렁거렸다.

　그런데 저런 고란사 종소리란 꼭두새벽이나 늦은 밤에만 꼭 타종하는 것, 그렇다면 저런 유감스러운 해프닝도 가끔은 가끔씩 우리네 같은 바쁘기만 한 유람객을 위해서는 있음직한 유익한 일이라고 생각되어서 절로 웃음이 터져 나왔다. 그것이 고란사효경(皐蘭寺曉磬)은 아니었지만, 어떻든 그것도 석모(夕暮)에 고란사의 종소리를 몇 번 우연히 들은 폭이니 이곳에 와서 부여 팔경중(八景中) 일경(一景)은 이미 접견한 셈이나 다름없었다.

백제탑석영(百濟塔夕影)

부소산모우(扶蘇山暮雨)

고란사효경(皐蘭寺曉磬)

낙화암숙견(洛花岩宿鵑)

구용평낙안(九龍坪落雁)

백마강침월(白馬江沈月)

수북정청풍(水北亭晴風)

규암진귀범(窺岩津歸帆)

정림사지 오층탑 너머로 석양이 지고

부소산에 저녁 비 내 가슴을 적시네

고란사의 새벽 종소리 은은히 울리고

낙화암 절벽 아래 두견새는 밤새우는데

구룡평야 너른 들에 기러기가 내려앉누나

백마강 푸른 물에 달빛은 잠겨 있고

수북정 기암절벽 아래 물안개 피어오르고

규암진 나루터로 돛단배는 돌아오네

언제 시간을 내어 저런 것들을 다 보고 듣고 할 수 있을 것인지. 그 또한 아득해지기에 숙연해지던 마음이 또 부산해져서 나는 여기 와서는 마냥 서두를 뿐이었다.

영종각 아래는 바로 절벽이고, 수 미터 아래에서 푸른 백마강이 꿈틀거렸다. 모터보트가 유람객을 가득 태우고 낙화암 절벽을 끼고 돌며 분주히 왕래하고 있는 것을 내려다보자니 일시 심기가 뒤흔들리는 듯했으나 그것이 지금 수중고혼을 달래는 살풀이 같은 것이라고 생각하니 그런대로 난삽하지 않아 아름다운 풍치를 연출해 내고 있는 듯도 싶었다.

전설에 소정방(蘇定方)이 그가 타고 다니던 백마(白馬)를 미끼로 하여 이곳 조룡대(釣龍台)에서 백제(百濟)의 수호룡(守護龍)을 잡아 죽였다고 했으나 그것은 잘 알 수 없는 일이다. 다만 백마강은 금강의 하류로 부소산을 돌아 흐르는 곳에 이르러 특히 백마강(白馬江)이라고 부르는데, 이것은 모두 저런 전설에서 연유된 이름이라니 그것은 맞는 말일 것이다. 고란사에 대해서는 그 축성 연대는 정확하지가 않았다. 일설에는 고려 현종 19년(1028)에 3천 궁녀의 혼을 달래기 위해 지은 절이라고도 하나 대체로 고란사는 450년경 백제 때 창건하여 오늘에 이른 것이라고 한다. 여기 남아있는 건물이나 불상들도 모두가 다 근자의 것들이기는 하지만 이곳이 상당한 사적을 가지고 있으면서도 그것이 모두 사장되어 그저 초라할 뿐인 이곳에서 나는 무어라고 더 할 말이 없었다.

영종각을 지나서는 고란사 뒤편에 있는 고란정으로 돌아갔다. 앞에는 백마강(白馬江) 뒤에는 고란정이 있어 더욱 유명한 고란사는 그

약수도 희귀할 것이라고 생각되어 한 바가지 떠 마시니 과연 달콤하고 기이한 내음이 심신에 가득 차서 번져가기에 고란초의 영액과 신령스러운 이곳의 자분을 다 흡수했을 이런 약수는 의자왕처럼 자주 맛볼 것은 아니라고 생각하였다. 고란초는 이곳에서만 자생한다기에 절벽을 유심히 살펴보았지만 그걸 한 번도 못 본 터에 아무리 살펴도 발견할 이치가 없었다. 고란정은 또 따로 어수(御水), 어용수(御用水)라고 석벽에 적어놓았기에 한 모금 더 물을 얻어 마실 욕심이었으나 사람들이 어찌 그리 많던지 그냥 밀려 나오다시피 해서 고란사 마당까지 떠밀려 내려서서야 나는 하, 하, 크게 웃었다.

"고란사가 어쩌고저쩌고하더니, 정말 볼 것이라곤 종소리와 약수뿐이군!" 내가 말하자 아내가 퉁명스럽게 말을 받는다.

"여기서는 배를 타야 하는 것이에요. 하루 종일 백마강에 배를 띄우고 있으면 석영(夕影)과 낙응(落鷹)과 침월(沈月), 효경(曉磬)까지 이런 날씨에 모우(暮雨)는 몰라도 귀범(歸帆), 노학(老鶴)과 청풍(淸風)인들 못 볼 리 있겠어요?"

"아니, 그렇다면 아주 여기서 밤을 지새우자는 그러한 말씀이요?"

나는 고개를 절레절레 흔들고, 아쉽지만 고란사를 뒤로하고 또 산길을 이번에는 반대로 더듬어 올랐다. 올라오는 길에서 내려다보니 고란사는 정말 백마강 가에 납작 엎드리고 강물이 조금만 더 불어도 몽땅 빠져버릴 것 같은데 천 년을 그렇게 지속해 온 것을 보니 여기에도 무슨 신통 같은 것은 없을 수가 없다는 생각이 들어 언젠가는 다시 한번 더 와서 그 신통을 얻어 가리라고 결심하였다.

우리가 다시 부소산에 오르니 행차가 늦은 사람은 그제서야 낙화암에까지 겨우 이르러서 기웃거렸다. 나는 궁녀사에 내려가 볼까 생각했으나 더 돌아볼 기력이 남아있지 않았다. 얼마 다닌 것 같지도 않은데 다리가 뻣뻣하고 종아리에 알이 다 박히었다. 그래서 우리는 궁녀사를 포기하고 천천히 지름길을 따라 산길을 내려왔다. 나무숲이 새삼 울창하여 그것이 보호림임을 나중에야 깨달았다.

입구에서부터 출발하여 삼충사(三忠祠)까지가 240m요, 영일루(迎日樓)가 870m, 군창지(軍倉址)가 1,015m, 다시 사자루까지가 920m, 낙화암이 1,080m, 고란사까지의 거리가 1,200m로서 부소산성을 한 바퀴 돌아 나오는 데 1시간이나 소요되었다. 아마 이곳을 전부 샅샅이 다 구경할 양이면 부여팔경(扶餘八景)이 아니더라도 하루 종일을 다 소비해야 그 절반을 겨우 볼 것 같았다. 터벅터벅 천천히 산길을 내려오자니 그때 숲속 어디선가 노랫소리가 간만 하게 들려오기에 나는 발걸음을 멈추었다. 노랫가락은 마침 아침에 버스에서 같이 불렀던 「꿈꾸는 백마강」이었다. 흥얼흥얼 나도 노래를 같이 따라 불렀다.

고란사 종소리 사무치는데
구곡간장 오로지 찢어지는 듯
누구라 알리요 백마강 탄식을
깨어진 달빛만 옛날 같으리

아, 이미 백제는 멸망해 버렸고, 패망한 백제를 구해내고자 무왕(武王)의 조카 복신(福信)은 660년에 중 도침(道琛)과 같이 군사를 거느리고 후일에 주류성(周留城) 한산(韓山)에 웅거하여 모반하고, 왜국에 볼모로 가있던 옛 왕자(王子)인 부여풍(扶餘豊)을 맞아 왕으로 삼은 후 수십 개의 성을 탈환하며 도처에서 승리하여 기업을 다시 도모하는 듯하였으나 끝내 하늘의 저버림을 받아 복신이 도침을 죽이고, 부여풍이 또 복신을 엄살한 후 왜군을 끌어들여 독전하였으나, 이 또한 법민(法敏)이 이끄는 나당 연합군에 의해 백강(白江) 입구에서 전부 괴멸되고 말았으니 이 무슨 천추의 한이 서릴 운명이란 말인가. 이에 부여풍은 도망하였다가 당(唐) 린덕(麟德) 2년(665)에 문무왕(文武王)과 같이 웅진성(熊津城)에 모여 백마를 잡아 맹세하니 이에 이르러 그나마 지속되었던 백제의 한 가닥 가냘팠던 숨결마저 영원히 꺼져버린 채 오늘에 이르게 되었던 것이다.

복신이며 중 도침, 의자왕에 이어 왕위에 올랐던 부여풍 등등, 그들의 이름을 알고 있는 사람은 몇몇이나 될 것인가? 이에 이르러 누가 누구를 탓할 것인가! 흘러가는 강물을 본다. 멀리멀리… 아우성치는 군마의 소리며, 떠도는 원혼들이 낭자한 누대의 혈흔을 따라 이제 다시 돌아오고 있는 백제의 목소리들을 듣는다.

(1980, 『현대시학』)

꽃길 그리다

어제는 청명(淸明)이라고 해서 집에서 쉬고, 오늘은 한식(寒食)이라고 해서 또 집에서 쉰다. 마침 바람도 자고 햇볕도 따스한 식목일이기도 하기에 나는 아이들과 함께 마당에 나가서 지난가을에 받아놓았던 꽃씨를 마당 가득히 뿌렸다.

꽃씨

남창(南窓) 가에는 유주 씨를 등꽃과 함께 어울려지게 뿌렸고, 나팔꽃은 서쪽에 라일락 나무 아래 깨알처럼 까맣게 뿌려버렸다. 호미로 2㎝쯤 골을 지게 파고 덮고 해서 물을 뿌려주고 인줄까지 박아 늘어뜨리니 이마에는 송송 땀방울이 맺힌다.

플라스틱 화분에 페튜니아 모판을 만든 것은 벌써 보름이나 전의 일로서, 3월 중순부터 방 안에서 줄곧 키우던 것을 오늘에야 비로소 마당 가에 내어 내려놓는다. 잎이 엷기 때문에 햇빛이 세면 금방 타죽는 성질의 것이라, 어린 페튜니아 싹 위에 물을 함빡 준 후에 비닐하우스 같은 식으로 덮어씌웠다. 그런데 어느 사이 노모가 나와서 그러면 아니되느니라 하고 비닐을 벗겨버렸다. 그러면서 하시는 말씀이 "이것은 재래종이니만큼 생존력이 강한 놈이야."라고 하신다.

하기야 개량종은 잎이 넓적넓적하고 온실에서 자란 놈이라 햇볕이 조금만 세도 꽃 색깔이 탈색되고 오래 지피지를 못하고 지저분한 느낌이 들게 하지만, 재래종은 그렇지 않으니, 꽃이 오래 계속 피어나고 꽃잎이 청초해서 여름의 정원을 온통 화려하게 물들이게 마련인지라, 그렇다면 노모의 말씀과 같이 봄부터 풍광을 마음껏 받아들이게 하는 것이 정답인 것 같았다. 그리고 오후에는 아이들에게 해바라기, 사루비아 꽃씨를 덤으로 딸기밭 가에 뿌리게 했다.

해바라기 같은 것은 꽃보다는 그 수많은 씨앗을 뽑아내는 맛이 더욱 재미있지만, 그 둥근 화판이 항상 어깨 너머로 둥실 태양같이 떠돌면서 가내계절(家內諸節)에 운행하며 두루 보살피는 신의 은총 같은 감각에 언제나 경건한 자세로 처음부터 정성을 다하게끔 하고, 언제나 특별한 장소에다 특별히 신경을 써서 심게 만든다.

그 외의 꽃씨들은 나팔꽃 등, 대개 창틀이나 나무줄기를 타고 올라가 늦가을까지 피는 것들인데, 그런 것일수록 줄기가 많고, 줄기가 많은 만큼 꽃들을 많이 피어내는 것들이라…. 나는 항상 그런 것들이 더 좋았다. 봄이나 여름에 잠깐 폈다 지는 꽃보다는 오랜 생명력을 지니고 계속 새롭게 피어나는 것이라야 꽃다운 꽃 맛이 나는 것은 어쩔 수 없는 나만의 생리인지는 모르겠다.

그래서 나팔꽃, 유주, 등꽃 등속은 올라설 만한 의지가 있는 곳이면 무조건 마당 가 여기저기에 어지럽게 뿌려서 현란하도록 찬란한 가을을 맞고 보내는 경우도 한두 번이 아니었다.

금잔화, 데이지, 팬지 같은 것도 돌각담 곁에 심어두면 좋기는 하지만 꽃이 피는 쪽보다는 꽃이 지는 쪽에 더 신경을 쓰게 만들고 손질을 자꾸 가해야 하는 때문에 귀찮고 하여서 금년에는 씨는 받아두었으나 심지는 않기로 하였고, 그리하여 여타의 꽃나무들만 정성스레 가꿔볼 심산이다.

봄날의 꽃

청명, 식목일이라는 것이 꼭 나무를 심는 날로 정해져 있어서가 아니라, 오랜 도시 생활에서 오는 삭막감이 나를 저절로 그렇게 만들기라도 하는 듯, 특히 봄에 쏟는 꽃나무에 대한 나의 정성은 아무리 생각해 보아도 열정적인 것만은 틀림없는 일 같다.

집 마당에 꽃들이 피어나기 전까지는 임시방편으로 꽃 가게에서 한 아름 꽃을 사다가 화병에 꽂아놓고 봄날을 기다린다. 그것은 우리 집 꽃나무가 꽃이 필 때가 되었는데도 꽃소식이 없다던가, 아예 꽃나무조차 없다든가 할 때가 더더욱 그랬다.

봄이 되면 산수유가 제일 먼저 피어나고, 그다음에는 개나리, 진달래 순으로 차례차례 피게 마련인데, 산수유는 집에 없으니까 매해 한 아름 사다 대형 화병에다 꽂아놓고 보는 것이 이제는 습관처럼 되어 아쉬움 같은 것은 버린 지 오래다. 그런데 문제는 개나리꽃이었다. 벌써 몇 년 전엔가, 아내가 옆집에서 개나리 몇 가지를 얻어와 돌각담 중간중간에 꽂아놓은 것이 이제는 손가락 굵기에까지 제법 큰놈으로 자랐는데도, 금년에도 영영 꽃눈 같은 것은 보이지도 않는다는 사실이었다.

첫해에는 심은 줄기 그대로 자라고, 2년째는 새 줄기를 치고, 3년째는 새 줄기에서 가지를 뻗어 바야흐로 꽃잎이 솟을 기미인데도 작년처럼 또 잎만 무성하다가 그저 낙엽만 쓸데없이 떨릴 것인지? 급기야 동네를 한 번 돌아보고는 집마다 담장 밖으로 철철 넘칠 듯 핀 개나리 꽃대들을 목도하고는 그만이야 신경이 팍 오르는 것이었다.

그러면서 생각하느니, 이것은 전부 수놈뿐인가, 암놈 줄기는 또 별도로 심어야 하는가? 적이 걱정도 되려니와 한심하다는 생각이 앞서는 것이었다. 만약 암놈 가지가 따로 있다면 그것은 또 어떻게 선별해야 하는가 하는 문제에 부딪혀 띵한 머리를 식히기 위해서라도 또 집을 나서게 마련이다.

꽃나무

나무 시장에 가보면 정원용, 관상용, 이것저것 욕심도 생기고, 처음 보는 나무를 붙들고 늘어져서 우선은 공부라도 하자는 속셈으로 주인 양반과 실랑이 아닌 실랑이를 벌이게 된다.

"이것이 무슨 나무요? 얼마요?"

"꽃은 곧 볼 수 있겠소? 무슨 색깔의 꽃이오?"

한참 여나 질문 공세를 펴도 주인을 싫증을 조금도 낼 기색이 없다. 보면서 즐기기 위한 것이라면 상록수보다는 변화가 많은 활엽수가 더욱 인기가 있었고, 꽃을 보기 위한 것이라면 목련, 매화, 모란꽃 따위가 잘 팔려나가는 것을 조금만 서서 보아도 쉬 알 수 있었다.

목련은 꽃봉오리가 잔뜩 달린 8년생(키 2~3m) 묘목이 8천~1만 원, 매화는 6년생(키 1m)이 8천 원 정도인데 흰색의 매화는 나무에 검은빛이 돌고, 붉은 매화는 나무에 흰빛이 돈단다. 이밖에 산단풍(1m 이하)은 2백~1천 원, 라일락(1~2.5m)이 5백~2천 원, 무궁화(1m)가 5백~3천 원, 금잔디의 경우는 평단 3천5백 원 정도로 팔리고 있었다.

그런데 한 가지 눈길을 붙잡고 떼지 못하게 하는 것은 모란꽃 나무였는데, 한 뿌리에서 열 개나 됨직한 고목(0.3m)이 쭈뻣하게 솟아있는 사이사이, 흡사 어린아이 손가락 같은 살빛 좋은 새순이 따로 한 열 개쯤 힘차게 솟아나 더욱 사랑스럽고 사랑스러워 한 뿌리 사 들고 와서 뜰에 심어두지 않고는 배길 수가 없었다.

매년 모란꽃이 필 때쯤에는 덕수궁 뒤뜰의 대형 모란꽃밭을 찾아가 구경도 하고 사진도 찍고 했으나 글쎄 이놈 한 뿌리에 천 원짜리이기는 하지만 잘 자라줄지가 걱정이기는 하다.

구덩이를 둥글게 파고 밑바닥에는 같이 사 온 복합 비료 적당량을 미리 흙과 골고루 섞어넣은 후 구덩이에다 모란 뿌리를 넣는다. 그 뿌리는 굽거나 겹치지 않도록 잘 펴준 후 흙을 곱게 해서 넣어 덮어 놓는다. 그런 다음 뿌리를 약간 들어 올리는 기분으로 잘 밟아주고 물을 적당히 주고…. 이렇게 좌우지간, 하라는 순서를 따라 잘 심어 놓기는 했다.

개나리에 대한 씁쓸한 전철도 있고 해서 처음부터 조심스러웠으나 꽃을 주는 이도, 꽃을 거두는 이도 다 하나님의 뜻이시라. 이번에는 각박한 박토에 아름다운 꽃밭을 만들어 주시기를 신에게 먼저 꼭 기원할 것을 잊지 않았다.

산림자원

단순히 나무로만 따져서도 입목면적(立木面積)을 늘리는 게 부국이라고 했던가? 1977년 4월 현재, 우리나라의 산은 1정보당 10㎡가 입목면적으로 되어있고, 일본은 1정보당 71㎡, 미국은 66㎡, 독일은 1

백38㎡에 달하고 있다는 것과 비교해 보면 전국의 7할이 산(山)으로 이루어진 우리나라로서는 너무나 부끄러운 일이 아닐 수 없다.

그것도 다른 나라는 그 넓은 입목면적에 양질의 아름드리 곧은 나무가 울창해 있는 데 반해, 값도 덜 나가는 왜소하고 꼬부라진 쓸모없는 다복솔밭이 우리나라 수림 상태의 전부라면 목재, 과일을 따내는 수종혁명을 일으켜야 하리라는 전문가들의 말은 백 번이고 천 번이고 경청하고 실천해야 할 때가 다른 때가 아니라 바로 이때임으로 명심해야 할 일이었다.

삼림 녹화한답시고 무조건 철망이나 쳐놓고 단속 일변도로 산림보호에만 급급할 것이 아니라, 쓸모없는 나무는 과감히 베어 수종을 바꾸어 심고, 버려진 땅을 개량하여 산림(山林)자원을 조성해 간다는 적극적인 정책이 무엇보다 필요할 것이다.

그런데 그런 것에까지 일일이 신경을 또 쓴다는 것은 신경쇠약이 덧날 것 같고, 내 적은 수입으로는 그렇게 조림 사업에 뜻을 둔다는 것도 어리석기도 해서 매년 봄이면 그냥 꽃나무 하나 사다가 심는 것으로만 만족해하며 조용히 살고 있는 형편이다.

왜 하필 꽃나무냐 하면, 콘크리트의 정글로 비유되는 도시민의 메마른 감정에는 이제 더 무엇이 필요하겠는가? 그리하여 나무를 심자! 한 뼘의 땅이라도 푸르게 살아서 움직이는 것이 보고 싶은 것이고, 그로 인하여 자연의 숨결이 그 어느 것보다 시원한 휴식을 줄 것이고, 또 마음의 위안까지를 담뿍 안아 선사해 줄 것은 틀림없는 사실이겠지만, 그것이 나무에 줄기나 잎이 있어 그렇기는 하겠지만, 달리 생각해 보면 아무리 나무가 좋다고는 하지만, 정작 꽃나무가 아니라면 무슨 소용됨이 있겠는가 하는 생각이다.

꽃을 가꾸는 마음은 꽃의 말씀도 반드시 깨우칠 수 있게 되므로 해서 자연히 꽃의 자양도 빨아들이고, 거기서부터 서서히 꽃과 과일을 따내는 인간혁명까지를 가능케 할 수 있다면, 또 그런 확신을 가지고 있다면 꽃을 심는 작업은 누구나 쉬어서는 안 될 인간 최상의 작업이 되지 않으면 안 될 것이다. 한 개의 꽃가지를 만지며 피안도 보고 여기까지 다 볼 수 있다면 여기엔 무슨 마술 같은 벅찬 꿈결이 분명 흔들리고 있음직도 하겠다.

목련꽃

한 뿌리의 목련을 심어놓고는 그렇게 빙긋이 미소 지어본다. 그랬더니 바람이 분다. 비가 뿌린다. 갑자기 하늘이 흐려지더니 어디선가 어지러이 낙엽이 지는 소리가 멀리서 들려오는 것도 같았다. 급히 방 안으로 들어와서 창문을 닫고 커튼을 내렸다. 비가 조금 뜸한 사이에 창문을 열고 밖을 내다보던 나는 그만 '어?' 하고 놀라버렸다. 목련이 지고 있다! 백목련이 지고 있다! 우리 집의 키 큰 나무, 목련 나무에서 요 며칠 사이에 목련꽃이 피는 둥 마는 둥 하더니 그깟 비바람에 꽃잎들이 벌써 떨어지고 있다니?

두보(杜甫)의 시(詩)에 "신이시화역기락(辛夷始花亦已落) 황아여이비장년(況我與爾非壯年)"이라고 하여 "목련의 첫 꽃이 이미 떨어지고 있는데, 우리도 더불어 젊지는 않구나." 하는, 절창을 한 번 더 쏟아부을 차례가 돌아온 것 같아 세 겹 내의를 꺼입고 마당 가로 내려섰으나

나는 감히 그렇게 읊지는 못하고 대신,

"하나, 둘, 셋, 넷, 다섯, 여섯, 일곱, 여덟, 아홉…" 이렇게 읊었다.

여기저기 떨어진 꽃잎을 주워 모으니 꼭 아홉 개의 꽃잎이 손에 잡혔다. 이렇게 꽃잎이 꼭 아홉 개라야 백목련이고, 꽃잎이 여섯 개면 그냥 목련으로 부른단다. 백목련은 중국에서 들어왔고, 목련(또는 산목련)은 우리나라의 산에도 있는데, 특히 제주도에 많이 있다고 한다.

백목련은 꽃말이 여럿 있다. 그 꽃봉오리가 유독 북쪽을 바라보고 핀다고 해서 북향화(北向花)라 부르는데, 그것은 나라 임금님에 대한 변치 않는 충절의 표징이라고 한다. 꽃이 처음 필 때는 붓을 가장하고 핀다고 해서 목필(木筆)이라고 하고, 꽃 하나하나가 옥돌 같다고 해서 그 나무를 옥수(玉樹)라고 하고, 꽃 조각 모두가 향기로 뭉쳐있기 때문에 향린(香鱗)이라고 부른다.

목란(木蘭) 또는 옥란(玉蘭)이라고도 하고, 옥산(玉山)을 바라보는 것 같다고 해서 망여옥산(望如玉山)으로, 눈이 오는 데도 봄을 부른다고 해서 근설영춘(近雪迎春)으로도 표현한다.

꽃봉오리가 처음 열릴 때는 수줍은 처녀의 젖가슴이 보일 둥 말둥 하다가 결국은 보이고 마는 그런 부끄럼을 잘 타고, 그것이 조금 더 자라 2㎝ 정도 봉긋이 고개를 내밀면 흡사 어린아이의 자지가 홀렁 까지는 것 같은 원초적인 흥분과 술렁임이 잇따라… 그 때문인지는 몰라도 낮보다는 밤에 목련을 감상하면 더욱 흥취가 도도해진다.

담장 아래나 옆집 지붕에 가려 잘 보이지 않는 것은 두말할 가치조차 없는 것이지만, 밤에는 까만 하늘 그대로도 좋고 또는 별빛 찬란한 배경이라도 좋다. 그것을 배경으로 하얀 날개의 백목련이 피어 흔들리는 양이면, 이것이야말로 고귀한 품격을 지닌 꽃 중의 꽃으로 뭇 상춘객들의 상찬의 대상이 되고도 남음이 있겠다.

속진(俗塵)을 벗어나 산골짜기에서 사는 어느 스님 한 분이 참다못해 노래하여 쓰기를 "방정향사지다소(芳情香思知多少) 뇌득산승회출가(惱得山僧悔出家)"라 하여 "꽃다운 애정과 향기로운 생각이 얼마인지 아느냐, 집을 떠나서 산으로 들어간 중이 세속(世俗)을 떠난 것은 목련꽃으로 말미암아 후회하더라."라고 하였다. 꽃이 얼마나 아름다웠기에 산에 들어간 사문의 마음을 이토록이나 흔들어 놓았단 말인가?

작년 이만 때쯤의 일이다. 백목련 그늘 아래 평상을 깔고 나는 점심을 먹고 있었는데 느닷없이 백목련 꽃송이 하나가 뚝 떨어져 내려왔다. 마침 코끝을 스치고 상 위에 떨어졌는데, 그 향기를 그렇게 가깝게 맡기란 처음인지라 금방 흥분할 수밖에 없었던 나는 흰 꽃잎을 접어 다짜고짜 고추장 얼마에다 밥을 놓고 쌈을 만들어서 단숨에 먹어 치웠었다. 아니 단번이라기보다는 정확히 말해서 세 번쯤으로 베어 먹었다.

먹을 때는 몰랐는데, 점차 속이 울렁거리고 우선은 백목련의 지독한 향기 때문에 머리까지 더 어지러웠다. 그런 증세가 거의 일주일이나 계속된 것 같았다. 그것은 물론 나중에야 깨우쳐 안 일이지만 향기의 조각조각이라도 향린(香鱗, 꽃잎), 그것을 생으로 먹어버렸으니 그만한 것도 다행이라고 아내는 비웃는 눈꼬리로 위로하는 것이었다.

그러나 나는 그런 꽃을 먹는 일에서만은 아직도 누구보다 자신만만이다. 아마도 천하에 공포해도 나를 따라올 위인은 어디에도 없을 터이니까…. 진달래 먹고, 백목련도 먹는다? 그렇다, 그것은 너무나 하찮은 속세의 일거리다. 내가 이렇게 말하는 데는 다음과 같은 사연이 있다.

백화(百花)

지금으로부터 약 45년 전쯤. 아버지와 어머니는 할머니와 함께 함경북도 산수갑산(山水甲山)도 머지않은 황초령(黃草嶺) 기슭에서 오손도손 살고 계셨단다.

결혼한 지 3년에 소식이 없고 해서 최씨 대가 거의 끊일 단계에 접어들었는지라(아버지는 갓난아기 때 개가 고환 한 개를 물어뜯어서 고환이 하나밖에 없었다.) 할머니는 아침저녁으로 더욱 기도를 드렸으리라(할머니는 천주교 초대 신자였다). 그러는 한편, 낮에는 황초령에 올라가서 하루 종일 꽃들을 채취하셨다(황초령은 진흥왕 순수비가 있는 고개로, 높이가 1,200m나 된다. 안개가 자주 끼고 찬바람 때문에 풀마저 누리끼리하다 하여 황초령이라 하였다). 할머니가 황초령에 오를 수 있었던 것은 아버지가 황초령을 오르내리는 기차의 차장(아버지는 1922년 경 철도대학교의 전신인 경성철도학교를 졸업한 졸업생이었다.)으로 재직하고 있었기 때문이다.

'꽃 100가지만 따게 해주세요, 꽃 백 가지로 약을 내어 달여 먹이면 아이를 낳는다는데…. 천주님! 내 며늘아기와 최씨네 대를 위해서, 꼭 100가지 꽃을 찾을 수 있도록 허락해 주세요.' 아마 할머니는 그렇게 기도하면서 황초령을 헤매다녔을 것이 분명하다.

그러기를 여러 해, 봄에는 봄꽃을 따서 모으고 여름에는 여름꽃,

가을에는 가을꽃을 따고, 겨울에는 또 겨울대로 겨울꽃을 땋으셨다. 산에서 넘어지고 가시에 걸려 찢어지고 해서 피 흘린 시어머니의 상처는 말로 다 할 수 없었다는 어머니의 말씀이었다. 그렇게 100가지 꽃을 따서 말리고 달여서 며느리(나의 어머니)에게 먹이신 할머니셨다. 물론 꽃이란 다 다른 것들이었지 같은 꽃이란 하나라도 있을 수가 없었다. 꽃이라고 해서 또 아무 꽃을 딸 수가 없었다. 독초와 잡초를 가려서, 예쁘고 신령스러운 것으로만 따 모으셨다고 한다. 그리고 어머니는 그 100가지 꽃으로 달인 꽃물을 장복하셨다.

그런 일이 있은 직후 어머니는 나를 잉태하셨고 또 나를 낳으셨다는 전설이니, 그래서 나는 으스대면서 항상 말하고 있다. "나는 꽃의 정령이야. 나는 100가지 꽃으로 화(和)한 사람이야. 이 흙덩이로 만든 자들아…"

하나님과 제우스가 다 같이 흙으로 사람을 지으시고 그도 똑같은 수법으로 호흡을 불어넣어 생명을 주었다고 했으나 뭣들, 100가지 꽃을 달여 먹고 꽃의 화신으로 태어났노라고 외쳐대는 것은 아무래도 신 앞에서는 현명치가 못한 것 같아 이제는 그만 입을 다물어 버릴 차례가 된 것 같기는 하다.

그래서 그런지 내 살갗은 온몸이 너무나 희고 매끄럽다. 그것을 본 사람들이 부드러운 처녀의 살결이라고 하고, 피부가 희기가 백설 같아 따를 처녀가 없다고 하니 신심 깊은 할머니의 덕과 열심히 아닐 수 없다. 괴이하고도 괴이한 일이다. 나의 탄생에 얽힌 그 경위가 하도 고맙고 신비롭기도 하여서, 나는 「황초령」이라는 제목으로 시를 썼는데, 다음과 같았다.

1.

아버지는 차장이었다.
1930년대 기차를 몰고
황초령을 오르면 6월 초순인데
냉이꽃이 지천으로 피었다.

어머니는 언제나 아버지의 손님,
와이어로 감아올린 황초령에서
소쿠리를 끼고 흰 수건을 쓴
이조의 여인들이 사뿐히 내렸다.

그때 어머니는 갓 스물,
흐르는 바람에도 간지러워 웃는
아버지의 어여쁜 신부이셨다.

황호령에는
구레나룻의 검고 거친 장한들이
쩡, 쩡, 원시림을 찍어 넘기고
도수(導水)를 끌어내린 낙차에
산의 산짐승 모두 까무러쳤다.
그때 아버지는 삼십 대 초반,
일 년 내내 기차를 몰고
고원에 오르는

근대(近代)를 여는 역군이었다.

골짜기와 산정을 지나 아버지는
기적을 울리면 때로
구름과 섞이며 웃기도 하였다.

황초령의 노을빛에 아버지의
금테 모자 더욱 빛나고
어머니가 끄는 무명 치마에도
노을빛이 가득히 묻어 있었다.

이윽고 돌아갈 시간이 되자
아버지는 어머니를 다시 기차에 태우고
구름 냄새 물씬 풍기며
이렇게 말했다.

- 다음번엔 더 높은 곳으로 데려다줄게!

2.
산꼭대기엔 집이 있었다.
아름드리 통나무로 만든 나무꾼의 집이었다.
호릿 호릿 호리릿…

산의 산새 산짐승이 울어서
앞산과 뒷산이 화답하고 달려와
끌어안고 하루 종일 뒹굴며 우는…
거년의 일 년 내내,
나목과 잔설도 그대로인 채
나무 찍는 소리가 쩡, 쩡, 울렸다.

-어머니는
아름드리 통나무로 만든
집에서 군불을 때며
아버지를 기다리고 있었다.

-할머니는
산에서 꽃을 따고 있었다.
산 벽을 오르며 내리며
일백 가지 꽃을 따고 있었다

그러면서 할머니가 노래를 불렀다.

일백 가지 꽃을 따세
낮의 햇빛과 밤의 달빛에 젖은
곱고 예쁜 것
일백 가지 꽃을 따서 달여 먹이세

꼿꼿하고 정갈한 것

우리 아기 새 아기

새 아기 우리 아기…

-햇덩이 같은 아들 하나 낳아주려무나!

3.

산의 이엉 마루 또는 산의 골짜기…

구름의 이엉 마루 또는 구름의 골짜기…

산마루에서는 산마루꽃을 따고

구름 골짜기에서는 구를꽃을 따고.

할머니가 꽃을 따고 있었다.

배꽃 같은 머리를 하고 등걸 같은 손으로

꽃이 있는 곳이면 어디든 찾아가서

고부랑 할머니가 꽃을 따고 있었다.

어머니는 태기가 없었다.

백 가지 꽃을 달여 먹어야 태기가 있다며

할머니가 할미꽃을 따고 있었다.

그것이 몇 년 며칠 동안이었을까.

할머니가 백 가지 꽃을 따고

어머니가 백 가지 꽃을 달여 먹은 것은…

낮의 빛과 밤의 빛에
말리고 달이고 짜서 거르고 할머니가
달도 높이 뜬 따스한 밤에 아버지가
기도하고 서원하고 축수하고 어머니가
어느 날 백 가지 꽃물을 훌훌 마셨다.
산의 산 꽃들, 구름의 골짜기꽃…
곱고 예쁜 것,
꼿꼿하고 정갈한 것,
갖가지 형상들 아른거리는
꽃물을 훌훌 불며 마셨다.
-별빛이 얼큰얼큰 넘어가고 있었다.

4.
한 달이 지나자 어머니의 몸에서는
산등성이 냄새가 났다.

두 달이 지나자 어머니의 몸에서는
산골짜기 냄새가 났다.

석 달이 지나자 어머니의 몸에서는
가시나무 냄새가 났다.

넉 달이 지나자 어머니의 몸에서는

배아미 냄새가 났다.

여섯 달이 지나자 어머니의 몸에서는
불꽃 냄새가 났다.

일곱 달이 지나자 어머니의 몸에서는
구름 냄새가 났다.
여덟 달이 지나자 어머니의 몸에서는
아침 이슬 별빛 냄새가 났다.

아홉 달째는 함박꽃 같은 웃음이 터져
천지 간에 온통 천만 꽃바다의 꽃냄새가 났다.

봄을 기다리는 마음

금년에는 또 무슨 꽃잎을 먹어볼까. 백목련을 먹은 후 차례로 장미, 작약, 유도화, 치자 꽃가지 몽땅 쓸어 다 먹어버릴까? 그렇게 되면 이 세상에 꽃이란 한 점도 남게 되지를 않겠지. 그러니 우선 꽃나무부터 가꾸는 일이 급선무고, 꽃잎부터 피어올려야 할 일이다. 꽃잎을 먹어 치우던지 그것은 나중의 문제니까.

줄 장미는 아직 피지 않고 그대로인 채로 새순만 약 3㎝쯤 자라 있었다. 그 새순에서 꽃들이 피기란 아마도 5월 초순경이 될 것이고, 나무 장미만은 피기 시작하면 서리가 내리는 때까지 순만 잘 잘라주면 계속 꽃이 피어날 테니까 우선은 거름부터 잘 줄 일이다. 아직 모판이 남아있는 페튜니아는 조금만 더 자라면 분양하게 되는데 분양해서 골고루 심으면 여름부터는 늦가을까지 계속 피어나서 실타래 같은 것이, 어디서 그렇게 많은 줄기와 꽃들을 자꾸 풀어내 오는지 참으로 희한한 노릇이다. 유도화도 여름 진드기만 잘 잡아주면 늦가을까지 오래 계속 피어나고, 잘만 손질하면 귤나무와 함께 성엽을 지닌 채 상록수처럼 겨울도 넘길 수 있는 특징이 있다.

지금 마당 가에는 백목련꽃이 무려 100여 송이쯤 탐스럽게 피면 지면 하고, 풍년화 나무도 바싹 물이 오르면서 꽃들이 나무줄기에 다닥다닥 붙어 곧 만개할 조짐이라, 이 풍년화에 거는 기대 또한 적은 것이 아니다.

작약은 두 그루가 있어 항상 한 나무는 잘되고 한 나무는 안 되는 것이라고들 해서 한 나무를 딴 데로 시집보내버렸더니, 의외로 풍성한 작약밭이 여기저기에 새끼를 쳐놓은 것이 지금에야 발견되었다. 작년 봄에 씨로 심었던 놈들인데, 꼭 1년 만에야 싹이 트는 이것은 또 어떻게 받아들여야 할지 모르겠다.

아무튼 이 꽃나무들이 가을까지는 열심히 일해서 꿀들을 만들고, 오래지 않아 나비와 벌들도 불러들이겠지. 다른 나무들과는 달라 채목이나 실과를 내어주지는 못할 테니까 자기들이 가지고 있는 향기, 자기들의 아름다움이나 마음껏 발휘해 준다면 이에서 더 바랄 무엇이 또 따로 있을 수 있겠는가? 그러나 가을이 되면 자를 놈들은 다 잘라내고 뽑아 버려야 할 것은 또 뽑아 버려야만 하리라. 이것은 운명도 아무것도 아니다. 정원은 또 정원대로 가꾸어야 하니까.

　이런 작업을 우리는 꼭 1년에 두 번씩을 행한다. 잘라낸 나뭇가지들을 모으고 흩어진 낙엽들을 모아두는 것은 물론, 이는 우리 나름대로의 우리 집 축제를 준비하기 위한 것이기도 하지만, 어느 의미에서는 우리들의 축제가 아니라 장미나 낙엽을 표상으로 한, 꽃나무 전체에게 주고자 하는 진실한 송가가 아니어서는 안 될 것이다.

　이렇게 가을에는 정원으로부터 거두어 미리 준비해 두었던 화목으로 화롯불을 놓게 되는데 어스름 밤빛이 쏠리는 11월 중에 행하게 되고, 아이들과 같이 화롯불을 빙빙 돌며 노래도 하고 낙엽제(祭)도 하고 외쳐대기도 하였다.

　지난달 3월 초순에는 이미 '장미제(祭)'를 행해 버렸으니 이제 남은 것이라곤 '낙엽제(祭)'밖에는 없다. '낙엽제(祭)'나 '장미제(祭)'는 땔감이 많을수록 좋은 것이니까 부지런히 나무를 심고 키우고 자르고 모으고 해야만 된다는 것을 이제는 아이들도 다 알고 있으니 다행이다.

　아이들 네 명과 아내와 나 이렇게 여섯이서 지난 '장미제(祭)'에서는 겨우내 말라비틀어졌던 나무 중 장미나무 넝쿨을 더욱 많이 잘라내어 수북하게 싸놓고 화롯불을 피었다. 커피 한 잔씩을 나누어 마시고, 아이들은 아이들끼리 콜라나 사이다를 나누어 마시며 화롯불을 쬐면 온몸이 훗훗해지고, 정신까지도 자유로워지고, 그러면 꽃나무들이 죽어서 던지는 불꽃의 의미를 우리들은 다시 한번 더 생각하게끔 된다. 그리고 다 같이 손뼉을 치면서 노래를 부른다.

불타오르는

화롯불 속으로

추억에 잠기네

조물주와의 신비한 속삭임

우리의 밤일세

고요하고 적막한 밤

저 시냇가에 앉아

세상 고락과

적막을 잊고서

나 편히 쉬리라

　우리 집의 '장미제'가 그치면 남쪽으로부터는 화신이 분주히 달려
오고, 늦가을을 마무리 짓는 우리 집의 '낙엽제'가 끝나면 곧바로 무
서리가 내려, 우리는 또 화분의 꽃나무들을 방 안으로 들여놓는 수
고를 아낄 수 없게 된다. 그리고 그다음 축제인 '장미제'까지는 우리
들 모두의 가슴 깊숙한 곳에, 제가끔의 꽃씨들을 꼭꼭 묻어두는 것
이다.

(1979, 『현대시학』)

살곶이벌 전설

이태조(李太祖)의 구궐(舊闕) 터는 경기도 양주군 진접면 내각리에 있다. 태조의 계비 신덕왕후(繼妃 神德王后)의 능인 정릉(貞陵)은 정릉동에 있다. 태조의 5남 방원, 곧 태종(太宗)의 능인 헌릉(獻陵)은 서울의 외곽인 영동의 헌인릉(獻仁陵)에 있다.

조선왕조 초의 피의 왕권싸움이 끝난 후 태조(太祖)와 태종(太宗)이 만나 화해하고 5백 년 왕조를 다지게 한 살곶이벌은 지금의 뚝섬 근처요, 그 옆에는 살곶이 다리가 왕십리와 뚝섬 사이에 놓여있으니 그 위를 사람들이 오가며 고사(古史)를 아는지 모르는지 세월은 흘러 그 터와 인걸이 5백여 년이나 되었다.

왕자의 난

조선왕조를 일으킨 태조(太祖) 이성계는 처음에 신의왕후의 몸에서 정종(定宗, 방과, 2남), 태종(太宗, 방원, 5남), 진안대군(방우, 1남), 익안대군(방의, 3남), 희안대군(방간, 4남), 덕안대군(방연, 6남)의 여섯 아들과 두 공주를 두었으나, 다시 태조는 신덕왕후의 몸에서 무안대군(방번, 7남), 의안대군(방석, 8남)을 낳고, 제일 막내인 방석을 왕세자로 책봉함으로써 후에 정권 쟁탈전인 '왕자의 난'을 유발시킨다.

방우와 방연은 태조가 즉위하기 전에 일찍 죽었으나 1차 왕자의 난(무인정사, 戊寅靖社)에서 신덕왕후 소생인 방번(당시 18세), 방석이 죽음으로써 태조는 더 이상 정치에 뜻을 잃고 정종(定宗)에게 왕위를 물려주고 고향인 함흥으로 돌아가게 된다. 그러나 정종 2년(1400)에는 신의왕후 소생의 동복형제인 방간과 방원의 세력다툼인 2차 왕자의 난(朴苞의 난)이 또 일어나게 된다. 그때 방간이 패하여 귀양 가게 되자 정종마저 정치에 뜻을 잃고 동생인 태종(太宗)에게 왕위를 넘겨주게 됨으로써 정권을 둘러싼 오랜 싸움이 끝나고 태종이 드리어 왕권을 쟁취하기에 이른다.

그러나 태종은 그 형제를 대하는 것과는 달리 태상왕(太上王)인 태조에 대해서만은 언제나 극진한 효자라, 즉위 후에는 태조가 있는 함흥으로 문안드리는 사람을 수시로 파견한다. 그러나 번번이 사자들은 태조가 쏜 화살에 맞아 죽거나 부상 당하기에 이르자 태종은 속수무책일 수밖에 없게 된다.

살곶이벌

그러나 어느 날 무학대사(無學大師) 등의 진언으로 마음을 돌려 함흥에서 한양으로 돌아오게 된 태조, 태조를 맞아 한수(漢水) 건너까지 마중 나와 장막을 치고 성대히 잔치를 베푼 태종(太宗), 양전(兩殿)이 서로 만나는데 태종이 면복(冕服)을 입고 나가 뵈오니 태조가 바라보고 진노하여 활을 당겨 쏘게 되나 미리 안배한 차일 기둥에 의지하여 급히 몸을 피하는 태종의 거동이다.

그러자 신궁(神弓)인 태조가 껄껄 웃으면서 "하늘이 시키는 것이다."라고 옥새를 건네주고, 헌봉(獻封)을 받고, 도리어는 풍양(豊壤, 지금의 대궐 터)으로 물러나 궁을 짓고 말년을 보내기에 이르렀으니 당시에 태조(太祖)와 태종(太宗)이 서로 만난 교외가 지금의 뚝섬 부근인 살곶이벌인 것이다.

예부터 뚝섬 부근을 동교(東郊)라 하고, 일대 평야를 전관평(箭串坪)이라 하고, 지금의 살곶이 다리는 애초 그 이름을 제반교(濟盤橋)로 고쳐 부르게 되었고, 또 전관평인 이곳을 따로 뚝섬이라고 부르는 데는 이곳이 태조로부터 국왕의 열무(閱武), 사냥하던 곳으로 임금이 거동할 때는 언제나 임금의 깃발인 둑기를 세우게 되므로 하여 뚝도 또는 뚝섬이라 하게 되었다고 전하니 '살곶이', '뚝섬'이라는 이름 등이 뜻하는 바와 옛일과 부합되는 것이 한둘이 아니다.

살곶이 다리

내가 언제 우연히 퇴계원에서부터 동북쪽으로 얼마를 가다가 이태조의 대궐터가 있다는 말을 듣고 찾아가 보았는데, 철조망을 둘러쳐 놓은 정면 2칸 정도의 팔각집 안에 1755년 음 중춘(仲春)에 영조(英祖)가 '태조대왕시구궐유지(太祖大王時舊闕遺址)'라고 친필로 쓴 태조 구궐 유지비(碑)가 서 있었고, 다른 것 남아있는 것이라고는 아무것도 없었다.

돌이켜 생각하건대, 태조가 살곶이벌까지 왔다가 한양으로 들어가지 않고 이곳으로 내려와 말년을 보낸 것은, 그가 사랑하던 사람들이 한양에서 죽임을 당하였기 때문도 때문이려니와, 신덕왕후를 위하여 한강을 건너지 않고 그 아들 방석과 방번을 길이 애통함이요,

세종이 즉위한 다음 해인 1420년에 살곶이벌과 한양을 잇는 살곶이 다리를 무엇보다 급히 시공하게 된 것은 한양으로 오지 못하는 태조 (太祖)의 안타까운 영령을 추모하기 위한 세종의 갸륵한 뜻이 아니겠는가.

내가 살곶이벌 근처에서 살게 된 지도 어언 5년, 그렇건만 그간에 내가 물론 이러한 고사(古史)를 처음부터 알고 있었다고 해도 이곳이 그곳이라고는 예측할 수는 없는 일이었다. 그러던 것이 살곶이 다리를 보면서 그것을 차츰 깨닫게 되자 이곳 터전이 여간 애착이 가는 것이 아니었다.

왕십리에서 뚝섬 쪽으로 다리를 건너면 그곳이 지금의 뚝섬 뜰인 전관평(箭串坪)이요, 둑을 끼고 앞으로는 불암산을 바라보고 좌편은 장안평(長安坪), 우편은 아차산 기슭의 광활한 대초원을 바라보게 된다.

지금은 주택들이 밀집한 주거지역으로 모든 것이 변해버렸지만, 전관평 쪽은 성수동, 구의동, 화양동이요, 장안평 쪽은 지금 한참 개발 중인 장안아파트 단지 쪽이요, 아차산 록은 중곡동, 면목동 일대요, 불암산까지 묵동, 상계동의 대평원을 이루었다.

화양리 포도밭

불과 20년, 아니 10년 전까지만 해도 이 근처는 아직도 외줄기 황톳길이 남아있었고, 좌우로는 포도 넝쿨들이 탐스럽게 넌출졌으니 투기 붐에 밀려 사라져 간 일대의 전답들이 어제인 양 눈앞에 아롱거릴 뿐이다.

내가 문학 수업할 때, 화양리에서 차를 내려 모윤숙, 영운 선생 댁을 찾아가던 길은 잊을 수가 없다. 그때 그 길은 더욱 전형적인 시골 길이었으니 언덕을 의지하고 남쪽으로 구불구불 뻗친 들길을 따라가 노라면 달구지 바퀴가 들길에 언제나 선명하게 드러나 있었고, 농가 에서 떠오르는 연기는 저녁에는 저녁 어스름과 아침에는 아침 안개 에 젖어 넓은 뚝섬 뜰을 더욱 어슴푸레 하게 만들고 있었다.

그때 바라다본 뚝섬 뜰은 일망무제(一望無際)로 넓고 푸르렀으며, 멀리 한강 줄기가 은빛인 양 번뜩거리며 남산(南山)을 돌아가고 있는 것을 일목요연하게 건너다볼 수 있었다. 그때 본 포도밭의 단지며 채 소밭의 싱싱했던 장관은 특히나 잊을 수가 없다.

면목동 입구인 상봉시장 건너편에는 얼마 전까지만 해도 포도밭이 조금 남아있었으나 그마저 없어져 버렸고, 지금까지 남아있는 것이라 고는 세종대학교 옆의 화양포도원과 성수동 큰길가에 아직도 채소밭 이 몇 군데 남아있을 따름이니 이제 옛 자취란 어디서고 쉬 찾아 볼 수가 없게 되었다. '이렇게 아까운 땅에 포도나 채소 따위를 가꾸 고 있다니…' 하고, 그 일대를 사람들이 오가며 전답 주인을 희롱하 여 말하지만, 나는 그 말을 들을 때마다 고소를 금치 못하는 것은 예 로부터 서울 근교의 명소로 유명했던 이곳이 포도와 채소의 집산지였 다는 것을 사람들이 모르고 무심히 지나쳐 버리는 때문에서이다.

일망무제

광장동에 있는 아차산 용마봉에 올라가 보면 모든 것이 더욱 뚜렷이 부감(俯瞰)된다.

1972년 대홍수 때에는 중랑천이 범람하여 전관평 일부와 건너다뵈는 장안평이 전부 물에 잠기고 그 소요와 채소밭의 피해란 말로 다할 수 없었다. 성동교 동편 사근동 낮은 지대에 있는 살곶이 다리도 그때 물속에 잠겨 한 달이나 지난 후에야 겨우 제 모습을 드러낼 수 있었으니, 이 근처가 향상 물의 위험에 놓여있다는 취약점 이외에는 다른 결함은 찾을 수가 없고, 다만 그토록 많은 사적지를 후인들이 그냥 방치해 둔 감이 없지 않아 생각할수록 선인들에게 여간 죄스러운 것이 아니다.

언젠가 남원(南原)을 찾아갔을 때의 일인데, 그곳에는 광한루에 이르는 길의 곳곳에 '춘향이 고개'니 '이도령 고개'니 '버선밭'이니 하는 등 곳곳에 사적지를 만들어 지정해 놓고 있어 보기에도 좋았거니와, 그것들을 지나면서 조상의 얼을 대하고 숨결을 느끼는 듯 절로 경건해지는 것이 온고지신(溫故知新)이야말로 유일무이한 영원한 진리라고 생각하게끔 되었었다.

그런데 살곶이 다리는 중랑천에 틀어박혀 날로 퇴락해지고, 전관평은 이미 주택과 매연으로 가득 차고, 그렇게 유명했던 채소밭, 유원지, 수원지, 여름철의 포도 맛도 거의 다 사라져 버렸고, 명맥을 유지하느니 겨우 경마장 한 곳뿐으로 옛날에는 국영 전관목장(箭串牧場)이 있어 이곳에서 말을 놓아 길렀다는 것은 그것으로 어슴푸레하나마 겨우 깨달아 알게 할 뿐이다.

이에 따로 뜻있는 자가 있다면 태조(太祖)와 태종(太宗)이 만났던 자리를 어림하여 새로운 사적지로 지정해야 할 참이고, 비각이라도 하나 세워 그때의 일을 기념하지 않는다면 저 춘향과 이도령의 사랑 이야기보다도 양전(兩殿)의 회동이 더욱 헛것이 될 것이고, 태조(太祖)가 돌아가던 길목을 찾아 함흥까지 그 경계를 정하여 함흥차사(咸興差使)의 길을 밝히지 않는다면 후대에 더욱 웃음거리가 되지 않을까 적이 근심되는 바 크다.

바보 온달

이곳은 또 옛날 고구려의 평강왕 때 바보 온달(溫達)이 있어 일찍이 전관평(箭串坪)을 필마로 누볐으니 때는 590년의 일이었다.

그는 여러 차례에 걸쳐 전공을 세운 후 양강왕(陽岡王)이 즉위함에 이르러 온달이 왕에게 이르기를, "신라는 우리 한강 이북의 땅을 빼앗아 군현(郡縣)으로 만들었으므로 백성들은 원통함에 젖어 언제나 부모의 나라를 잊어버리지 않고 있사오니, 원컨대 대왕께서 신을 어리석고 불초하다 마시고 군사를 내어주시면 한번 나아가 싸워 우리의 땅을 회복하겠나이다." 하니 왕은 이를 허락하였다.

온달은 군사를 거느리고 떠날 때 맹세하기를 "내 계립현(鷄立峴, 문경)과 죽령(竹嶺, 충청경상 道界)의 서쪽 땅을 우리 땅으로 돌리지 못한다면 돌아오지 않을 것이다." 하고, 드디어는 아차성(阿且城) 광장리(廣壯里) 산성 밑까지 이르러 신라군을 요격 중 적의 화살에 맞아 죽으니 바로 그곳이 지금의 뚝섬 벌인 살곶이벌에서 일어난 일이었다.

아차산 전설

　지금도 아차산에 올라가 보면 누대의 성터를 발견하게 되는데 그렇게 본다면 이 전관평 일대에도 사적을 새로 지정하고 보수해야 할 일이 한두 가지가 아닌 셈이다. 남아있는 유적이 1백여m나 될까 말까 한 성터도 비교적 작은 돌멩이를 모아 올려 쌓았는데, 남쪽을 내려다보고 험한 골짜기 위에 있어서 옛날의 성세가 자못 웅위로웠음을 한눈에도 쉬이 짐작할 수 있었다.

　국토를 지키려는 신라군과 묘토(苗土)를 찾으려고 고구려군과의 치열한 접전이 그 몇 번이겠는지, 여기서 남한(南漢)산성까지 잇닿는 격전지가 한눈에 보이는 듯, 북소리, 창검이 부딪히는 소리, 기마의 울부짖는 소리가 아직도 평원에 가득 차 물결치는 듯하다.

　때에 온달이 전사하자 이를 장사 지내고자 했으나 영구가 땅에서 조금도 움직이지 않게 된 일이 있었다. 평강공주가 드디어 소식을 듣고 멀리 평양 도성으로부터 달려와 관을 어루만지며 "죽고 사는 것이 이미 결판이 났사오니 마음 놓고 돌아갑시다." 하자, 그때야 비로소 관이 움직여 장사지낼 수가 있었다고 전하니, 온달 장군은 죽어서도 이곳을 떠날 마음이 없었던가.

　아차산 중복에는 평태(平台)가 있고, 그 아래 약수터가 있는데 약수터 서북쪽에는 다시 옛 집터가 있어 기왓장들이 어지럽게 흩어져 있다. 그것이 무슨 터였는지, 사찰이었는지, 무슨 사당 같은 것은 아니었는지 그것을 아는 사람은 아무도 없다. 그래서 그것이 온달 장군의 사당이라면 하는 생각을 한두 번 해본 것이 아니었다. 온달 장군의 사당 하나쯤은 있음직도 한데 그렇지를 못하니 이것도 또한 조사하여 사적지로 지정하든지 아니면 무슨 비각 하나라도 세워 후대들의 사표로 삼았으면 하는 일말의 기대 같은 것이 없지 않았다.

영고성쇠

사람은 살았을 때의 그 치적이 더욱 중요한 것이지 죽어 호화로운 능침으로 주검을 치장한다고 해서 누 억겁을 인구에 회자될 수가 있겠는가? 이조(李朝) 초기 능 제도의 표본이라고 하는 정릉(貞陵)은 특히나 서울시 관내에 위치함이 특색이나 시민(市民)들의 행락지로 전락된 감이 없지 않고, 그것이 성역화된 몇몇 능을 제외하고는 거의가 다 그러한 실정인데 아내와 같이 몇 번 맛본 정릉 약수터의 약수 맛이 오히려 능보다는 더 큰 성가를 누리는 듯싶었다.

방번과 방석보다 먼저 간 신덕왕후 강(康)씨, 그는 죽으면서 그 아들들의 영화를 확신하고 갔었겠지만 1차 왕자의 난으로 모든 꿈이 사라져 갔으며, 능 자체도 그 때문에 정동(貞洞)에 있던 것이 해체되어 1409년에 현 위치로 옮기지 않으면 안 되었다고 하니 강씨의 경우, 죽어서 받는 멸시가 살았을 때 받은 영화보다 몇 배나 더 막중한 것인가를 실증하고 있는 셈이다.

정릉에 비해 헌릉은 또 어떠한가? 헌릉에 누워있는 태종(太宗)은 조용한 가운데 울창한 소나무 숲속을 파고드는 햇빛을 받아 숨 쉬고, 새소리, 바람 소리에 취해 전설인 양 예부터 그대로 일뿐 헌릉을 찾아도 필살의 쟁투와 전무후무한 그의 책략은 결코 읽어낼 수가 없었다.

경부고속도로를 따라가다가 성남에 이르기 직전 좌현을 끼고 누워 있는 태종(太宗)은 그 야망에 비해 그 주위가 너무나 고적하였다. 능 앞에 있는 초여름의 딸기밭이 유명하기도 하지만 경내에는 약수터 한 군데도 없고, 바닥이 드러난 골짜기에는 그저 낙엽만 무심히 쌓여 갈 뿐, 영고성쇠의 덧없음이 그와 같았다.

태조(太祖)는 그가 세운 왕도를 버리고 그 말년을 내각리에서 살다 갔고, 정종(定宗)은 태종에게 왕위를 넘겨줌으로써 그의 안일을 도모하였고, 태종(太宗)은 세종에게 왕위를 물려줌으로써 그 기업을 더욱 공고히 하였고, 세종(世宗)은 태조를 위해 살곶이 다리를 놓았으니 문종(文宗)은 세종의 뜻을 받들어 살곶이 다리를 다시 오늘과 같이 견고한 돌다리로 개축하여 놓기에 이르렀다.

그로부터 5백여 년. 나는 살곶이 다리를 홀로 건너가건만 북으로 통했을 길이란 길은 전부 끊어져 버렸고, 광활한 뚝섬 뜰에는 인제 인마의 소리조차 들려오지 않는다. 중랑천 둑길을 따라 한참을 가다 보면 썩은 도랑과 하천의 악취에 발걸음을 더 재촉하지를 못하겠다. 석관동 면목동을 따라 흘러내리는 노폐물이 한강 물까지를 오염시키고, 인근 장안평(長安坪)까지를 뒤엎어 비옥한 대단지 채소밭이었던 땅을 전부 택지로 바꾸는 비운을 맞게 하였다.

1960년 10월 9일, 나는 훈련을 끝마치고 부대에 배속되면서 처음 이곳을 지났었다. 청량리를 거쳐 중랑교까지 이르면 맑은 물에 땀을 씻고 때로는 중랑천에 엎디어 미역도 감을 수 있었으니, 서늘한 강바람 쏘이며 중랑교에서 살곶이 다리 뚝을 바라보노라면 고기 잡는 아이들의 아우성소리가 강둑을 타고 어디론가 질펀히 흘러갔고, 아득한 지평 멀리에 보이는 것이라고는 웅건한 관악의 영봉이었다. 그러던 것이, 살곶이벌도 죽고, 아차산도 죽어가고, 장안평도 죽어가고, 모두가 다 죽어 떠나는 가운데 살곶이 다리만 유독 살아남아 옛날을 말해 주고 있는 듯하다.

이제 새로운 것 찾아내어 사적지를 지정할 수 없다면 기왕에 남아 있는 사적들이나 보존하여 그 뜻을 따라 슬기롭게 살아남을 방도나 강구해 볼 것이다. 그러나 다만 한 가지 뜻하는바 살곶이벌을 예스러운 푸른 초장으로 다시 바꾸었으면 싶다.

경마장에 묶여있는 말들을 풀어 전관평, 장안평, 아차산까지 지치도록 실컷 마음껏 달리기나 했으면 강물은 푸르고 고기가 노닐며, 일성호가(一聲浩歌)긴 목소리 한 번 다시 울렸으면, 울렸으면…. 그리해서 살곶이벌은 살곶이벌이 되게 했으면…. 그것이 곧 평화요, 그것이 곧 국태안민(國太安民)의 영원한 기틀이 아니겠는가 한다. 오늘도 하루 나는 살곶이벌 위를 오가며 이 생각 저 생각에 천방지축 몸 둘 바를 모르겠다.

(1979, 『현대시학』)

도로(道路)의 탄생

꽈쾅! 우루루….

콘크리트 집채가 요란하게 흔들리면서 가슴이 섬뜩 내려앉는 큰 충격을 하루에도 몇 번씩 듣게 된다. 동대문구 면목 4동 근처, 다이너마이트의 강렬한 폭음이 우뚝 솟아있는 아차산 용마봉의 허리를 사정없이 분질러 하루에도 수십 트럭분의 골재를 쏟아놓는다. 그걸 실어 나르는 대형트럭이 쉴새 없이 오가고, 바윗덩어리를 깨어 뭉개는 소리며 부서진 돌가루가 인접한 성동구 중곡 3동까지 날아와 온 동리를 흠뻑 덮어버린다.

그래서 그걸 생산해 내는 역청사업소가 주변 공해의 장본인이라는 명예롭지 못한 지탄의 대상이 된 지도 벌써 10여 년! 주민들과 주변 학교 측의 항의가 빗발쳤지만 좀처럼 철거될 기미라고는 없다.

하기야 학교가 들어서기 전에 택지가 조성되고, 택지가 조성되기 전부터 역청사업소가 들어서서 가동되고 있었으니까 나중에 입주한 주민들이 지금에 와서 새삼스럽게 항의를 제기할 아무런 권리도 없는 것이지만…. 그래서 거의 만성이 되기는 했지만, 새로 이사 온 사람이나 아이들이면 거의가 다 깜짝 놀라 당황하고 바장이다가 실소하기 일쑤이다.

"저놈의 공해를 왜 그냥 보기만 하는 거여?" 열이면 열 사람의 외인들은 다 못마땅하게 꾸짖으면서 그렇게들 말하고, 주민은 "역청사업소에서 생산되는 골재는 거의 다 도로포장용인 때문에 조금은 더

참고 지내야지요. 도로포장 하겠다는 것 막을 도리 없잖아요?" 하고 대꾸해 버린다.

마치 그런 공해시설을 이웃해서 사는 것이 자랑스럽기라도 한 듯한 태도에 외인은 또 분연히 흥분하여 "아니, 하필이면 도심에서 남포를 꽝꽝 놓을 게 뭐란 말이여? 이것은 또 자연훼손이 아니란 말이여?" 하고 불만스럽게 쏘아붙인다.

"서울에는 돌산이 없답니다. 돌산이 마땅찮아서 한동안은 더 아차산 용마봉을 파먹어야 된대요."

"없기는요! 인왕산도 있고, 도봉산, 골재 좋은 수락산도 있을 텐데…"

심욕감심(心慾甘心)도 분수가 있는 것이지 이쯤 되면 주민도 시무룩한 표정이 되어 할 말을 잃게 된다. 하지만 창신동 낙산(洛山)의 골재가 좋다고 해서 한때 채석장으로 각광을 받은 때도 있었지만, 그것이 벌써 20여 년 전의 일이고, 도심이 팽창하고 인구가 밀집되자 곧 폐쇄되어 버렸는데, 이곳이 서울의 외곽지대라고 해서 외래객의 말처럼 그런 문제를 그냥 넘겨버릴 것만은 아니다.

아침저녁으로 나가보면 아차산의 형태도 날로 바뀌어 가고, 장안평에서 건너다보면 멀리 설산처럼 아스라이 떠서 희끗희끗 빛나던 아차산의 바위들이 한 허리 허물어져 있어서 도대체 산의 정기라고는 하나도 찾아볼 수가 없게 되었다. 수맥도 끊어진 빈 공산에는 여기저기 근원을 잃어버린 나무뿌리들이 드러나고 온몸에 먼지를 뒤집어쓰고 누워있는 산의 모습이란 흡사 지체 잘린 거대한 시신의 형상이라 살벌하기만 하다. 다이너마이트가 터질 때마다 신음 소리를 확 터뜨리고 몸부림치면서 보이지 않는 피를 철철 흘린다.

나는 이럴 때마다 문구라고는 유일하게 외고 있는 장 자끄 루소의 『고독한 산보자의 꿈』 중에서 제1의 산책 첫머리를 읽어 내린다. "이제 나는 이 인간 사회에서 고독한 사람이 되고 말았다. 형제도 없어졌고 서로 얘기할 이웃 사람도 친구도 없는 단 하나가 된 것이다."

그러나 그런 산을 또 다른 모습으로 보면 살아있는 성자의 모습이랄까? 그처럼 험난한 돌산으로 우뚝 서서 시대의 성정(性情)을 호도(好道)하고 있는 마지막의 살신성인(殺身成仁)을 대하는 느낌이다. 그 다리를 잘라 현대의 이리에게 내어주고, 그 간은 뽑아 근대의 토끼에게 내어주는 듯…. 거대한 도시의 사신에게는 그의 피와 살을 아낌없이 쏟아 던져주는 듯…. 그러나 그의 올바른 정기 하나만은 영원히 살아 서울의 어둡고 깊었던 보도 위에 간단없이 깔려 24시간, 도시민과 호흡을 같이하면서 산업의 대동맥을 이루는 천안, 대전, 대구, 부산, 제주시까지 젊고 활력 있는 도로(道路)로 끊임없이 뻗쳐 나간다.

그것은 길이요, 또 다른 생명이요, 작동하고 있는 또 다른 진리라고나 할까? 또는 인도(人道)요, 천도(天道) 같은 것이라고나 할까? 저 내 마음까지를 송두리째 흔들고 있는 꽈당 소리! 소리! 소리들….

1979년 5월 10일 저녁, 중곡 3동 9통 회의가 통장에 의해 개최되었다. 의제는 동(洞)에서 '새마을사업'의 일환으로 실시한다는 도로포장 공사에 대해서, 주민 40%의 공사비를 갹출하기 위한 가부(可否) 결정이다. 길이 80m, 너비 6m의 골목길을 콘크리트로 20cm가량 포장하는데, 총 500만 원의 공사비가 개정되었다고 통장이 먼저 보고하였다. 그래서 정부 부담 300만 원, 주민 부담 200만 원인데 우선 착수하기로 정하고, 통장, 반장, 유지 각 1명으로 구성되는 추진위원 3명을 뽑아서 진행 일체를 관장하도록 위임하였다.

이튿날이 되자 통장은 주택과 평수에 따라서 a) 길 가 집, 커브 집 b) 골목 집, c) 막다른 집 순서로 등급을 정하고, 전부 열일곱 집을 상대로 책정된 액면의 설득에 나섰다. 설득도 하고 싸움도 하고 호응도 받았는데, 아예 공사 자체를 반대하는 의견은 다음과 같았다.

1) 노동자: 능력이 없으므로 당장에는 어쩔 수 없다.

2) 교육자: 책정된 액면이 균등치 못함으로 응할 수 없다.

3) 의사: 콘크리트로 포장하면 디스크에 걸린 우려가 있으므로 반대한다.

4) 기타: 돈이 없으므로 등등.

그런데 그다음 날 9통 일대 지역은 동대문구와의 경계선임으로 취약 지구라는 단서가 붙어서 정부 부담 70%, 주민 부담 30%로 정정되어 하달되었다고 보고되었다. 갹출해야 할 부담금이 하룻밤 사이에 200만 원에서 150만 원으로 계감(計減)된 것이다. 주민들은 과연 생각했던 바대로 싱글벙글하면서 강경했던 각자의 반대 의사를 스스로 철회하는 것이었다.

대지 45평의 우리 집의 부담금도 이렇게 해서 12만 원에서 93,000원으로 줄어들었다. 평당 2,100원꼴이 되는 것이지만, 전체로 보아 3,000원꼴이 된다고 한다. 그래서 5월 20일까지 부담금을 전부 납부하고, 6월 5일에는 인근에서는 제일 먼저 포장 공사가 착공되었다.

포크레인으로 노면을 고르면서 트럭 수 대가 며칠 동안 쌓인 흙을 번갈아 실어 나갔다. 다음에는 길 양편을 치는 하수도 공사다. 하수구는 1개 뚫는데 2,000원씩을 별도로 지불해야 했고, 각자 연결해야 되어있었는지 우리 집도 4인치짜리를 1개에 400원씩, 두 개를 사다가 신설되는 하수구에 연결하였다. 콘크리트 포장공사는 하수구만 제외하고 나머지 공정을 거의 기계로 처리하고 있으므로 해서 매우 신속하고 쉽사리 되는 것 같았는데, 옆에서 구경하고 있는 주민들이야 어찌 그 노고를 다 알 수 있겠는가?

6월 26일에는 감독 1명, 반장 1명, 인부 10여 명이 레미콘 두 대와 함께 동원되었는데, 레미콘이 모래와 자갈, 시멘트로 믹서된 포장용 콘크리트를 쏟아내자 일사불란하게 80×6m의 노면 포장공사를 오전 중에 금시 끝내버리는 것이 아닌가! 차와 사람들이 미끄러지는 것을 방지하기 위해 노면에는 굵은 사선(斜線) 같은 것을 치는데, 장정 둘이 길 양편에 밧줄 같은 것을 잡고 서서 흔들면서 바닥을 치며 나가는 것으로 포장공사는 완공되는 것이었다.

이날에는 온 동리의 식구란 식구들이 모두 다 쏟아져 나와서 환호하고, 저녁에는 이미 노면이 굳어져서 자전거를 타고 달리는 아이, 늦게까지 돗자리를 깔고 누워있는 노인들이며, 동네가 생긴 이래 제일 부산하였다. 몇 번이고 구르고 뛰어봐도 과연 견고하고 청결한 것이 상쾌하기 그지없었다. 이렇게 좋은 것을 왜 진작 서둘지 않았던고 하고 한동안 주민들의 환성이 그칠 줄 몰랐다.

며칠이 지나자, 9통이 기폭제라도 된 양 이 동리 저 동리에서도 난리를 치르고, 특히 어수선하고 짜증스럽기까지 했던 시장 골목까지 말끔히 포장되어 지목이 밭이었던 이 동리 사람들은 이제는 더 발디 딤에 신경 쓸 일 없이 평안히 살게 되었다고 야단들이었다.

이런 경사는 비단 우리 동리뿐 만의 것은 아니었을 것이다.

도시는 도시대로 촌락은 촌락대로 그런대로 그 실정에 맞춰 길을 닦고, 넓히고, 자갈을 깔고, 또는 아스팔트를 견고히 다져갈 것인즉, "길이 있는 곳에 뜻이 있다."라는 말은 정녕 누구나 가슴 깊이 새겨 둘 일이다. 5·16(군사혁명) 전까지만 해도 한강대교와 광장교로 이어 지는 모든 국도가 구불구불한 채로 이어져 있었지만, 산업의 대동 맥을 이루는 제2, 제3 한강교 외에 영동대교, 잠실대교, 천호대교가 따로 건설되었고, 지금도 또 새롭게 건설되고 있는 터이다.

7월 3일 서울시가 도로 확장 지역을 지적 고시한 바에 의하면 제 1 한강교~상도동 간은 너비 4m, 길이 1,400m(터널 1개 650m 포함) 를 건설하고, 상도동~봉천동~서울대 입구인 관악구청까지의 기존 2,450m의 도로는 현재의 너비 20m에서 40m로 확장하게 된다고 하였고, 또 제2 한강교~동교동 로터리 간 길이 1,500m 도로는 노 폭을 현재의 30m에서 40~50m로 확장하기로 했단다.

서울의 불모지로 남아있던 장안평도 벌써 가로세로 활기찬 도로 가 시원스레 뚫렸고, 성산대로는 독립문까지 헐어 넘기면서 기세 좋 게 건설되고, 금년만 해도 두 개의 큰 도로망이 전국에서 개수 내지 는 포장되었는데, 그 첫째는 서울~광주~이천~점촌~안동으로 이어 지는 중부지방의 대동맥이요, 또 다른 하나는 삼척~울진~영덕~포 항으로 내달리는 동해고속도로의 준공이다.

어느 것이나 도로라면 다 질주해 보면 노면이 고르고 시계가 밝아야 하는 것은 그들이 다 차도라는 이유에서 인원과 물자의 수송에서도 스피드를 즐길 수 있고, 시간을 절약할 수 있다. 아스팔트라는 미끈둥거리는 획일성 때문에 불만이라면 불만이랄까, 그래도 도로를 새로 만들고 확장하는 것은 산업화 과정에서 이중의 효과를 볼 수 있다는 점에서 현대화가 가져다준 또 다른 새로운 즐거움이 아닐 수 없겠다.

도로(道路)라는 것은 그 시대의 수송 방법과 국력의 형편에 따라서 건설되고 파괴되는 것으로 간주될 수 있겠는데, 거당(炬堂) 유길준(俞吉濬)의 『서유견문(西遊見聞)』은 100여 년 전의 구미 각국의 도로 현황을, 박제가(朴齊家)의 『북학의(北學議)』는 200여 년 전의 중국 북경의 도로 현황을 소상히 설명하고 있다. 박제가는 "통주에서 조양문(북경 내성에 있는 문)까지 40리 사이는 모두 돌길인데, 도로의 촉이 두 간이며 큰 돌을 평평하게 갈아서 비석 돌같이 만들어 깔았다. 세모나 네모를 서로 맞추어 깔아서 이음새가 어긋나게 한 것은 수레가 다님으로써 갈라지는 것은 방지한 것이고, 비록 비가 몹시 오더라도 버선발로 다닐 만하다."라고 하였고, 이런 잔영은 유길준이 본바 100년 후 뉴욕에도 남아있어서 "전 시가지의 도로는 편석(片石)으로 덥혀있다."라고 하였다. 또 당시의 런던 시내는 "달리고 있는 모든 길의 길이를 합치면 2,000리인데, 다 벽돌 모양의 나뭇조각으로 포장해 놓았다."라고 하니, 시멘트 고속도로를 달리고 있는 우리로서는 자못 흥미로운 기록이 아닐 수 없겠다.

우리나라에도 나뭇조각으로 된 포장도로가 따로 있었는지는 모르지만, 돌조각을 붙여 만든 것으로는 서울역 염천교 건너, 그러니까 약현성당 맞은편 서부역에 이르는 길에 얼마 전까지만 해도 마차를 위주로 한 환선형(紈扇形) 도로의 잔재가 유일하게 남아있었으니 참으로 고금동연(古今同然)임을 이에 알 수 있겠다.

"100년 전의 파리는 구역이 협소하여 가옥은 낮고 적었으며, 도로는 구불구불하여 사방을 바라볼 수 없었기 때문에 대국으로서의 위세를 나타내기에는 적합지 못했다. 나폴레옹 1세(1769~1821, 재위 1804~1814)가 동서남북으로 유럽의 여러 나라를 격파하고 합병시킨 다음, 수많은 재화를 가지고 본국을 돌아왔을 때 도시의 낮고 작은 규모는 온 천하를 압도한 영웅의 안목에 찰 리 만무했다. 마침내 시내에 있는 낮고 작은 옛날의 건물들을 한꺼번에 허물어 버리고는 두로리(杜老琍) 궁으로부터 북쪽 교외에 이르기까지 10여 리에 걸친 부분을 개수하기로 하였다. 개선문을 중심으로 삼고, 사방에 12개의 큰 시가지를 마련한 위에 주택 도로의 규모가 웅장, 청쾌, 화려한 운치를 갖추게 하여 전 세계에서 제일 가는 서울이 되도록 하였다." 이 역시 유길준이 남긴 기록이다. 이렇게 해서 오늘의 파리는 도로망의 확충을 기간으로 해서 탄생한 것이다. 전 세계의 도시계획과 도로구획의 귀감이랄 수 있는 파리는 그 용단도 중요했지만, 무엇보다 강력한 재화가 뒷받침되었을 것은 틀림없는 사실이다.

얼마 전에는 전남 광주를 다녀오는 길에 남원 광한루나 한번 둘러볼까 하여 직행버스를 탔더니 순창~남원에 이르는 험난한 산골길을 통과하는 버스였다. 공교롭게도 한창 도로공사를 하고 있었다. 산을 까고 뭉개어 구부러진 길을 바로잡고, 좁은 노폭을 넓히기에 전력을 다하고 있었다. 그때 느낀 것이 바로 그 생각이었다. '우리나라의 국력도 제법 신장된 모양이구나! 이런 산골길도 다 아스팔트로 깔게 되었으니…'

강릉 대관령, 문경 새재, 장성갈재의 도로가 험난하고 위험하다고 했으나 그것도 이제는 옛날 일이요, 대관령이나 새재는 아스팔트 위를 오히려 고속으로 달리는 듯 구름과 안개 위에 둥실 떠가는 양 내려다뵈는 협곡과 경관은 참으로 가슴 벅찬 가경(佳境)이라 아니 할 수 없었다. 도로의 하이라이트가 고속도로라면 고속도로의 하이라이트는 스피드에 곁들인 저런 경관들이 아닐까? 어느 것 한군데 빼어난 곳이 없지 않은 국토건만, 특히 해변을 끼고 산자락과 차도의 거품 속을 숨을락 말락 내닫는 동해고속도로가 도로 중에 최고의 경관을 이루고, 이런 때 나는 스스로 탄식하여 이르기를 속초~간성~고성으로 이어지는, 두고 온 해금강의 수려한 모습이 손에 잡히기라도 하는 듯 "아깝다! 아깝다!" 하고, 외쳐댈 뿐이다.

원래 동해 속에는 여덟 금강이 살고 있는데, 만일 부처가 한 분 내생(來生)한다면 내생할 때마다 금강은 하나의 연꽃이 되어 피어오른다고 한다. 그것이 오늘날의 금강산인지 알 수 없지만, 그래서 금강산을 조망(眺望)해 보면 그 전체가 연꽃의 모양으로 되어있는지 알 수는 없지만, 금강이 하나 솟아 나온 것은 틀림없는 사실… 따라서 그 외 일곱 금강은 아직도 동해 속에 있어서 미륵의 강생을 기다리고 있다고 하니…. 그런데 그것이 철의 장막 속에 갇혀있고서는 어찌 하나의 금강인들 온전히 살아남을 수 있겠는가? 하물며 일곱 금강인들 영영 솟아 나오지 못하고 말 것인즉 뜻 있는 자는 그저 여생을 동해고속도로 위에서 소요해 봄직도 하여라.

주행 속도 100km, 안전거리 100m로 달리는 고속도로는 전국을 일일생활권으로 바꾸어 놓았고, 개통 10주년을 맞는 경부고속도로는 6~8차선으로, 호남고속도로 및 남해고속도로, 영동고속도로의 2차선은 4차선으로 각각 늘려야 한다는 의논이 비등할 만큼 전국의 수송 수단도 이미 확충되었다. 그리고 80년대를 향하여 우리가 이 길을 열심히 달려왔듯이 개발도상국가라는 불명예를 씻고 선진대열에 합류하기 위해 우리는 또 이 길을 열심히 달려가야 할 것이다.

고속도로가 아니더라도 강릉~속초, 원주~춘천, 울산~부산, 목포~광주 등등, 우리는 능히 그 도로를 80km 이상으로 주파할 수 있으며, 서울~판문점 간의 통일로, 전주~군산 간의 번영로는 100km 이상으로 달릴 수 있으니, 오히려 과속에 알맞은 노폭과 노면이다.

고속도로를 제외한 나머지 도로 중에서 경관이 제일 뛰어난 곳은 서울~양수리, 서울~춘천을 달리는 강변도로, 해송에 둘러싸인 부산영도의 순환도로, 강릉~속초 간을 달리는 해변도로 등이고, 전국에서 도로를 제일 잘 가꿔놓은 곳으로는 조치원 인터체인지에서 고속도로를 벗어나 청주로 향하는 약 30리 길인 플라타너스 터널 도로로써 가로수와 함께 이룬 도시의 하모니는 이곳 외에서는 어디서도 찾아볼 수가 없는 일대 장관을 이루고 있다.

도로를 뚫고 닦고 갈아서 아스팔트를 깔고, 주변에는 또 나무를 심어 아름다운 도로를 가꾸는 것은 어느 한 시대, 어느 한 특정인만의 것은 물론 아니었다. 세계가 무한하고 인류가 유한한 그것은 '도(道)!' 바로 그것인 줄도 나는 이제야 확연히 깨달을 수 있겠다.

'도(道)'라고 하면 그냥 길이 되겠지만, 도덕적 규범으로 '사람이 가야할 길', 곧 인(仁), 효(孝), 충(忠) 따위의 길도 되어야 할 것이고, 노자(老子)가 탐구한 우주의 본체, 가변적인 것이 아닌 영구불변하는 실재, 곧 '상도(常道)'도 되어야 한다고 생각할 때, '도(道)!' 또는 도로(道路)는 우리가 생각하고 체험한 바와는 달리 참으로 멀고도 험난한 산 너머 저편에 존재한다는 것도 새삼스럽게 깨달아 알 수 있겠다. 그러므로 "도(道)를 지니고 천하를 가는 자는 어디를 가도 장애가 없으며, 안전하고, 평온하고, 태평한 것이다."라고, 노자는 거듭 말한다.

도(道)는 언젠가는 꼭 그렇게 될 것이다. 또 그렇게 되어야만 할 것이다. 도덕적인 것이든 그냥 길이든, 길은 하나뿐 둘일 수 없다는 명제를 앞에 걸고, 때문에 도(道)에 비애와 좌절이란 존재할 수 없는 것이라고 수긍해 본다. 그런데 현대의 '도(道)'와 '도로(道路)'의 상황은 어떻게 변했는가? 불행하게도 우리가 탐구하는 그러한 도는 상치된 가운데 이익에 더 탐하고, 탐욕 성취에 더 유용하게 쓰일 것이고, 우리의 물질과 정신의 가치수(價値數)를 전도시켰으며, 결국에는 '도(道)' 그것이 그 자체 가치도 헐뜯어 끝없는 미로로 우리와 함께 던져버린 것은 또 아닐까?

현존하는 금세기 최고의 문명비평가인 마샬 맥루한(Marshall McLuhan)은 예견하여 정의하기를 "오늘날 도로는 그 변환점을 넘어

도시를 하이웨이로 바꾸었는데, 하이웨이 그 자체가 연속적인 도시의 형태를 띠게 되었다. 변환점을 넘은 도로의 또 하나의 전형적인 전환은, 시골은 모든 노동의 센터임을 중지하고, 도시는 레저의 센터임을 중지한다는 것이다. 실제로 개선된 도로와 수송기관은 묵은 패턴의 전환을 갖다 주었으며, 도시를 노동의 센터로, 시골을 레저와 레크레이션의 장소를 바꾸었다.”라고 하였다. 오늘의 도로는 과연 그런 것인가? 과연 도로는 그렇게 되는 것 같다.

　본래 있었던 도(道)는 어디 가고, 인류가 창출해 낸 것 가운데 가장 위대한 도로만 남아 인류의 잠재된 능력까지도 전부 하이웨이로 바꾸고, 타임머신 같은 고속도로로 과거와 미래라는 시간까지도 정복한다면 시간을 넘어 공간, 공간을 넘어 영원까지, 그곳엔 또 어떤 광명이 남아서 우리를 기다리고 있을 것인가? 노동과 레저는 이제는 지긋지긋하다. 그것은 본래 인류가 할 바가 아니지 않았던가? 신이 내린 저주의 땅으로 쫓겨나 쉬면서 일하면서, 한 가닥 뚫려있는 에덴동산의 잃어버린 길을 찾아서 끝없이 탐구해 온 것이 인생의 도정(道程)이요, 그것이 또 하나의 나의 인생임도 이제야 비로소 깨닫게 된다.

(1979.『현대시학』)

무덤을 기다리며

1978년 6월 6일, 현충일이다. 백두진(白斗鎭) 국회의장, 이영섭(李英燮) 대법원장, 최규하(崔圭夏) 국무총리 등, 3부 요인과 유족 대표, 공무원, 시민, 학생 등, 1만7천여 명이 참석한 가운데 오전 10시부터 진혼의 나팔 소리 은은히 울려 퍼지는 가운데 호국영령들을 위한 추도식이 거행되었다. 참배객들만 해도 하루 동안 45만여 명.

서울시는 연금증서 및 기타 원호 대상자 증명서를 가진 원호 가족에게는 8일까지 창경궁, 덕수궁, 경복궁, 종묘 등 고궁과 어린이대공원 등 공원을 무료 개방하고 6일 하루 동안 시내버스와 지하철을 무임승차 시키도록 조처하였다.

나는 하루 종일 집에 있었다. 태극기는 내어 걸지도 못했다. 비가 계속 내렸기 때문이다. 나는 마당에 그득 핀 장미 덩굴을 몇 개 잘라내어 화환을 만든 후 그것을 가지고 국립묘지로 달려갈 계획이었지만, 비바람이 계속 치고 있어서 결국에는 밖으로 나가지도 못했다. 그리고는 하릴없이 TV 다이얼을 돌려 「교두보」라는 가족 영화를 시청하였다. "내일은 생각할 필요도 없어요. 오늘은 이렇게 살아있다는 것뿐으로 족해요." 이는 전쟁의 참화 속에서 여자가 남자에게 한 말이다.

나는 스위치를 꺼버린다. 나뭇잎을 스치고 지나가는 비바람 소리만 쏴— 하니 방 안으로 가득 휘몰아쳐 들었다. 고개를 숙이면 수많은 호국을 위한 외침이 비바람 소리에 섞여서 하루 종일 그저 조바심이었다.

조국의 광복을 위해 신명을 바친 선열 선인들도 많이 있지만, 광복 후에도 조국을 수호하기 위하여 산화한 호국영령들이 얼마나 많은가! 또한 돌아오지 못하고 산자락에 누워있는 무명용사들까지도! 그들을 다 찾아 모시고 공훈을 추서하기까지는 아직도 몇 년이라는 세월을 더 걸려야 할지 알 수 없는 일이다. 현충일! 이날이 되면 무엇보다 먼저 이름 없이 산화해 간 '무명용사의 탑' 앞에 서서 한 번 속 시원히 가슴을 치면서 통곡이나 해보고 싶은 마음이다.

"고상돈(1948~1979)도 결국 국립묘지에는 묻히지 못하는구나…." 이는 언젠가 아내가 조간신문을 보면서 했던 말이다. "그야…." 나는 그때 말을 더 잇지 못했었다. 에베레스트의 영웅 고상돈, 알래스카의 맥킨리봉을 정복하고 하산하다가 조난한 철의 알피니스트다. 비록 총과 칼을 가지고 싸우지는 않았지만, 국가적인 차원에서 볼 때 그는 분명 국위선양 문제에 있어서 타의 추종을 불허하는 애국자였다. 소위 저 6.25의 영웅들인 '육탄 10용사'와 뭐 다를 바가 있겠는가 할 때, 저어하는 마음 금할 수 없었다. 그래서 그의 유해는 그의 동반자였던 이일교 군과 함께 전국산악연맹회장 이숭령(李崇寧), 한국산악회장 이은상(李殷相) 등 500여 명의 산악인에 의해서 경기도 광주군 하남공원묘지원에 안장되었다.

제24회 현충일을 맞으면서 미망인 2대가 전흔 30년을 바느질로 달래며 그 아들과 남편의 유골을 일반 묘지에서 동작동 국립묘지로 이

장해 주기를 기원하고 있다는 어느 고부의 이야기는 감격하리만큼 간절한 것이었다. 국립묘지든, 국군묘지든, 아니면 사육신 묘역에 있든, 효창공원 묘원에 있든, 그것이 다 무슨 소용됨이 있겠느냐마는, 유족의 입장으로서는 그런 것이 아닌 모양이었다. 공훈에 어찌 군인, 정치가에게만 있을 수 있느냐 하는 울부짖음이었다. 이승만 박사가 해외에서 운명하였을 때는 그는 즉시 돌아와 국립묘지에 안장되었다. 그리고 수많은 6.25 참전용사들의 넋과 월남전선에서 산화한 꽃같은 형제들도 한 줌의 재로 돌아와 고국의 땅, 고국의 하늘 아래 자랑스럽게 묻혔으니, 그 모든 것이 생명을 담보로 한 호국정신에서 기인한 바가 아니면 있을 수가 없는 일이었다.

사람들은 죽는다. 어떻게 죽느냐가 문제다. 국가와 민족을 위해 죽은 자는 국립묘지에 묻히게 되고, 그렇지 않은 사람은 일반 묘원에 묻히게 된다. 여기, 동작동 국립 묘원에 와보면 그렇게 금시 깨닫게 된다. 산의 정기 빼어 올라간 장상의 장군묘역을 찾으면 6.25 당시 참모총장으로 전사한 채명덕 장군의 묘소 앞에서 발을 멈추게 되는데, 작렬하는 포화 속에서 천군만마를 호령하던 그의 당당한 목소리가 오늘까지도 온 묘원에 울려 퍼지고 있는 것 같아서 절로 가슴 뿌듯한 전율을 느끼게 하는 것은 결코 우연한 일이 아닌 것이다.

6.25, 월남전쟁이 아니더라도 사람들은 죽는다. 값지게 또는 불가항력적인 병으로, 천재 이변으로, 천수를 누리지도 못하고 꽃다운 나이에 요절하여 추모의 한을 남기기도 했다. 그리고는 영겁의 어둠

고 긴 망각의 세계로 떨어져 그가 어디서부터 와서 어디로 가버렸는지 망자와 신 이외에는 그 아무도 알 수 없게 된다.

공자(孔子)가 말했다. "아직 인생을 모르는데 어찌 죽음을 알 수 있겠는가?" 그런가 하면 불교는 삶과 죽음은 서로 다르지 않다는 생사불이(生死不二)를 말하고, 생사일여(生死一如)를 주장한다. 존 러스킨(John Ruskin)이 말하였다. 죽음이란 날마다 밤이 오고 해마다 겨울이 찾아오는 것과 같이 피할 수 없는 일이다. 어찌하여 죽음에 대해서는 조금도 준비를 하지 않는 것일까? 죽음에 대한 준비는 단 하나밖에 없다. 그것은 훌륭한 인생을 살아야 한다는 것이다. 우리들이 훌륭한 인생을 살면 살수록 죽음은 더 무의미한 것이 되는 것이며, 그에 대한 공포도 없어지는 것이다. 그러므로 성자에게는 죽음이란 있을 수 없는 것이다. 신약성서에서 "예수께서 신 포도주를 받으신 후 가라사대 다 이루었다 하시고 머리를 숙이시고 영혼이 돌아가시니라(요19:30),"라고 한 말은, 인류의 참 스승이었던 성자로서는 너무나 합당하고 명명백백한 기록이다. 그 어느 누가 이 세상을 떠나면서 그의 발자취에 만족하여 '다 이루었다.'라고 호언장담할 수 있었겠는가?

과연 이 세상에서 자기의 사명을 다하고 죽는 일처럼 어려운 일은 없을 것이다. 그것도 자기의 목숨을 다 바쳐서 현재를, 이웃을, 국가를, 민족을, 세계를, 코스모스를, 카오스를 위해 죽는다는 것은 더더욱 어려운 일일 것이다. 그래서 사무엘 존슨(Samuel Johnson)은 "어떻게 죽느냐 하는 것이 문제가 아니라 어떻게 살아야 하는 것이 문제다."라고 말했는지 모른다. 극단적으로는 "영웅은 죽음을 경멸하고, 성자는 생을 경멸한다."라고 한 오스왈드 슈펭글러(Oswald Spengler)의 말을 떠올리게 하는 부분이다.

그러나 우리의 생애에 있어서 오늘이라는 시점에서 어떻게 영웅의 죽음을 볼 수 있겠으며, 성자들의 고결한 죽음을 목도할 수 있겠는가? 수십 년래 영웅, 호걸, 열사들도 일어나지 않았으며, 열녀, 효자들도 다 사라져 간 종말론적인 세태에서는 그저 우리들 주위에서는 평범한 생의 영위자들밖에는 찾아볼 길이 없게 되었다. 원초적인 비행성이 꼬리를 치는 돈과 명예, 권력…, 그리고 또 무엇이 있을는지, 실로 불확실성의 시대의 산물이라고 할 수밖에 없는 암담해지는 현실이다. 그런데 거기에 비해서 알피니스트 고상돈의 경우는 어떠했던가? 에베레스트와 매킨리 상정에서 피켓에 태극기를 게양한 채 굽이쳐 흐르는 세기의 빙원과 광막한 능선을 응시하고 서있는 고상돈 대장의 늠름하고도 초연한 모습은 얼마나 자랑스러운 영웅의 웅자였던가. 그는 죽음을 무릅쓰고 산에 올랐으며, 직하 9백 m의 빙벽에서 그의 조국과 젊음과 함께 그의 마지막 생명을 찬란하게 꽃피운 것이었다. 그런데 국가가 그를 외면하였다. 그는 그렇게 하찮게 여겨져서, 경기도 광주군 하남공원묘원에 안장되었던 사실이다.

나는 스무 살을 전후해서 한때 무덤들을 사랑한 일이 있었다. 한식이나 추석 때쯤 아버지 무덤을 찾아 성묘한 후에 바로 내려오지 않고는 이 무덤 저 무덤 양지바른 공동묘지를 곧잘 찾았고, 어떤 때는 저녁 어스름이 깔릴 무렵까지 무덤을 끼고 누워있기가 일쑤였다. 무덤 속의 촉루들과 나란히 누우면 세상만사 평안해지고 종달새, 멧새들도 찾아와 울라치면 마음과 정신까지도 깨끗해지는 친화력을 몇 번이나 맛봤는지 모른다. 그리고 한 조각 떠가는 구름에 인생을 물어보고, 금잔디 사이 곱게 핀 할미꽃 한 송이에도 인생을 물어본다.

허물어진 이 무덤은 누구의 것일까? 남자일까? 여자일까? 그냥 버려둔 것을 보면 사연이 만만찮은 그런 무덤이 틀림없다는 생각에 절로 서글퍼지는 마음이기도 하였다. 그를 사랑했던 그의 사랑은 지금 무엇을 하고 있을까? 그들 또한 죽었을까? 살아있다면 왜 여태 와보지 않는 것이냐 하고 울분을 토하기도 하였다. 그래서 나중에는 분노에 찬 감정으로 무덤 속의 주인공과 대화를 나누기도 하고, 헤어질 때는 그 영혼, 그 신비, 그 무상에 취해서 다리마저 휘청거리기까지 했었다.

이 무덤 저 무덤을 찾아 헤매다가 나중에는 이 비석, 저 비석을 찾아보게 되었는데, 그때 익힌 명부전의 글이 많이 있었지만, 아직도 생생하게 기억되는 명문은 김순이라는 소녀의 묘비명이었다.

봄, 여름, 가을, 겨울…
세월은 바뀌고 세월은 흘러도
꽃같이 아름답던 마음
영원히 여기에 피었거라.

누가 쓴 글인지? 아빠겠지. 아니야. 엄마겠지. 아니야. 삼촌이겠지. 아니야. 이모겠지. 소녀에 대한 사랑과 그리움, 애절함이 너무나 절실하기에, 차마 발걸음을 뗄 수 없는 소녀의 무덤이었다. 그때 얼마나 감동을 받았던지, 아직도 기억하고 있는 소녀의 묘비명이었다.

북망(北忙)이래도 기름진데 동그만 무덤들 외롭지 않으이.
무덤 속 어둠에 하얀 촉루(髑髏)가 빛나리. 향기로운 주검 윗내도 풍기리.

살아서 설던 주검 죽었으매 이내 안 서럽고, 언제 무덤 속 화안히 비쳐
줄 그런 태양(太陽)만이 그리우리.

금잔디 사이 할미꽃도 피었고, 삐이삐이 삐, 뱃종!
뱃종! 멧새들도 우는데, 봄볕 포근한 무덤에 주검들이 누웠네.

— 박두진의 「묘지송(墓地頌)」

이 시에 대한 저자의 후기는 "인간의, 인생의, 혹은 민족의, 혹은 인류의 열렬한 비원, 열렬한 염원, 끊을 수 없이 강렬한 비원(悲願), 열렬한 염원, 끊을 수 없이 강렬한 동경이면서도 이루어질 수 없는 영원한 소망, 죽음에서 생명, 죽음에서 부활을 하는 그러한 열원(熱願)을 오히려 정돈되고 가라앉힌 감정으로 불멸의 종교적인 믿음으로 가져보고 보려 해보고 신뢰하였다."라고 함과 같았다. 여기서 떠오르는 말은, "죽음이라고 부르는 것이 삶인지, 생명이라고 하는 것이 죽음인지 누가 알겠는가?"라고 한 것은 에우리피데스(Euripides)의 말이고, 그 말은 또 "생명이 죽음의 시초라면 죽음은 종말이자 시초이고

분리된 것이면서 동시에 한층 더 긴밀한 결합이다."라고 한, 노발리스 (Novalis)의 말로 대체할 수도 있겠다는 생각이다.

역사적인, 또는 묵시적인 사건 저 멀리, 무덤이 우리를 기다리고 있을 때 그것을 거부할 사람은 아무도 없다. 살아있는 사람들의 정이 그립다면, 죽어있는 사람들의 정도 그리운 법이다. 그리고 그 합일점에 우리가 도달했을 때 우리는 그것을 기꺼이 받아들인다. 다만 우리가 죽었을 때, 호국영령들은 국립묘지로, 그렇지 못한 영령들은 일반 공동묘지로 갈 수밖에 없다는 사유만 다를 뿐이다. 언필칭 군인, 정치가들만 애국애족, 호국했다고 한다면 그 외의 인사들인 석학들, 또는 사회 각계 인사들, 그들은 사리사욕에만 급급하면서 살았더란 말인가? 제24회 현충일을 맞고 보내면서, 호국선열을 위한 개념의 폭을 넓혀야 하지 않을까. 국립묘지 안장에 대해서 그 문호를 개방해야 하지 않을까 한다.

오, 주여! 지금 어디선가에서
또 한 목숨이 죽어가고 있습니다.
그에게 죄가 있다면 아침부터
일찍 일어나 땀 흘려 일하고
저녁에는 술 취하여 돌아왔을 뿐입니다.

흔들리는 갈대를 꺾지 않으시고
꺼져가는 등불을 끄지 않으시는 하나님!
생화화복이 모두 당신의 것이오니

이제 그만 쉬고 오라고 하실 때까지

처음과 끝 모두 영화롭게 하옵소서.

(1978, 『현대시학』)

대중잡지의 계보

거의 반세기 전에 있었던 이야기다. 나는 그때 여성 교양지인 월간 『여상(女像)』에서 기자로 뛰고 있었다. 스텝들은 당시에 잡지계를 대표할만한 인사들로 포진되어 있었다고 해도 과언이 아니었다. 유주현(한국소설가협회 초대 회장) 소설가가 주간으로 좌정하고 있던 것을 필두로, 전봉건 시인이 30대의 편집장(『현대시학』 주간)으로 필봉을 휘두르고 있었다. 그 외 기자들은 모두가 팔팔한 20대의 청년 문사와 예술가들이었다. 시인 정현종(연세대학교 명예교수), 시인 김준식(『중앙일보』 문화부장), 시인 최정인(문예비평사 대표), 극작가 강추자(『동아일보』 기자), 소설가 한문영(『독서신문』 편집국장), 수필가 이혜자(월간 『춤』 편집장), 사진작가 주명덕(프리랜서), 디자이너 정기종(『한국일보』 기자) 등이 바로 그들이었다.

사옥은 서울시청 앞 태평로 변에 있었다. 사옥 뒷길에는 '가화(嘉禾)'라는 다방이 있었는데, 그곳은 우리의 아지트였다. 사무실보다는 다방이 더 좋았던 시절의 이야기이다. 크지는 않았으나 잔잔히 흐르는 음악과 커피 맛이 월등한 바 있어서, 우리는 거기서 여성 교양 함양을 위한 갖가지 아이디어를 쏟아내고 공유하면서 토론도 하고 담소도 나누고 하는 것이 일상이다시피 하였다. 교수와 문인 등, 명사들과의 교류도 활발히 이루어져서 문자 그대로 낭만과 지성이 흐르는 그러한 다방이었다.

당시에 여성지는 통틀어 세 개였는데, 월간 『여상』 외에 학원사(學園社, 설립자 김익달)에서 발행하고 있던 월간 『여원(女苑)』과 『주부생활(主婦生活)』이었다. 말하자면 그 세 개의 잡지가 여성 교양 함양을 위해서 3파전을 벌이고 있었던 것이다. 편집 방향은 대동소이하였다. 모두가 교양 잡지였으므로 시중에서의 각축전은 엉뚱하게도 부록(附錄) 전쟁으로 확대되었다. 교양 잡지의 경우에도 독자를 사로잡는 데 있어서는 역시 질(質)보다는 양(量)이었던 것이다. 페이지를 늘이고, 컬러를 넣고, 별책부록이 오히려 본문보다는 더 화려하고 알찬 내용으로 가득 차게 되었던 것이다. 출혈이 아닐 수 없었다. 그러나 우리 스텝들의 기상은 그런 상업적인 것과는 하등 관계없이 양양하기만 하였다. '우리야말로 잡지인의 정도를 걷고 있노라!' 하는, 호호탕탕한 기상이었다.

그러던 어느 날이었다. 긴급 편집회의가 열린 날이었다. 유주현 주간이 월간 『여상』의 폐간을 전격적으로 발표한 것이다. 잡지가 팔리지 않는다는 것이었다. 속된 말로 교양 잡지로는 장사가 되지 않아서 폐간한다는 이유였다. 그러니 알아서들 처신하라는 최후통첩이었다. 하늘도 놀라고! 땅도 놀라고! 경쟁지였던 『여원』이나 『주부생활』에 앞서 우리가 먼저 손을 들어버린 것이다. 가슴이 쓰리고 허탈해진 것은 그렇다고 해도, 문제는 우리가 모두 죄인이 되어버린 형국이었다. 교양 잡지를 만들어야 한다고, 그것이 잡지의 사명이라고, 그 길만을 고집했더니 결국에는 회사를 빚더미에 앉게 만들었다는, 돌이킬 수 없는 자책감이었다.

월간『여상』이 폐간되었다는 소식은 금시 출판계를 강타하였다. 각 신문이 그 사실을 일제히 보도하였다. 그런데, 그런데 말이다. 예기치 않았던 일이 벌어졌다. 도하 각 신문사에서 월간『여상』에서 퇴사한 기자들을 향한 유치 작전이 벌어졌던 것이다. 유주현은 베스트셀러인『조선총독부』와『대원군』으로 회사를 먹여 살리고 있었으므로 퇴사하지 않았지만, 편집장 전봉건은 독립하여 월간『인기』와『킹』을 창간하였다. 편집부장 장승록은『한국일보』기자(『주간한국』, 편집부장)로, 취재부장 이중석은『경향신문』기자(『주간경향』, 출판국장)로, 김준식은『중앙일보』기자로, 강추자는『동아일보』기자로, 정현종은 연세대학교 교수로, 한문영은『독서신문』편집국장으로, 이혜자는 월간『춤』편집장으로 발령받아서 가게 된 것이다. 그때 나는 큰 그림을 그리면서 아무 데도 가지 않았고, 김규동 시인이 운영하던 월간『영화잡지』를 전격 인수하여 잡지사 사장이 되었다.

　그렇게『여상』을 나온 스텝들은 이리저리 흩어졌는데, 그 하나는 신문기자로의 새로운 출발이었고, 다른 하나는 대중 매체로의 적극적인 투신이었다. 내가 인수한 월간『영화잡지』와 전봉건 시인이 창간한 월간『인기』와『킹』만 해도 그러하였으니, 그것은 팔리지 않는 잡지보다는 팔리는 잡지를 만들어보자고 하는 일종의 도전이요, 사명감이었다. 그때 내 나이는 스물여덟이었다.

　그런데 우연의 일치였을까? 그때를 전후하여 중앙지와 지방지 할 것 없이 각 신문사에서 주간잡지 창간에 열을 올렸으니『한국일보』에서는『주간한국』을,『조선일보』에서는『주간조선』을,『경향신문』에서는 『주간경향』을, 『서울신문』에는 『선데이서울』을, 『중앙일보』에서는 『주간중앙』을 창간하였고, 시인 이형기(동국대 국문과 교수, 한국시인협회 회장)는 부산으로 내려가 국제신문사에서 발행하는 『주간국제』를 창간하기에 이르렀던 것이다. 이어서 부산일보사에서 『주간부산』을 창간하였다. 창간의 목적은 그저 단순히 팔리는 잡지를 만들어서 '돈도 좀 벌어보자.'였다. 그때 월간 『야담과 실화』, 『명랑』, 『부부』, 『로맨스』, 『청춘』 등 대중잡지가 아주 없는 것은 아니었으나, 그때부터 출판계에 대중잡지의 붐이 일기 시작했다는 엄연한 사실이다. 대중잡지란 무엇인가? 넓은 의미로는 시중의 잡지가 모두 대중지이지만 대중잡지가 바로 상업잡지요, 상업잡지가 바로 오락잡지인 것이다. 우연한 일은 아니었다. 한국인의 의식 수준이라고 할까, 그 당시의 사회풍토가 흥미 위주로 그리 조성되어 있었던 것이 아니었겠는가?

문제는 그 이후부터의 문제였다. 취재와 기사 작성에 있어서 한 달에 네 번 발행하는 주간지와 한 달에 한 번 발행하는 월간지는 애초부터 경쟁 대상이 되지 않았던 것이다. 서점과 가판의 판로에 대한 개척도 그러하였다. 거대 자본을 배경으로 한 주간지와의 대결에서 필패할 수밖에 없다는 위기감이었다. 그래서 나는 상품이란 원래 소비자를 위해 만들어지는 것이기에 철저히 소비자의 기호에 영합하지 않으면 안 된다는 생각을 기조로 하고, 무릇 대중잡지는 '독자가 읽어야 할 것을 주는 것 아니라, 독자가 읽고자 하는 것을 줘야 한다'는 근원적인 집념에 다시 몰두하게 되었던 것이다. 그리하여 나는 이를 관철하기 위해서 편집 방향과 글쓰기의 요령을 구체적으로 작성하여 제시하였는데, 그것은 근간을 3S로 하고, 보조를 3M으로 해야 한다는 글쓰기 요령이었다.

대중을 상대로 글 쓰는 요령

01. 수학적인 것보다는 감각적인 것으로
02. 정적인 면보다는 동적인 것으로
03. 서술을 배제하고 명사, 동명사로 쓴 문장
04. 한 센텐스가 10자를 넘지 않게
05. 평면보다 입체를
06. 원경보다는 근경을, 그리고 대각을 따라서
07. 과거보다 미래를
08. 해결보다는 갈등을 구하고
09. 결과보다는 상황을 중요시하고
10. 능숙보다는 졸렬
11. 불의의 사실보다는 경험적 사실을
12. 우연의 역할보다는 필연적 사실을
13. 유형보다는 개별적 성격을
14. 관념을 배제하고 현상을
15. 인간뿐 아니라 환경을 제시하고
16. 목적가치보다는 수단가치를 제공하고
17. 질서보다는 파괴적인 요소를
18. 이념보다는 무이념을
19. 윤리보다는 비윤리적인 요소의 가미
20. 결론을 리드로

그리고 주를 달아서 설명하기를, 도스 파소스(Dos Pasos)의 점묘파 식 리얼과 괴테(Goethe)의 전체 표현식 리얼을 병용하여 쓸 것을 지시하였다. 그리고 "사건을 통해서 가르쳐 주자!", "사건이 없으면 그 환경을 문제로 제시하자(환경이 사건을 바꾸기 때문에)!"라고 하였다. 그러나 이 모든 것의 골격은 언제나 3S를 기조로 하고 있었다. 3S, 곧 Sex, Screen, Sport를, 때로는 Sentimental, Speed, Sensation 을 원용 또는 병용하도록 하였다. 그러니까 어느 문장을 막론하고 글쓰기와 편집 방향의 핵심은 레크레이션을 통하여 카타르시스를 주지 않으면 안 된다는 논리였다. 각 월간지, 주간지 기자들이 이를 주목하였고, 시인 임진수(『선데이서울』 부국장)가 이를 적극 옹호하였다.

대중의 현상이란 원래가 그런 것이니까, 그런 것을 독자들이 원하고 있는 것이니까, 그들이 곧 대중문화의 주체들이고 그렇게 하는 일만이 경쟁에서 이기고 살아남을 수 있으니까. 그런 기조를 항상 유지해 달라고 하였다. '이런 깊이 없는 상식인들의 대량생산을 누가 조장하였을까?' 그것은 대중문화다. '허영 추구의 경향은 어떻게 하여 조장되었는가?' 그것은 매스 미디어이다. '대중은 어떻게 해서 자기 무력감에 빠졌으며, 왜 실리주의에만 빠지게 되었는가?' 그것은 불필요한 수요 자극을 받았기 때문이다. 그것은 윤리적인 터부를 파괴하고 있으며, 그것은 외향적 자기 상실인의 증가 현상을 초래하였다고 하면서, '이것이 진정한 대중문화의 정체인즉 한 치라도 어긋남이 없게 하자!'라고 하면서 기자들을 독려하였다.

그러나 대중문화권에서 활동하고 있던 그녀들이었다고 해도, 그들은 그때까지만 해도 3M, 곧 Mass, Machine, Money는 그래도 이념이 있는 것들이었으니까 대중문화권에 그것까지 끌어들이려고 하지 않았다. 사실 3M은 아직도 이념이 있고, 갱신의 에너지를 담고 있는 것으로 평가되어야 옳은 것이라 민주화, 자본화, 기계화, 조직화된 사회구조 속에서 윤리적 양심을 주어야 하고, 자유, 소비, 여가, 화이트 컬러화한 시민정신 구조에 경종을 울려야 하기 때문에 유보하지 않을 수 없었다. 그래서 양식 있는 일군은 교양지를 만들었고, 또 다른 한편에서는 대중지를 만들었던 것이다. 어느 것이나 필요한 것이니까 정부에서도 그것을 승인하였다. 아니, 어느 것이 더 필요한 것인지 알지 못하니까 그것을 다 승인하였다 해도 과언이 아니다.

그런데 교양잡지를 편집하고 이를 발행하는 사람들은 대중을 Mass라 했고, 대중잡지를 편집하고 이를 발행하는 사람들은 대중을 Mob이라 불렀다. Mass는 모든 종류의 생활양식, 사회계급에 소속되어 있는 익명적 집단이며 개인의 집합이고, Mob은 그저 군중들이다. 통일적인 건설적인 의도가 없고 계급적 의지도 없으며, 무목적이고 비조직적이고 피암시적이다. 그것은 피목적론적인 것으로서 파괴를 위한 군중이라고 해석하였다. 그들이 가지는 관심은 3S이고, 비윤리적인 것들이고, 그 수단을 찾아서 끝없이 방황하고 있다고 보았다.

그렇다면 그들은 어떤 부류에 속해 있는 족속들인가? 그들은 다 레크레이션을 동적인 유희에서 취득하고 있으며, 쾌락 또는 비극을 통과케 함으로 카타르시스에 이르는 육감적인 길을 모색 내지는 제시하고 있는 사람들이 아니었던가? 모럴(moral)을 주워 목적 가치를 구현하고 자기 고양의 의욕을 주는 일 같은 것은 아예 생각지도 않고 있는 그런 사람들이 아니던가? 그들은 또 개인적인 에고(ego)와 사회적인 셀프를 되찾고 생활에서의 근면, 검소를 가르치고 문화에서 정신적 인격적 문화적인 재창조를 강조하고 사회정의를 구현해야 한다는 잡지인의 사명 같은 것은 있지도 않은 사람들이 아니던가? 그러하니 그것을 참조하여 글쓰기를 하라고 하였다.

그리하여 대중잡지는 승승장구하였다. 속된 말로 장사가 잘 되었던 것이다. 주간지와 월간지, 공히 3S와 3M을 활용한 대중잡지의 편집 방향은 시중의 지가를 올렸을 뿐만 아니라 대중문화를 진작시킨 결과가 되어서 시중에는 교양을 위주로 한 교양 잡지는 있지도 않았다. 내가 발행하고 있던 월간 『영화잡지』만 해도 글쓰기의 요령을 터득한 기자들이 기사를 잘 써주었으므로 독자를 사로잡을 수 있었고, 나아가 어중이떠중이 대중을 사로잡는 데 추호의 손색이 없었던 것이다. 그 결과 『영화잡지』는 발행 부수가 4만 부를 뛰어넘는 업적을 이룩하게 되었고, 황금알을 낳는 거위로 도약하게 되었던 사실이다.

그런데, 그런데 말이다. 그로부터 10여 년이 흐른 후, 일장춘몽이요, 화무백일홍이라는 말이 있듯이 당시에 시중의 지가를 올리던 대중잡지를 일소하는 계엄령이 내려졌으니, 그것은 1980년 신군부에 의하여 자행된 언론통폐합이었다. 이유는 이러했다. 언론사 구조 개편이라는 명분으로 신문사, 방송사, 통신사의 난립을 정리하고 공영방송 체제를 도입한다는 계획이었다. 정기간행물의 경우, 특히 대중잡지는 바로 퇴폐잡지이므로 국민의 정서 함양과 건전 언론 육성을 위하여 퇴출해야 한다는 것이었다. 당시에 폐간된 정기 간행물은 『창작과 비평』, 『씨알의 소리』, 『뿌리 깊은 나무』 등 172개였고, 신문통폐합이 이루어진 후인 동년 11월 29일에 66개나 되는 정기간행물의 등록이 다시 취소되었다. 이에 항의하거나 거부한 사주나 기자들은 보안부대에 끌려가서 인격모독과 가혹행위를 당하였으니, 아야! 숨소리도 낼 수 없는 그러한 판국이었다. 그 이후로 이 땅에서 대중지의 명맥은 아주 끊겼을 뿐만 아니라 재기하고자 하는 흔적조차 찾을 수 없게 되었으니, 건전한 대중문화 보급을 위해 매우 아쉬운 일이 아닐 수 없다. 나는 그 일로 하여 회사는 파산되었고, 빚쟁이가 되어서 길거리에 내앉게 되었으니, 대중문화권에서뿐만 아니라 나쁜 잡지인, 나쁜 남편, 나쁜 아비가 되었던 사실이다.

여기서 문제를 되짚어보지 않을 수 없다. 대중잡지, 나아가 대중문화는 과연 퇴폐잡지고 퇴폐문화인가 하는 것이다. 우리가 당시에 3S의 기법을 사용하고 있었다고 해도, 그 범주 안에 있는 기사는 모두 영화, TV, 가요, 연극 등에 관련된 것이었고, 대중문화 예술인들의 활동 상황을 활자화한 것이기에, 과연 그러한가 하고 아연해지는 것이다. 어이없게도 오히려 대중잡지, 나아가 대중잡지는 상품잡지요, 상품잡지는 오락잡지요, 오락잡지는 퇴폐잡지라고 낙인찍힌 사실에 대하여 묵묵부답으로 수긍하게 되었다는 사실이다. 그리하여 내가 잡지인으로 활동하고 있는 동안에 교양지는 문화의 질적 품격이 너무 높아서 상품 가치가 없다고 폐간되었고, 대중지는 문화의 질적 품격이 너무 낮다고 해서 폐간되었던 것이다.

이 땅에 처음 대중지가 탄생한 것은 1951년에 창간한 월간 『희망』이었고, 그다음이 1955년에 삼중당(三中堂, 설립자 서재수)에서 창간한 월간 『아리랑』이었다. 이어서 『화제』, 『소설공원』을 창간하였고, 종합 문예지인 『문학춘추』를 창간하였다. 신태양사(新太陽社, 설립자 황준성)에서는 월간 『신태양』, 『명랑』, 『소설계』를 창간하였고, 뒤이어 여성 교양지인 『여상』을 창간하였다. 삼중당에서는 김규동 시인이 주간으로, 전봉건 시인이 편집장으로 산파역을 담당하였다. 신태양사에서의 산파역은 유주현 소설가였다. 그런 후에 김규동 시인은 독립하여 월간 『사랑』과 『성공』을 창간하였다. 이어서 『문학춘추』를 인수하여 운영하였다. 전봉건 시인이 독립하여 창간한 것은 월간 『인기』와 『킹』이었다. 이어서 시 전문지인 『현대시학』을 창간하였다. 대중지의 붐을 일으킨 잡지는 월간 『사랑』인데, 창간할 때의 편집장은 시인 임진수(언론인)였다. 후에 시인 랑승만(『주부생활』 편집국장)과 소설가 이광복(한국문인협회 이사장) 등이 기자로 활동하였다. 월간 『영화잡지』 창간 때의 편집장은 시인 김종원(영화평론가)이었다. 시인 민윤기와 영화연구가 정종화, 극작가 조흥일, 소설가 김학섭, 소설가 이관용, 소설가 이우춘, 시인 겸 시나리오 작가 임하, 수필가 전의식이 기자로 활동하였다. 주간잡지의 기자로는 『주간한국』에서 활동한 신세훈(한국문인협회 이사장) 시인이 대표적인 문사였다고 할 것이다. 그때 최정인은 아예 월간 『영화잡지』와 『로맨스』를 인수하여 대중문화 확충에 앞장서서 활동하였다. 그 후 월간 『영화다이나믹스』를 창간하여 영화평론가로 활동하였다. 그 외 종합문예지 월간 『문학춘추』 편집장 및 『문예사조』 창간편집장, 신앙 전문지 『생명샘』 주간을 다년간 역임하였다.

각설하고, 지금까지 언급한 잡지들과 거기서 종사한 인사들을 살펴보니 이들이 바로 우리나라 대중문화 창달의 1세대 주역들이었음과 1970년대 대중잡지의 계보와 흥망의 실체가 바로 그러하였음을 회고하게 된다. 이는 한때나마 잡지문화의 첨병이라고 자처하고 있을 때의 이야기이다.

성지순례기

□ 프랑스 파리에서-이스라엘-이탈리아 로마-홍콩까지 □

1983년 12월 14일

여기는 보잉747, 한국을 떠나서 파리를 향해서 날아가고 있다. 고공 1만 m다. 시간은 24시, 정학봉 교수를 비롯하여 원우(院友)들이 즐거움에 들떠서 잠잘 생각도 하지 않고 있다. 밤참은 벌써 먹었다. 일행은 안양대학교 신학대학원 학생들이었고, 졸업을 기념하여 성지순례 차 나선 길이었다. 즐거운 길이련만 허전하고, 자꾸 좀이 쑤시는 것은 아내 때문이다. 미안하다. 아내를 집에 두고 나 혼자서 비행기를 탔기 때문이다. "언젠가는 같이 세계를 돌아보고, 그 세계의 인상을 추억 삼아 이야기할 때가 있겠지요." 혼자 중얼거려본다. 기착지와 여정은 프랑스 파리-이스라엘-이탈리아 로마-홍콩까지다.

프랑스 파리

1983년 12월 15~16일

어제는 정말 무리한 일정이었다. 한국 시간으로 2월 14일 22시 20분에 보잉747을 타고 김포공항을 출발한 후 알래스카 앵커리지공항에서 잠시 쉬었을 뿐, 한 번도 쉬지 않고 날아와서는, 그것이 파리 시간으로 05시였는데, 판타호텔(Hotel Panta)에 도착하자마자 짐도 풀지 않은 채 09시 30분부터 시내 요소요소를 누비고 다녔으니…. 비행 시간이 18시간이요, 버스로 파리를 누비고 다닌 시간이 10시간이나 된다.

애초의 계획은 호텔에서 샤워하고 푹 쉬었다가 관광에 나가는 것이었으나, 처음으로 찾아온 파리였기에 하나라도 더 보고자 하는 욕심에서 짐을 프런트에 맡긴 채 아침부터 관광에 나섰던 것이다.

관광을 시작한 것은 공항에서부터였다고 해야 할 것이다. 우리가 내린 공항은 샤를 드골공항이었는데, 내리자마자 우리 앞에 펼쳐진 진경은 무빙워크였다. 영문도 모르고 탔었는데, 우리가 걷지도 않았는데 발밑의 길바닥이 움직이면서 우리를 태우고 가는 것이 아닌가? 처음 타본 광경에 모두 얼어붙은 듯 긴장의 끈을 놓지 않았으니 우리야말로 한국이라는 나라에 국적을 둔 시골 촌뜨기들이 아니고 무엇이었겠는가.

시내에 나가서는 시종 넋을 놓고 걸었다. 황홀경에 취해서 더 이상 극찬할 것 없을 정도로 잘 정비된 도시의 선과 면과 텍스트에 취해서 그저 아연해질 따름이었다. 그러다 보니 이런 생각이 절로 났다. 내 어쩌다 여기를 찾아와서 샹젤리제 거리며 콩코드광장이며 센강변을 유유히 걸어 다닐 수 있었던가 하는 자긍심이었다. 그것도 아침에서부터 늦은 밤까지였다.

샹젤리제

샹젤리제에서, 샹젤리제에서
햇살 아래 내리는 비, 한낮 혹은 한밤
샹젤리제에는 당신이 원하는 모든 게 있어요

거리를 걸었지
이방인에게라도 열린 마음으로
누구에게라도 인사를 건네고 싶었어

정말 아무나, 근데 그게 너였고
네게 아무 말이나 했는데
가까워지는 데는 그런 말만으로도 충분했어

샹젤리제에서, 샹젤리제에서
햇살 아래 내리는 비, 한낮 혹은 한밤
샹젤리제에는 당신이 원하는 모든 게 다 있어요

넌 약속이 있다고 내게 말했지
15분 후에 친구놈들이랑
근데 밤낮으로 기타만 치는

거기 내가 널 데려갈게

우린 노래 부르고, 춤췄지

(너무 즐겁게 놀아서) 키스하는 것도 잊을 정도였어

샹젤리제에서, 샹젤리제에서

햇살 아래 내리는 비, 한낮 혹은 한밤

샹젤리제에는 당신이 원하는 모든 게 다 있어요

샹젤리제에서, 샹젤리제에서

햇살 아래, 내리는 비, 한낮 혹은 한밤

샹젤리제에는 당신이 원하는 모든 게 다 있어요

　1960년 조 대생(Joe Dassin)이 불러 크게 히트한 「오, 샹젤리제(Les Champs-Élyseés)」의 경쾌한 리듬을 떠올리며 샹젤리제의 거리를 걸었다. 샹젤리제 거리는 개선문에서부터 오벨리스크가 서있는 콩코트 광장까지 연하여 있는 2km에 달하는 거리였다. 좌우 가로수에는 크리스마스 때 내어 걸렸던 조명등이 길을 따라 늘어져 있는데, 밤이 되자 가히 빛의 터널이라고 하지 않을 수 없는 진경의 연속이었다. 시인 보들레르는 "파리는 모든 추한 것까지도 아름답게 만든다."라고 했겠다. 그렇다면 이 빛의 축제 속에서 샹젤리제는 이 모든 것, 미음까지도 사랑으로 만들어 버리는 마술의 거리가 아닐까? 그 내뿜고 있는 불빛의 찬란함이란! 예술과 상업, 문화의 빛이 다양하게 어울려 환상의 극치를 자아내고 있었다.

　거리의 군밤 장수한테 군밤 한 봉지를 사서 먹으면서 이리 기웃 저리 기웃, 그 또한 찬란하기 그지없는 쇼윈도에 진열된 각종 첨단 유행의 직물들과 귀금속을 감상하면서 감탄에 감탄을 발하면서 샹젤리제 거리를 지치도록 걸었다.

마침 길거리에 소 영화관이 있기에 들어가서 영화를 감상하였는데, 영화는 「엠마누엘 부인」이라는 에로영화였다. 우리나라에서는 상영이 금지된 영화였기에 과연 어느 정도인가, 호기심에 이끌려 들어갔던 것이다. 관객들은 별로 없었지만 『엠마누엘(Emmanuell)』이라는 소설의 동일 제목으로 1970년대에 만들어져서 지금까지 10년째 상영하고 있어서 경이로웠다. 그런데 나중에 안 사실이지만, 그 샹젤리제 길가에 있던 영화관이 프랑스 영화산업에 있어서 독자적인 미학을 확립한 50년 전통의 '고몽 샹젤리제 마니냥' 영화관이었을 줄이야! 같이 들어갔던 정학봉 교수님은 민망스러웠던지, 아니면 정말 피곤해서였던지 계속 눈을 감고 있었고!

"첫 기착지에서 받은 인상과 소감은 어떠한가?" 누가 그렇게 묻는다면 나는 이렇게 대답할 것이다. "내 의식 세계에서 변혁을 위한 어쩐 조그마한 움직임 같은 것이 보이기 시작한다. 이것을 붙잡고 싶은 것이 내 지금의 심정이다. 그리하여 세계를 향해 뻗쳐 나갈 수가 있는 길이 있다면 그것을 쟁취하고 말리라."라고. 그리하여 나는 단 하루 만에 여태까지 우물 안 개구리와 같았던 삶을 떨쳐버릴 수 있었다는 사실이다. 영어도 잘 구사할 줄 모르는 데 하물며 불어까지 구사하면서 세계로의 문턱을 넘나들다니! 그런 생각을 하다 보니, 나는 앞으로 나를 위해 더 많은 투자를 하지 않으면 안 되리라는, 그런 결의까지도 하게 되었던 것이다.

그렇다고 나름대로야 나를 위한 투자를 아니 했을 리야 없지만, 이제까지는 너무나 자기만의 세계를 구축하는 데 급급했다는 것이 사실이니, 내 그런 생각은 앞으로 남은 여정을 통하여 어떻게 더 개혁해 갈 것인지 예측할 수는 없지만, 여행에서 보다 진취적인 결심을 하나 가지고 가서 실행할 수만 있다면 대단한 수확이 되리라는 생각까지를 거듭하게 되는 것이었다. 그런 다음 나만 가는 것이 아니라, 아내뿐만 아니라 아이들까지도 모두 같이 가게 해야지! 그리하여 일상생활에 있어서도 그런 진취적인 뿌리들을 내리고 매양 열매 맺는 생활을 하게 되기를 기원하게 되는 것이었다.

1983년 12월 17일

아침 7시 30분에 내 방에 모여 예배를 드렸고, 8시 30분까지 아침식사(빵 2개, 계란프라이, 얇은 햄 같은 고기 몇 조각)를 한 후에 관광길에 올랐다가 저녁 8시경에야 호텔로 돌아왔다. 오늘도 강행의 연속이었다. 줄곧 잠은 쏟아졌지만, 언제 또 오랴 싶어서 눈알을 부릅뜨고 여러 곳을 쑤시고 다녔다. 아침에 찾아간 곳은 루브르박물관이었고, 오후에 찾아간 곳은 파리에서 14km 떨어져 있는 베르사유궁전이었다. 그리고 밤에는 밤거리를 배회하는 것으로 화룡점정을 찍었다.

루브르박물관

루브르박물관(Musćc du Louvrc) 세계 3대 박물관 중 하나이다. 루브르박물관의 원래 자리는 북쪽으로부터 침략해 오는 이민족들로부터 시테섬을 방어하기 위해서 건설한 요새가 있던 자리라고 한다. 그것이 1190년이었는데, 16세기 이후 궁전으로 개축되고, 그 후 계속적인 중·개축을 거듭해 오다가 프랑스혁명 이후 1793년에 미술관으로 변모하게 된 역사를 간직하고 있었다. 지금 가서 보면 루브르박물관 건물군 안에 햇살을 받아 번쩍이는 유리 피라미드가 서있음을 볼 수 있는데, 우리가 방문했을 때는 없는 건물이었다. 왜냐하면, 우리가 그곳을 방문했을 때는 1983년이었고, 유리 피라미드가 건립된 것은 프랑스혁명 200주년을 기념하여 1989년에 건축하였기 때문이다.

루브르박물관은 225개의 방이 있으며, 30만여 점의 작품들이 전시되어 있어서 그것을 다 보려면 일주일도 부족하다고 한다. 주마간산 격으로 작품들을 감상하니, 그림으로는 레오나르도 다빈치(Leonardo da Vinci)의 「모나리자(Mona Lisa)」를, 조각으로는 밀로의 비너스 상을 감상하였다. 1m 앞에까지 가서 감상하였으니 영광이라 하지 않을 수 없었다.

베르사유궁전

베르사유궁전(Château de Versailles)은 파리에서 남서쪽으로 약 14km 거리에 있었다. 시초는 17세기경 루이 13세가 사냥을 위하여 지은 오두막이었고, 오늘과 같이 방대한 규모로 궁전을 건립한 것은 루이 14 때였다. 쇠창살로 화려한 금칠을 한 정문을 밀고 들어가면 광장 한복판에 높이 서있는 루이 14세의 기마상을 만나게 된다. 그리고 광장 안쪽에 있는 궁전 내부로 들어가게 된다. 맨 처음 만나게 되는 방은 축제를 위한 방으로 헤라클레스 방, 그리고 풍요의 방, 비너스의 방, 다이아나의 방, 마르스의 방, 머큐리의 방, 아폴로의 방이 있었다. 그들 방을 통과하면서 관광을 즐기는 것이다.

여기서 제일 감명 깊었던 것은 그 일곱 개의 방을 지나서 만나게 되는 유리의 방이었다. 다른 방들이 아무리 화려하다고 해도 유리의 방에 견줄 바가 아닌 것은, 루이 14세의 통치 기간을 나타내는 17개의 창문과 거울, 그 위에 4백 개의 거울이 벽면을 장식하고 있었다. 17개의 커다란 아치형의 창문과 이를 마주하여 400개의 거울이 서로 대치되어 있어서 유리창을 통해서 들어오는 햇살이 그대로 반사되어서 방 전체가 황홀경을 연출하고 있기 때문이었다. 이 방은 귀빈들을 영접하는 방인데, 길이 75m, 세로 10m로, 이를 평수로 계산해 보니 230평이나 되는 넓은 방이었다. 거울의 방 아래 있는 물의 화단, 라톤 분수, 아폴로 분수, 좌우 화단과 분수가 베르사유궁전 건물과 완벽한 조화를 이루고 있어서 감탄을 자아냈다.

그 외 베르사유궁전을 둘러싸고 있는 숲은 30만 평이나 되었고, 아름다운 인공호수와 정원이 펼쳐진 가운데 청동으로 된 조각 작품들이 여기저기 놓여있었다. 아쉬운 것은 베르사유의 밤의 이벤트로 호수에서 뿜어 올리는 분수와 음악과 조명, 그리고 불꽃놀이의 분수 쇼를 감상할 수 없었다는 것이다. 베르사유를 구석구석을 둘러보고 나올 때까지 내내 느낀 것은 모든 것이 절대 권력의 상징이라는 점이었다.

쇼핑

베르사유 시내에는 개를 끌고 다니는 여자들이 종종 보였다. 손을
벌리고 구걸하고 있는 거지도 보였다. 그런데 그가 입고 있는 바바리
코트가 아무리 생각해도 그 유명한 버버리(Burberry)가 아니냐는 생
각에는 자못 고소하지 않을 수 없었다. 쇼핑, 나는 그러지 않으려고
했는데 언제 주워 담았던지, 저녁때 호텔에 돌아와 보니 그제 산 것
까지 합하여 꽤나 되는데 놀랐다. 베르사유 시내에서는 어머니에게
드릴 머플러 1개(20프랑), 여아들에게 줄 머플러 2개(20프랑), 내 것 하
나(80프랑)를 샀었고, 쁘렝땅백화점에 들러서 창이 달린 아내에게 선
물로 줄 모자 1개를 구입했다.

파리의 밤거리

저녁때는 밤 9시가 넘어서 야경을 구경하려고 호텔을 나섰다. 정
학봉 교수님과 나, 그리고 안정선 전도사 이렇게 셋이었는데, 그제와
마찬가지로 제1조였다. 목적지는 센 강이었고, 거기서 배를 타기 위
해서였다. 라떼빵스에서 지하철을 탔고, 개선문 역에서 내렸다. 그리
고 걸었다. 지도를 보니 센 강까지는 얼마 되지 않는 거리였다. 그래
서 용기를 냈던 것인데, 1시간 반 정도를 걸었건만 센 강이 나타나지
않으니 당황해지는 마음이었다. 나중에 정신을 차리고 보니 엉뚱하
게도 에펠탑이 바라다보이는 광장의 맞은편이었다. 윌슨 거리 입구
에서 길을 잘못 들어 센 강으로 직행하는 길을 잃고 강을 따라서 크

게 우회한 것이었다. 그리하여 센 강에는 종시 가보지를 못했고 지친 다리를 끌고 겨우 호텔로 돌아왔다. 주00 집사만 홀로 방을 지키고 있었다. 다른 조에 있는 사람들은 합심하여 Lido Show를 구경하러 갔다고 하였다. 덕분에 센 강 변의 야경은 구경도 하지 못했으나 으스름한 파리의 뒷골목은 거침없이 보았다는 사실이다. 신기한 것은 파리의 어느 뒷골목에서 보아도 개선문이 빤히 바라다보였다는 것인데, 그것은 개선문을 기점으로 해서 12개 방향의 방사선 도로가 파리 시내 곳곳으로 뻗어있었기 때문이었다. 나는 중얼거려 본다.

미라보 다리 아래 센 강은 흐르고
그리고 우리들의 사랑도 흐르네.
내 마음속에 아로새기는 것
기쁨은 짐짓 고생 끝에 이어 온다는 것을.

밤도 오고 종도 울려라.
세월은 흘러가는데
나는 이곳에 머무네… 운운.

— 기욤 아폴리에르 「미라보 다리」

1983년 12월 17일

아침 여섯 시 기상. 정학봉 교수님은 벌써 출발의 행랑을 정리하고 있었다. 지친 기색이 하나도 없었다. 나 또한 잠을 제대로 자지 못했지만! 나도 일찍 행랑을 점검해 본다. 잠을 제대로 못 잔 것은 시차 때문이라고 하니 할 수 없는 일이었다. 그러나 정신은 맑기만 했다. 버스에서 순간순간 잠을 잘 수 있었던 것이 도움이 된 모양이었다. 아침 식사를 마친 직후 서둘러 비행장으로 향했다.

성지순례

우리가 탄 비행기는 TWA800편이었다. 이스라엘의 텔 아비브(Tel Aviv)를 향해서 날아간다. 성지순례의 길이다. 그런데 비자는 공항에서 받아야 한단다. 어떻게 잘 되겠느냐고 걱정했더니 정 교수님 말씀이 이스라엘이 전화에 잘 휩쓸리는 나라이기는 하지만, 주산업이 관광업이라 우리 파스토(Pasto)들에게 무슨 일이 있겠느냐고 한다.

지금 생각하면 나에게는 이번 행로가 너무나 큰 축복이었다. 한 개 나라도 그러하지만 이렇게 여러 나라를 순방할 수 있다는 것과 함께 꿈에 그리던 예수님의 발자취를 따라가게 되다니? 그래서 말인데, 이번의 행로가 결코 겉핥기로 끝내서는 아니 되리라고 다짐해 보았다. 분명한 것은 내게 있어 성지순례의 길은 이미 예전부터 예정되어 있었다는 믿음이니, 예정대로 가는 길에 어찌 암초 같은 것이 있을 것인가 하였다. 그리고 여기에는 반드시 어머니와 아내의 축복 기도가 있지 않았겠는가 한다. 그리고 이제 심사숙고해야 할 일이 있다면 순방에서 돌아가 무엇을 할 것인가에 대한 계획이다. 그것이 무엇이겠는가? 지난 몇 년 동안 수행해 왔던 일들, 모교에 계속 남아서 일을 할 것인가. 아니면 뛰쳐나와서 교회를 개척하면서 목회를 할 것인가?

분명한 것은 주님의 지상명령을 따라 증인 된 삶을 살아야 한다는 것이고, 하나님 앞에 나아가 꿇어 엎드리고 내게 태인 십자가를 지고 주님 가신 발자취를 따라서 가는 것이 아니겠는가!

그러나 앞으로 내가 어떤 곳에서 어떤 사역을 감당하든지 이번 여행의 추억만큼은 보배로운 것으로, 교훈으로 간직하자! 기회 있을 때마다 한국이라는 좁은 땅덩어리를 벗어나 훨훨 날아보자! 내 아내, 내 아이들에게도 권장하여 세계 속의 인물들로 살게 하지 않으면 안 될 것이라는 굳건한 생각이었다.

창밖을 보니 솜털 구름이 점점이 흩어진 사이로 파란 대지가 내려다보인다. 아니다. 파란 것은 어쩌면 바다인지도 모른다. 바다 같기도 하고, 하늘 같기도 하고…, 너무나 높게 떠 날고 있는 때문인가. 하기야 발아래로 내려다보이는 구름들이 지상에서 올려다보는 만큼이나 아득해 보인다. 아니다. 지금 다시 바라다보니 구름 아래로는 파란 바다가 보인다. 거북이처럼 엎디어 있는 산의 연봉이 보인다. 아, 그러니 여태까지 파랗던 것은 전부가 바다였구나! 바다가 너무 멀리에 떨어져 물결의 흔적조차 그곳에는 없기에 그냥의 하늘처럼 보인 것이었구나!

내가 한국에서 바라다본 바다는 짙은 남청색이었는데, 이곳의 바다는 그냥 파란 하늘과 같은 것, 그렇다면 이곳 유럽의 사람들은 어쩌면 저렇게도 담백한 하늘을 두 개씩이나 갖고 살 수 있단 말인가? 모든 문화의 집산과 함께 풍요와 유행과 행운의 땅, 그곳에서는 또한 젖과 꿀이 흐른 땅도 멀지 않다니, 참으로 바다 색깔 한 가지만 보아도 그 모든 것을 미루어 생각할 수 있겠다. 장태봉 원우(院友)가 와서 내려다보이는 것이 지중해라고 일러준다.

　구름 속에서 바다와 섬들이 나타나니 여객들이 창문으로 바싹 다가서 저네들끼리 뭐라고 즐거워한다. 일찍이 한국의 비행기 내에서도 볼 수 없던 솔직한 표현들 앞에 내 창문을 가로막고 있는 프랑스 사람의 동태에도 밉지는 않았다. 어쩌면 이곳의 승객들은 모두가 성지 순례자들인지도 모른다. 그렇다고 해서 나와 상관이 있는 것은 아니지만, 모두가 여정의 즐거움을 함께 나눈다는 것은 즐거움 중의 즐거움일 수밖에!

　지중해! 사도바울의 선교가 뿌리 내렸을 땅 위의 하늘을 날면서 지도에서만 보았던 지중해 바다를 본다. 지중해에 손을 적셔보지 못해도 좋다. 그 연안을 걸어보지 못해도 좋다. 배를 띄어보지 못해도 좋다. 다만 지중해의 상공에서 내려다보는 이것만으로도 나는 얼마나 행복한가?

　정신을 가다듬고 카메라를 꺼내서 사진을 몇 장 찍었지만 글쎄, 그것이 나올지 모르겠다. 1,000/4 타임, 파리에서 이곳저곳을 다니면서 사진을 자신 있게 많이 찍었지만, 이번 같은 경우는 자신이라고는 하나도 없고 오직 카메라에만 의존할 뿐이다. 슬라이드 36매 10통, 네가 36매 10통, 흑백 24매 10통 등, 전부 성공만 한다면야 현상비도 많이 들려니와 거의 1,000매에 가까운 사진을 찍게 될 터이니 계획치고는 너무나 무리한 것 같았으나, 이번 여로가 어떠한 여로인가 할 때에, 너무나 당연한 계획이라고 자위해 본다.

애초 떠날 때는 여러 가지 계획이 있었다. 그러나 이번 여행은 솔직히 말해서 유럽이 포함되므로 성지순례보다 관광이 더 앞서가는 느낌마저 없지 않다. 처음에는 카이로를 경유하여 이스라엘로 가는 편을 택하여 80만 원 선으로 계획했던 것인데, 여행사에 종사하고 있는 황 선생이라는 사람의 농간과 이번에 참여한 사람들의 허영심이 합작하여 파리-스위스-이스라엘-로마의 순으로 정했다가, 시즌이 마침 크리스마스를 끼고 있어서 기편 조정이 안 되므로 파리-이스라엘-로마-홍콩이라는 순으로 낙착을 본 것이다.

내 경우는 이래도 저래도 좋았다. 그러나 여행 빈도가 제로인 나는 스위스를 빼놓고 가는 여로가 아쉬울 수밖에 없었다. 다음을 기약하지! 나는 오늘 아침 침상에 엎드려서 이렇게 기도하였다. "감사합니다. 하나님, 다음번엔 나만 혼자 오게 하지 마시고, 아내와 같이 꼭 이와 같은 여정을 걷게 하소서!"라고.

15시 15분, 텔 아비브 도착! 바다가 끝나고 육지가 시작되는 곳에 회색의 성냥갑들을 진열해 놓은 듯한 마을이 나타나자마자 이내 착륙이다.

이스라엘

1983년 12월 18일

비행기가 텔 아비브(Tel Aviv) 공항에 도착하자 우레와 같은 박수가 터져 나왔다. 이게 웬일인가? 갑자기 박수라니? 어안이 벙벙해서 주위를 돌아보니 박수를 치지 않고 있는 사람은 우리뿐이었다. 나중에야 깨달았다. 이는 이스라엘 사람들의 출애굽으로, 세계 각 곳에 흩어져 살다가 이제야 귀국하게 되었음에 감격과 감사가 넘친 그러한 박수였던 것이다. 할렐루야!

사마다 샬롬(Samada Shalom) 호텔에 투숙하였다. 일류호텔이라고 한다. 조금은 외곽에 자리 잡고 있었지만, 저녁 식사의 메뉴는 만점이었다. 나는 칠면조를 먹었는데, 라면 국물 같은 수프와 나무 열매를 파서 만든 샐러드의 맛은 칠면조 요리에 버금갈 정도로 맛이 있었다.

야경

식사 후에 구내에서 이스라엘의 풍물이 담긴 책자를 몇 권 샀다. 파리에서는 한 권도 사지 않은 풍물지(風物誌)였다. 앞으로 구경은 많이 할 것이지만, 그 모든 것을 먼저 보고 싶은 마음이었다. 그 외 포스트 카드도 몇 장 샀는데, 별로 할 일도 없고 하여서 구내에 앉아서 이곳의 소식도 전할 겸 아내와 아이들에게 편지를 써 내려 갔다. 그런데 그때 박영옥, 안정선 원우가 정학봉 교수님을 모시고 내려와서 시내 구경 가는데 같이 가지 않겠느냐고 하였다. 뒤질세라 편지를 프런트에 맡기고 따라나섰다. 마침 호텔 앞에 주차해 있던 시내버스에 올라타고 예루살렘 성 앞에까지 가서 하차하였다. 버스 종점이 바로 그 아래였다.

내리자마자 마주친 예루살렘 성은 사진에서 보던 그대로라 감회가 깊었다. 우리는 거기서부터 걷기로 하였다. 가로등에 은은히 비쳐 보이는 다윗 성루 앞까지 가서 발을 멈추었다. 밤거리라서 사람들은 별로 없었다. 여기저기에 창창하게 서있는 야자수가 우리를 반기는 것 같아서 숙연해지는 마음이었다. 그러나 그것도 잠시뿐, 우리는 버스에서 있었던 해프닝을 떠올려 웃고 떠들면서 밤거리를 거닐었다.

그것은 미색이 뛰어난 안정선 원우에게 이스라엘 청년이 느닷없이 프러포즈를 한 일이었다. 낙타 1천 마리를 드릴 터이니 시집을 오겠느냐 하는 것이었다. 낙타 한 마리 값은 5,000세겔이라고 하였다. 낙타 1천 마리는 어마어마한 돈이었다. 우리는 그 청년을 다시 찾아야겠다고 했고, 안 원우는 "잘못 생각하였네요. 시집을 갈걸!" 해서 웃고 떠들면서 밤거리를 걸었던 것이다. 어디로 갈 것인가 하기에 우리는 그저 "다운타운, 다운타운!"이라고만 외쳐서 버스 기사를 웃기기도 했었다.

거리를 걷다가 술집 같은 곳도 들어가 보았는데, 젊은 청년들이 쌍쌍이 맥주를 들고 있었다. 길거리에 의자를 가져다 놓고 식사를 하는 사람들도 있었다. 그 사이에 기관단총을 든 사복의 청년들이 그들과 같이 섞여 농담을 주고받는다. 그런 것들을 보고 여자들이 두렵다는 표정으로 이제 밤거리 구경을 그만하고 호텔로 돌아가기를 요청했지만, 정 교수님이 "전쟁과 분쟁이 있다면 몰라도 걱정할 것 없다."라고 하면서 우리를 이끌고 밝은 불빛이 비치는 길만을 찾아서 계속 걷기만 했다. 도시는 구릉 위에 세워져서 길은 자연히 오르락내리락하였다.

콜라를 팔고 있는 가게를 겨우 골라잡고는 다섯이서 콜라 다섯 병을 500세겔에 주고 사서 마셨다. 500세겔이면 한 개 800원꼴이다. 깡통의 구조와 맛이 한국 것과 비슷하였지만, 좀 싱겁고 팍 쏘는 맛이 없어 나라에 따라 콜라 맛이 조금씩 변조되어 있음을 알 수 있었다.

예루살렘 성은 이스라엘의 수도다. 거대한 성벽으로 둘러싸여 있는 이 도시는 유대교, 기독교, 이슬람교의 주요 성지중의 하나인데, 구시가지에는 이슬람교의 성소인 바위의 돔과 유대교 성지인 통곡의 벽이 상존하고 있어서 심하게는 프로테스탄트, 개신교는 눈을 씻고 보아도 한 군데도 찾아볼 수 없었다는 사실이다. 우리가 이곳을 찾았을 때는 크리스마스가 얼마 남지 않은 때였는데, 그럼에도 불구하고 예루살렘 거리에서는 전연 크리스마스를 맞이하는 그 어떤 징후도 발견할 수 없었다는 점이다. 그래서 예루살렘의 밤거리는 더욱 을씨년스럽기만 한 것이었다. 예수께서 예루살렘 성을 향해 통곡하시던 생각이 절로 났다.

　　　데드 마스크를 벗고 성벽 앞에 선다.
　　　그러면 성벽은 어느 한순간 그 속에 새긴
　　　숱한 기도와 아우성을 모두 다 열고서
　　　그 하나하나의 의미로 나를 맞는다.
　　　다윗왕의 망대가 있는 그래서 여기서는
　　　아무나 기도할 수 있어서 좋다.
　　　마음껏 찬송할 수 있어서 좋다.
　　　기도가 기도를 낳고 길게 뻗어서
　　　빛이 빛을 낳는 것을 볼 수 있어서 좋다.
　　　간혹 돌과 돌들의 사이 깊이 패인 풍상이
　　　어둠을 낳고 하지만, 성벽 앞에 서면
　　　어둠조차 길게 뻗쳐서 빛을 내뿜는

경천동지하는 빛을 볼 수 있어서 좋다.

데드 마스크를 벗고 성벽 앞에 서면!

―졸시 「성벽 앞에서」

돌아올 때는 7인승 택시를 타고 왔는데, 400세겔을 치렀다. 호기심에 실망도 많았지만, 유익한 밤의 관광이었다. 정 교수님의 두둑한 배짱이 아니었다면 그렇게 오래 밤거리를 걸으면서 이런저런 생각도 할 수는 없었으리라. 정 교수님의 그 여유 만만한 담력에는 다시 한번 경의를 표해야 할 것이다. 그런데 그것이 모두 외국어의 실력에서 우러나오는 만큼 내가 오늘 출국할 때 파리에서 우물쭈물하다가 당했던 망신살을 복구하기 위해서는 외국어를 마스터하지 않으면 안 되리라는 절실한 생각이었다.

1983년 12월 19일

아침 6시에 기상! 좀 더 자고 일어나도 되겠지만, 이른 아침부터 정신이 번쩍 들어서 일어난다. 한 번 잠들면 아침까지 깰 줄을 몰랐지만! 필연적으로 피로할 수밖에 없는 순례의 길이다. 둘러보고, 확인하고, 기록하고, 사진 촬영까지를 겸하니 피곤하지 않을 수가 없는 아침이었다.

그래서 오늘은 내가 이런 제안을 했다. "관광지 현장에 이르러서는 두 사람씩 조를 이루어서 사진을 찍도록 하자!" 그런데 그게 말대로 잘되지 않았다. 나는 카메라 두 대를 가지고 한 대는 망원렌즈까지 준비했었는데, 안정선 원우와 짝을 이루어서 번갈아 가면서 촬영할 작정이었지만, 안 원우가 가이드의 옆 좌석에 바짝 붙어 앉아 녹음하기에 여념이 없는지라 말도 붙일 수 없었다. 다른 조도 마찬가지였다. 두 사람이 한 조가 되어서 서로 사진을 찍어주자고 했으나 막무가내로 자기 것으로 자기 것만을 찍는 것이 아닌가? 그뿐 아니라 옆의 다른 동료에게 자기가 든 사진을 찍어주기만을 부탁하고 또 부탁하는 실정이었다. 결국 사진을 찍고 또 찍히고자 하는 무슨 경시대회 같은 씁쓸한 기분이었다.

감람산

아침 8시 30분에 출발하였고, 먼저 간 곳은 감람산이었다. 자그마한 언덕이었다. 해발로는 800m가 되는 곳이나 예루살렘이 원체 고원에 있으므로 걸어서 쉽게 갈 수 있었다. 집들이 언덕 위까지 들어차 있어서 놀라움을 금치 못했다. 감람산 위 승천 기념건물 내에는 예수가 승천할 때 밟고 섰다는 돌이 있었는데, 4각형으로 해서 잘 보존되어 있었다. 희고 맨들맨들한 돌이었는데 만져보니 부드럽기 그지없는 평온한 감촉이었다.

그 앞 도로에 낙타가 한 마리 있었으므로 정 교수님을 비롯하여 박영옥, 심우섭, 안정선이 신기한 듯이 낙타를 타고 사진을 찍었다. 찍은 후에 동쪽으로 발걸음을 옮겼다. 그곳에는 주기도문 기념교회가 있었다. 주님께서 주기도문을 가르쳐주신 장소였다. 다 같이 경건한 모습으로 서서 주기도문을 외웠다. 둘러친 담장 벽 사방으로는 80여 개 나라의 글자로 된 주기도문이 크게 부착되어 있었는데, 한

글로 된 우리나라의 주기도문도 있었다.

겟세마네 동산

　다음은 겟세마네 동산이었다. 이는 예수가 붙잡혀 십자가에 못 박히기 전날, 밤새워 기도하던 곳이다. 감람산 서쪽에 있었다. 골짜기를 건너 조금 오르는 듯한 기분으로 가면 나무 울타리 같은 곳이 있었는데 그곳이 겟세마네 동산이었다. 그 안으로 들어가니 몇천 년은 조이 되었을 성싶은 감람나무 몇 그루가 생명을 이어가고 있었다. 감람나무는 본래 키가 작고 크지는 않지만, 그 나무 둥치에서 자꾸 새싹이 나서 오래오래 산다고 한다. 그 끈질김에 절로 감사기도가 흘러나왔다. 겟세마네라는 말은 히브리어로 기름 짜는 기구라는 뜻인데, 옛날부터 기름 짜는 기구가 설치되어 있던 곳이라고 했다.

　다음으로는 예루살렘 성전, 빌라도 법정, 십자가의 길, 골고다 언덕까지 가보았는데, 볼수록 가슴이 아려 옴은 어쩔 수가 없었다. 성지를 차지하고 있는 데는 동방정교회가 아니면 가톨릭 일색일 뿐, 개신교는 눈을 씻고 찾아보려고 해도 볼 수가 없는 것이 가슴을 아프게 했다.

베들레헴

　오후에는 베들레헴으로 차를 달렸다. 예루살렘과는 30여 분 거리였다. 예수 탄생교회 마당에 크리스마스를 축하 성가 경연을 위한 무대가 설치되고 있어서 다소 들뜨는 기분이었다. 탄생교회에 들어가보니 별이 머문 곳이 별로 표시되어 있었고, 아기 예수가 누웠던 자리가 있었지만 말구유는 없다. 그런데 한 가지 새로운 사실로는 우리가 일반적으로 생각하는 따위의 말구유가 아니라 그곳은 자연 동굴이었다. 관할은 동방정교회였고, 그 옆에는 천주교가 잇대어 지어져 있었는데, 성지쟁탈의 양상이 역력하였다.

예수님 무덤 자리는 더욱 기가 찼다. 십자가상에서 못 박힌 예수의 대형 초상화 옆에는 십자가 옆에 있던 여인들의 형상이 선명하게 놋쇠로 부조되어 있었다. 그 앞을 통과하여 무덤으로 들어갔다. 무덤 속에는 대기실이 있었고, 대기실을 통하여 약대 바늘구멍 같은 곳으로 들어가니 사람들 5~6명이 겨우 설 수 있는 둥근 공간이 있었는데, 촛불을 40~50개를 켜놓았고, 그 아래 예수님의 시신이 누웠다는 대리석 위에는 연보 주머니가 놓여있었다. 동방정교회 사제가 기도하고 촛불을 켠 후 헌금할 것을 권했지만, 나는 기도만 하고 돌아서 나왔다. 함께 갔던 동료들이 다들 기차다는 표정들이었다.

오늘 한 가지 큰 수확이 있다면, 주일날인 오늘, 예루살렘에서는 유일한 프로테스탄 교회가 있는 예수무덤기념교회에 방문하여 9시에 예배를 드린 일이다. 그렇다. 예수님 무덤이 예루살렘에서는 두 곳이 있었다. 한 군데는 동방정교회가 차지하고 있었고, 또 한 군데는 개신교의 차지였다. 그런데 한 가지 이해할 수 없었던 사실로는 우리가 개신교 교회에서 주일예배를 드린 후에 예수가 누웠던 자리를 한 번 보고 기념 촬영을 하고자 하였으나 "오늘은 안 되니 내일 다시 오라!"라고 하면서 주최 측이 우리를 매몰차게 내어 쫓은 일이다. 일이

이쯤 된 것은 희랍정교회(동방정교회)나 가톨릭교회나 할 것 없이 예수님의 무덤 자리를 차지하고 앉아서 예수를 팔고 사고 한다는 것을 나중에야 알 수 있었다. 우리에게 입장료를 내라고 하였으면 돈을 내었을 것인데!

예수의 무덤 속에는 신부가 들어 있다.
예수께서 누우셨던 자리가 번쩍거린다.
길이 7.9m, 넓이 5.3m 되는 채플이
19.7m 되는 둥근 지붕 및 중앙에 놓였는데,
바위를 파서 만든 그 채플 및 대리석 속이
예수께서 누우셨던 무덤 속이다.

- 주여, 주님은 지금 어디 계시나이까?
나는 내가 먼저 가리라던 갈릴리로 갔다가
내 아버지 집으로 갔느니라.

- 신부여, 여기 있는 연보 궤는 무엇입니까?
돈을 내야 합니다.
여기서는 로마교, 희랍교, 곱트파,
야곱파, 알미니안파, 모두가 돈을 냅니다.

- 그러면 신부님은 여기서 무엇을 하십니까?
나는 아비시니안파인데

돈은 내지 않고 받기만 합니다.

아, 무덤 속에서 무덤 속에서
반은 서양인이고, 반은 동양인 사람들이
서로 섞여서 밀고 당기며
돈을 주기도 하고 받기도 합니다.
천장에는 별들의 자리가 있고
수십 개의 향로가 걸려 있는데,
대리석에 얼비치는 촛불도 있는데,
아, 예수의 무덤 속에는
분향 냄새에 찌든 사람 냄새가 코를 찌르고
손끝에 잡히는 100 세겔의 끝을 누르며
뒤돌아서는 성도들의 통곡이 있다.

— 졸시 「성분묘교회(聖墳墓教會)」

□ 아내에게 편지를 썼다

오늘은 하루 종일 예루살렘과 베들레헴 성지를 찾아다녔습니다. 감람산, 주기도문교회, 겟세마네 동산, 베들레헴 성전, 빌라도 법정, 십자가의 길, 골고다 언덕 등등, 간절한 마음으로 주님 걸어가신 발자취를 따라다니다 보니 새삼스럽게도 앞으로 내가 할 일이 무엇인가를 깨닫게 되었답니다.

점심은 아랍 핫센 식당에 가서 먹었고, 오후에는 베들레헴으로 갔는데, 시온산의 마가다락방과 다윗의 무덤을 방문한 후 예수님 탄생지인 말구유 간을 찾아갔는데, 이 모든 것들은 우리가 생각했던 것과는 판이한데 놀라움을 금치 못했습니다. 로마 가톨릭과 동방정교회와 알미니안 교부들이 판을 치는데 어디에도 예수님의 참된 그림자는 없고 예수를 팔고 사는 추악한 모습들만 보여서 혀끝을 찰 정도였답니다.

당신에게 감사를 드립니다. 내가 이곳 이스라엘에 올 수 있었던 것은 모두가 당신의 배려 덕이니 염치가 없는 내 모습입니다. 참 오늘은 주일날이었는데 한 가지 감격스러운 일이 있었다면 예수님의 무덤자리인 가든 톰에서 세계의 순례자들과 같이 예배를 드렸다는 사실입니다. 우리 일행은 안내자를 합하여 13명이었는데, 그 감격은 이루다 말로 표현할 수가 없었습니다. 예루살렘에 와서 예배를 드린다는 것이 쉬운 일이 아니고, 더구나 신교도끼리 이렇게 예배를 드린다는 것은 깊은 뜻이 있다고 합니다. 여기는 모두가 예수를 믿지 않는 유대인뿐이라 크리스마스 계절인 데도 그 어떤 징후도 발견할 수 없었답니다.

그런데 베들레헴에 가니 예수 탄생교회(성당) 앞 광장에 한창 무대를 만들고 깃발을 주렁주렁 매달았는데, 크리스마스 축제 때에 세계 각국의 성가대가 참가하는 성가경연대회를 연다고 해서 놀라웠고, 그것이 신기한 일처럼 느껴지더라는 것입니다. 그것만이 나의 유일한 위안이었다고 할까요. 예수를 안 믿는 곳에서 예수님 팔아서 장사하는 것만 알고 있는 것 같아서 가슴이 아팠습니다. 운운.

1983년 12월 20일 최정인

오늘도 하루 종일 성지를 누비고 다녔다.

사해(死海)

첫 방문지는 사해였다. 감람산을 넘어 유대광야를 지나면서 차를 몰았다. 낮은 구릉이 계속되는 사이사이로 차를 몰고 달리니 유목민들이 천막을 치고 양 떼와 염소 떼를 몰고 다니는 모습들이 건너다보였다. 또 종려나무 과수원이며 바나나과수원도 심심찮게 나타났다가 사라지곤 했다. 사해사본이 발견되었다는 산 아래서 정차하니 그곳이 바로 바닷가였다. 사해 바다는 요르단과 이스라엘 국경에 걸쳐 있으며, 북쪽으로부터 요단강이 흘러들었다. 해면보다 400m가량 낮아서 지구상에서 제일 낮은 바다다. 염분이 높아서 생물이 살 수 없는 바다가 사해였다.

버스에서 내려 모래와 돌멩이들이 뒤섞여 있는 해변을 50m 걸어가서 바닷물에 손을 담가보았다. 주위에 흩어져 있는 돌들은 바닷물에 젖어 소금 껍데기를 하얗게 뒤집어쓰고 있었다. 바닷물이 정말 염도가 높은가 해서 바닷물을 찍어서 한 번 맛을 보니 어찌나 짠지 혀끝이 아려왔다. 길이 80km, 너비 18km, 면적 1,020㎢, 수심은 평균 3m 미만이나 최대수심은 396m에 이른다고 한다. 소돔과 고모라의 옛 터전이라고 하니 당시에 죄가 얼마나 관영하였으면 이리되었는가 하였다.

여리고

여리고는 오아시스로 이룩된 종려나무숲 마을이었다. 예수님이 40일 금식한 후에 마귀에게 시험받았다는 시험 산을 멀리 바라보고, 망루 자리에서 사진을 찍었다. 맑은 물이 흐르는 오아시스는 유대 광야에서는 여기뿐이라고 하니 저절로 예수님 생각이 났다. 여리고에서 출발하여 예루살렘과 베들레헴까지 가고자 하였을 때 그 넓은 광야를 지나면서 예수님은 물 한 모금도 마시지 못했을 것이니 얼마나 노고 많으셨을까 하는 그런 생각이었다. 여리고 과일이 좋다고 하여 귤과 바나나를 사서 먹는데 그렇게 생각해서 그런지 귤의 향기가 우리나라 것과는 판이하였고, 바나나는 감칠맛이 있었다.

여리고의
샘터에서 한 노인이
꽃 한 송이 따주기에
가슴에 꽂았다.

여리고의
샘터에서 한 노인이
맑은 물을 떠서 주기에
시원히 마셨다.

여리고의

샘터에서 한 노인이
거친 손 내밀기에
손을 잡았다.

여리고의
샘터에서 한 노인이
콧수염 허옇게 그리며 웃기에
따라 웃었다.

— 졸시 「여리고」

갈릴리바다

여리고에서 잠시 쉬고, 요단강을 끼고 계속 달렸는데 아마도 한 시간 이상이나 달려갔을 터이다. 갈릴리바다가 나타났는데, 사실은 갈릴리 호수였고, 호수가 바다같이 넓다고 해서 그렇게 부르고 있었다. 또 갈릴리바다는 디베랴바다라고도 불렸는데, 그것은 갈릴리바다 서쪽 가에 디베랴라는 도시가 있었기 때문이었다. 그곳은 어부였던 베드로와 안드레 형제가 예수의 부름을 받은 곳으로 유명한 곳이었다. 갈릴리바다 서쪽에 있는 요단강 입구(상류)에 유람선이 있었다. 폭 50~80m나 될까 한 자그마한 포구였다. 거기서 배를 타고 건너편으로 갈 수도 있었지만, 우리는 시간이 없어서 바닷가에 서서 바라보는 것으로 만족해야 했다.

팔복교회

다음으로 찾아간 곳은 팔복교회였다. 팔복교회는 갈릴리바다 호숫가의 언덕 위에 세워진 교회(성당)였다. 올라가 보니 갈릴리바다를 전망하는 데 있어서는 최상급의 장소였다. 예수께서 말씀을 선포하시고 사람들이 언덕 위에 나란히 앉아서 말씀을 경청하던 그 옛날의 정경이 저절로 떠올랐다.

그런데 인상에 남는 것은 우리를 인도하고 간 가이드의 어처구니없는 설명이었다. "옛날에는 마이크도 없었고 확성기도 없었는데 수천 명이나 되는 청중들이 바닷가에 앉아서 어떻게 설교를 들을 수 있었겠는가? 그것은 이곳의 독특한 지형 때문이다. 예수가 배를 타고 설교할 때 바닷바람이 언덕을 치고 올라가면서 확성기 역할을 하여서 모두가 들을 수 있었다."라는, 취지의 설명이었다.

교회가 서있는 언덕은 경사 15도 정도의 능선이었다. 가시나무와 무화과나무가 올망졸망한 돌멩이들의 사이에서 불규칙하게 자라있었다. 교회 뒤편으로 회랑 같은 곳이 있어서 들어가 보았는데 꽃들이 만발해 있어서 별천지 같았고, 여기야말로 팔복(八福)의 동산이로구나 하는 감탄이 절로 나왔다.

오병이어교회

팔복의 산에서 내려와 오병이어교회로 향했다. 오병이어교회는 예수가 다섯 개의 떡과 두 마리의 물고기로 5천 명을 먹인 것을 기념하여 세운 교회였다. 교당에 들어가니 언제 것인지, 모자이크로 채색한 오병이어 그림이 제단 앞 바닥에 박혀있었다. 지금 교회는 작년에 새로 지은 것인데, 유사 이래 세 번째로 지은 교회라고 했다. 그래서 그런지 교회 자체는 고색이 창연한 듯하나 교회를 새로 지은 때 현대미를 숨기느라고 애쓴 흔적이 없지 않았다

베드로 고기

오병이어교회를 보고는 갈릴리 바닷가 식당에서 베드로 고기를 시켜놓고 점심을 먹었다. 별미였다. 베드로 고기는 고기 잡던 베드로가 사람 낚는 어부가 된 사연을 간직하고 있는 역사적인 고기였다. 그런데 그런 사연을 간직하고 있는 물고기를 무참히 뜯어먹고 있는 것 같아서 죄송스런 마음이었다. 왜냐하면, 예수께서는 당시 사람을 물고기에 비유하였기 때문이다. 그러니까 많이 잡는 것은 좋으나 많이 먹는다는 것은 합당한 일이 아니지 않느냐 하는 것이다.

갈릴리 호수에는 약 20여 종의 물고기가 서식하는데, 그 가운데 식용으로 할 수 있는 것은 3종에 불과하다고 한다. 베드로 고기로 알려진 생선의 학명은 갈릴리 틸라피아(Tilapia Galilee)이고, 아람어로는 '빗'이라는 뜻의 '무쉬트'였다. 등에 빗 모양의 긴 지느러미가 돋아 있는 것이 특징이었다. 길이는 약 40cm이고, 무게는 약 1.5kg까지 나간다고 하였다. 마침 볶음밥이 나와 입맛을 돋웠는데, 두 번, 세 번 염치 불고하고 시키는 대로 가져오는 대로 먹어 치우는 입들이 민망할 정도였다. 해변의 방파제는 견고하였고, 산 위로 보이는 언덕이

골단고원이라고 해서 한참이나 바라보았다.

가버나움 거친
갈릴리바다 바라보며
베드로 고기 뜯는다.

요동치는
바다의 꼬리를 잡고
갈빗대를 힘껏 물어뜯는다.

빵과 함께 뜯는 이것은
베드로가 그의 형제들과
잡던 물고기인데
갈릴리바다처럼
거문고의 모양을 하였다.

오오! 비릿한 풍랑과 함께
숱한 뇌성을 발하는
베드로 고기!

딩딩 딩딩딩딩딩…
가버나움 저녁노을이
붉은색 그물코를

풀어놓는 사이,

나는 힘주며 선혈이 낭자하게
베드로 고기를 물어뜯는다.

— 졸시 「베드로 고기를 뜯을 때」

나사렛

갈릴리(디베랴)에서 나사렛으로! 가나 마을 지나고 요나의 고향 언덕을 바라보다가 잠시 눈을 붙이니 나사렛이었다. 마을은 분지를 이룬 곳에 펼쳐져 있었다. 십자가가 간헐적으로 나타났으므로 이곳이야말로 프로테스탄트의 본고장 같았다. 성수태교회부터 방문하였다.

교회 내부로 들어가니 예수의 어머니 마리아가 살던 돌집이 보존되어 있었고, 그 돌집 뒤편 100m쯤 가니 예수의 아버지 요셉의 집이 있었다. 그곳에도 기념교회가 세워져 있었는데, 예수께서 이곳을 반경으로 소년기와 청년기를 보냈을 생각을 하니 감회가 깊었다. 예수의 집은 토굴이었다. 상층은 목공소가 있던 자리요, 지하 토굴이 사시던 집이었다. 그 토굴집 앞쪽 좁은 공간에 사람의 키보다 더 큰 물 항아리가 놓여있었다.

구경은 잘하였으나 문득 의구심이 솟아난 것은 이곳이 과연 2천 년 전에 예수께서 사시던 집인가 하는 것이었다. 물론 그리되기까지는 고증을 거쳐서 확정한 것이겠지만, 이곳이 어찌 예수님의 터전일 수 있겠느냐 하는 반신반의하는 마음이었다. 그러나 안 믿을 수도 없는 그러한 순례의 길이었다. 내가 여기서 깨닫게 된 것은 우리가 믿는 믿음은 외형적인 것이 아니라 내면 깊숙이 자리하고 있는 내면적인 것들이어야 한다는 생각이었다.

나사렛에는 버스도 있었고, 택시도 있었고, 장사치도 있었는데, 눈살을 찌푸리게 하는 것은 거리 곳곳에 쓰레기더미가 쌓여있는 것이었다. 세계 각국에서 순례자들이 연일 몰려오고 있는 것을 잘 알면서도 왜 거리를 깨끗하게 하지 않고 있느냐는 것이었다. 하기야 여기서 살고 있는 유대인들이란 모두 예수를 십자가에 못 박은 이후 지금까지도 예수를 믿지 않는 유대인들이려니 하니 미루어 이해할 만도 하였다. 그래서 예수를 그렇게 쓰레기로 모멸하고 있는지도 모르겠다.

그렇다면 나사렛에서조차도 예수를 팔아서 돈만 벌고 있는 그런 동네였단 말인가? 한숨이 절로 나왔다. 그러나 단 한 가지 감격스러웠던 교훈은 예수가 공생애를 시작하기 전까지, 청년 목공으로서 이곳에서 아버지를 따라 근면하게 일해 왔다는 것, 그래서 우리도 자기가 처한 장소에서 열심을 다해 일해야 한다는 진리를 깨닫게 되었다는 사실이다.

지중해

나사렛을 떠나서 드볼산을 바라보고, 드볼산에서는 이스르엘 골짜기, 광야 건너편의 갈멜산을 건너다본다. 갈멜 산록을 기준으로 하여 동쪽이 이스르엘 골짜기며, 갈멜산을 넘고 갈멜산이 끝나는 지점에 가이샤라 항구가 있었다. 그곳은 지중해 해안이었다. 십자군의 견고한 성루가 해안에 버티고 있었다. 어떤 폭풍이라도 제어할 수 있는 굳센 의지가 표출되고 있는 해안의 풍경이었다. 이곳이야말로 베드로가 성령을 받고 이방인에게 복음을 전한 확증을 얻은 곳이요, 바울을 통하여 이방 선교의 기치가 높이 올려진 곳이 아니던가? 우리 이방인들에게는 더할 나위 없이 감격스러운 해안이었다.

해안을 배회하면서 사진 몇 장을 찍고 돌멩이를 몇 개 골라잡는데 금시 밝던 해안이 어두워졌다. 어두워지는가 싶더니 조금 더 있으려니까 지척을 분간할 수 없을 만큼 사방이 아주 캄캄해져서 황당해지는 마음이었다. 여기가 해면이요, 평지이기 때문에 잔영이 있는 듯하다가 금시 바닷속으로 사그라지는 모양이었다.

오늘은 정말 바쁜 날이었다. 사해–요단강–갈릴리바다–지중해 등등, 그렇게 먼 거리처럼 생각되었던 길을 하루 만에 전부 순례하였으니 대단한 열정이요, 믿음이었다는 생각이다. 가이드인 한 선생의 말을 들으니 이스라엘 성지순례는 지금 12월이 적기라고 한다. 비가 내려서 가끔 순례를 잡치는 때가 없지 않지만, 지난 18, 19, 20일은 날도 밝았고, 공기도 신선해서 축복받은 순례였다고 한다. 여름이면 그 고생이 말도 아니라고 하니 오직 감사할 따름이다.

다만 아쉬운 것이 있었다면 동방정교회와 가톨릭, 프로테스탄트와 알미니안들이 뒤섞여서 성지가 매우 혼란스러웠다는 사실이다. 그러므로 성지를 찾아오는 사람들도 각양각색이었다. 알미니안의 랍비로부터 동방정교회의 교부와 프로테스탄트 목사에 이르기까지 이곳이 자기의 성지라고 하면서 질시하는 눈초리를 떼지 않았다는 것과 이를 기회로 삼아서 예수를 팔고 사는 것이 없지 않았다는 것이다. 최후의 일각까지 서로가 양보할 수 없는 대치 상태를 보이고 있는 것 같아서 안타까운 마음이었다.

이탈리아 로마

09시 15분, 텔 아비브 공항을 이륙하다.

3박 4일간 머물렀던 이스라엘을 떠난다. 발아래로 티베랴바다가 보이고 바닷가에 옹기종기 모여있는 도시들이 보인다. 젖과 꿀이 흐르는 가나안 복지에 이룩된 시오니즘의 결집체! 그러나 전 세계 화약고의 관심 대상으로서 분쟁이 계속됨으로 이스라엘이 앞으로 어떻게 될 것인가 하는 문제를 안고 가는 무거운 발걸음이었다.

로마에 도착한 곳은 낮 12시경이었다. 아침 9시 15분에 텔 아비브를 이륙하여 3시간이 걸린 셈이었다. 공항을 빠져나오니 간밤에 비가 내렸는지 거리가 축축하게 젖어있었다. 젊은 가이드인 미스터 한이 반가이 맞아주었고, 짧은 여정에 빠듯한 일정을 설명하면서 시내로 진입한 고속도로를 달렸다.

식후경이라고, 우선 점심부터 먹었는데 한식이었다. 한국에서 먹던 맛 그대로라 다들 환호하면서 오랜만에 포식하였다. 점심 후에는 휴식을 취할 틈도 없이 여행 보따리를 차에 실은 채 관광길을 달렸다.

트레비 분수

첫 번째로 간 곳은 트레비 분수(愛泉)였다.

트레비 분수(Fontana di Trevi)는 니콜라 살비(Nichola Salvi)의 작품인데, 반인반어(半人半魚)의 트리톤(Triton)이 거친 바다와 잔잔한 바다를 상징하는 두 마리의 말을 앞세우고 있었고, 그 한가운데 바다의 신 넵튠이 큰 조개 위에 서있는 구조로 된 17세기의 걸작이었다. 작품의 내용은 고대의 황제 아우구스투스가 명한 '처녀의 샘(Aqua Virgina)'으로, 전쟁에서 돌아온 병사들에게 물을 준 한 처녀의 전설을 재구성한 것이라고 하였다.

교황 클레멘테스 13세는 트레비 지역을 단장하기 위해서 분수 설계를 전국에 공모했다. 그 결과 건축가 니콜라 살비가 당선되어 마침내 1732년에 분수 공사가 시작되었다. 일시 재정이 어려워서 공사가 중단되기는 하였으나, 1762년에 피에트로 브라치(Pietro Bracci)가 30년 만에 완공하였다. 여기서 트레비 분수의 트레비는 기원전 19년에 아그리파 장군이 이 지역을 수원지로 개발해서 수로를 만들고 로마에 물을 공급했는데, 수로가 로마에 다다르는 그 지점이 세 갈래 마주치는 곳이라고 해서 3의 뜻인 트레(Tre)와 '길'을 뜻하는 비움(vium)이 합성되어서 트레비움(Trevium)으로 불리다가 트레비(Trevi)가 되었다고 한다.

나는 트레비분수에서 동전 두 잎을 던졌다. 동전을 던질 때는 뒤로 돌아서서 던져야 한다기에 그리하였다. 한 잎은 나 자신이 로마로 다시 돌아오기 위하여, 또 다른 한 잎은 두고 온 사랑하는 아내와 같이 오기 위하여 그렇게 동전을 던지니, 우리뿐 아니라 세계 각처에서 온 관광객들이 우리를 따라서 하듯 모두가 동전을 던지는 것이었다. 그리고 나는 속으로 주문을 외우듯이 다시 찾아오마고 결의를 새롭게 하는 것이었다. 트레비분수를 구경하고 나오는 골목길에 아이크림 가게가 있기에 아이스크림을 한 개 사서 핥으면서 큰길로 빠져나왔다.

다음은 트레비분수에서 얼마 멀지 않은 곳에 있는 스페인광장으로 갔다. 영화 「로마의 휴일」에서 잘 알려진 너무나 유명한 곳이었다. 그러나 유명한 것은 광장이 아니라 137개로 이루어진 계단이었다. 젊은이들의 데이트 장소로 사랑받고 있으며, 여름밤이면 이 계단에서 유명 디자이너의 화려한 패션쇼가 열리기도 한단다. 몇 사람이 중간까지 뛰어올랐다가 내려오면서 박수를 치기에 다 같이 웃었다. 로마 한복판에 웬 스페인광장이냐 하니, 광장에 스페인대사관이 있었기 때문에 그리 부른다고 하였다.

마메르티노 감옥

다음은 마메르티노(Carcere Mamertino) 감옥에 방문했는데, 이는 사도바울과 베드로가 감금되어 있던 곳으로, 천 년도 더 된 오래된 감옥이라고 하였다. 원래는 토굴이 있던 곳이고, 토굴에서 솟아난 샘물로 그들을 지키던 두 명의 간수에게 세례를 주었다고 전해진다. 베드로가 끌려나가 십자가에 거꾸로 매달려 순교한 장소가 이 감옥의 광장이었다고 하였다. 이를 기려 지하 예배당의 십자가가 거꾸로 되어있었다.

콜로세움

그다음은 이탈리아의 통일기념관과 무솔리니의 창문을 바라보고, 원형경기장인 콜로세움의 웅자 앞에서 숨을 죽인다. 콜로세움(il Colosseo)은 AD 72년 베스파시아누스에 의해서 만들어지기 시작한 원형경기장으로, 총 5만 5천여 명을 수용할 수 있는 어마어마한 규모의 경기장이었다. 건물의 둘레는 527m였고, 지름 188m, 높이는 57m에 이르고 있었다. 내부는 최대지름은 78m, 최소지름 46m의 타원형 그라운드가 펼쳐져 있는데, 풍파와 지진으로 훼손되어서 통로와 칸막이가 그대로 노출되어 있었다. 당시엔 이 그라운드 위에 나무바닥을 깔고 무대를 꾸몄으며, 지하의 방에 검투사, 사형수, 맹수 등이 들어가 있었다고 한다. 2천 년이 지나는 동안 숱한 지진과 전쟁이 있었음에도 지금까지 원형을 유지하고 있다는 사실은 바로 당시의 건축 기술이 얼마나 뛰어났던 것인가를 방증해 주는 것이기에 그저 경이로울 따름이었다. 그 앞에 서니 성난 짐승과 관중들의 포효가 되살아나는 것 같아서 모골이 송연하였다.

카타콤

콜로세움(Colosseo)을 나와 팔라티노(Palatino) 언덕을 우로 끼고 가다가 급히 좌회전하면 영화 「쿠오바디스(Quo Vadis)」로 잘 알려진 아피아가도(Via Appia Antica)가 나온다. 그곳에서 베드로가 외쳤다. "주여! 어디로 가시나이까(Quo Vadis, Domine)?" 그 길을 계속 따라가면

카타콤(Catacombe)이었다. 카타콤은 지하 5층으로 된 공동묘지였다. 총연장은 900km에 달한다고 하였고, 300년간 600만 명이 묻혔다고 하는 거대한 지하 묘지였다. 3세기부터는 기독교인들의 공식적인 묘지가 되었는데 교황도 9명이나 묻혀있다고 한다. 여기서 발견된 유골은 대부분 순교자들의 것이라고 한다.

제일 인상에 남는 순교자는 성녀 시실리아의 유해였다. 유해는 석고 같은 것으로 재현한 것이었다. 특이한 것은 시실리아가 두 손을 꼬부린 무릎 위에 얹고 옆으로 누워있는데, 손가락 세 개를 펴고 있는 모습이었다. 그것은 다른 것이 아니라 삼위일체를 상징하고 있는 것으로, 박해를 받고 순교할 당시에 손가락 세 개를 잘렸던 것이라고 하였다. 그녀가 죽은 지 1,500년 만에 그곳을 파보니 시체가 썩지 않고 있었고, 손가락 세 개도 잘린 그대로였다고 한다.

그 다음은 카라칼라(Caracalla) 황제목욕탕이었다. 한 번에 1,700명이 입장하여 목욕을 할 수 있는데, 여름에는 오페라가 공연된다고 한다. 바쁜 일정에 그냥 바라만 보면서 지나쳐 어둠이 깔리고 있는 베드로 성당까지 밀고 들어갔다.

카타콤의 성도들은 죽어서
석회암 끈끈한 땅속으로
어둠이 되어 깊숙이
숨어들었다.

어둠에 섞이고

땅에 섞이고

죽음에 다시 섞여

더 많은 죽음들을 만들어 내었다.

부활의 그날 아침을 위해.

- 졸시 「카타콤」

성베드로대성당

베드로 성당의 정식명칭은 '성베드로대성당(Basilca di San Pietro)'으로 거대한 석조건물이었다. 349년 최초로 콘스탄티누스가 베드로의 묘지 위에 성당을 세웠으며, 1506년 교황 율리우스 2세가 다시 대성당을 착공하여 1629년에 완성하였다. 건축가로는 처음 브라만테가 착공하고 라파엘로, 미켈란젤로, 마테르노, 베르니니들이 이어받았는데, 르네상스 및 바로크의 대표 예술가, 건축가들이 계속적으로 투입되었다. 따라서 성베드로성당은 르네상스와 바로크 예술의 결정판이라고 할 수 있다.

동서의 길이는 211.5m이고, 남북의 길이가 150m, 폭은 114.69m, 높이 45.44m이다. 중앙 돔의 직경이 50m다. 성당 내부에 11개 예배당과 제단 44개, 성인상 395점이 있다. 성당 자체는 십자가 모양을 하고 있었으며, 광장과 합해지면 전체 모양은 열쇠 모양이라고 했다. 성베드로광장(Piazza San Pietro)은 잔 로렌츠 베르니니가 1656~1667년에 걸쳐 설계, 완성한 아름다운 관장이다. 최대 30

만 명을 수용할 수 있다고 한다.

성베드로대성당은 그리스도가 베드로에게 부여한 천국 문의 열쇠로서 가톨릭의 교권을 나타냄과 동시에 교황 1세인 베드로의 사역을 상징하는 것이기도 했다. 이곳은 다른 곳이 아니라 베드로가 십자가에 거꾸로 못 박혀 순교한 장소였는데, 베드로의 무덤 위에 세워졌다고 해서 성베드로대성당이란 이름이 붙여진 것이었다.

전통적으로 성 베드로는 머리를 아래로 두고 십자가에 거꾸로 못 박혀 순교했다고 전해진다(역십자가형). 그의 유해는 바티카누스 언덕 위 비아 코르넬리아로 통하는 인근 길에 묻혔다. 위치는 이교도와 그리스도인의 공동묘지 장소로 알려졌다. 베드로의 무덤은 처음엔 기념비 하나 없이 그의 이름을 상징하는 붉은 돌만 있는 단순한 형태였기 때문에 비(非) 그리스도인들은 이를 대수롭지 않게 여겼다고 한다. 성당 안 제단을 중심으로 역대 교황들의 묘가 260개 소 모셔져 있어서 2천 년 가톨릭 역사와 전통을 실감케 하였다.

제단 아래 지하에 베드로의 무덤이 있다고 했으나 들어가 보지를 못하였다. 여기서 제일 인상에 남는 것은 베드로 성당에 들어가자마자 맞닥뜨리게 되는 것은 오른쪽 구석에 전시되어 있는 미켈란젤로의 걸작 「피에타(Pieta)」였다. 십자가에 매달려 죽은 후의 예수 그리스도의 시신을 어머니인 성모 마리아가 무릎에 안고 있는 장면을 묘사한 작품이다. 예수의 시신을 안고 있는 성모 마리아의 모습에서 애절한 슬픔이 묻어 나온다. 미켈란젤로가 24세 때 만든 걸작으로 유일하게 서명을 남긴 작품이다.

그런데 나의 관심은 그것보다 '예수님이 누우셨던 말구유는 과연 어디에 보관되어 있는가?'였다. 그것은 우리가 베들레헴의 탄생교회를 방문했을 때, 예수님이 누우셨던 자리는 별로 표시되어 있었으나 말구유가 없기에 "말구유는 어디 있습니까?" 하고 물었었고, 그때 돌아온 대답인 "로마 병정이 뺏어갔기 때문에 여기는 없고, 베드로 성당에 보관되어 있을 것이다."라는 말이 떠올랐기 때문이다. 여기저기를 살펴보았다. 10m 이상은 될 성싶은 천장 부위에 몇 가지의 유물들이 얹혀있는 것이 보였지만, 알 수 없는 일이었다. 확실한 것은 베들레헴 예수탄생기념교회에 다른 것은 다 있었으나 그곳에 말구유는 없었다는 사실이다.

돌들의 합창이다.
이보다 더 장엄한 돌들의
코로스 어디 또 있을까?

거의 왔을까?
천성 가는 길에
잠시 서서 귀를 기울이니,
고졸한 음계들이
무리를 지어 하늘 문을
활짝 열어젖힌다.

때에 빛보다 더 밝은
광명이 하늘에서 쏟아져

갈 길을 비춰준다.

신령과 진실로 바쳐진

성도들의 기도 소리는

하늘로 먼저 떠올라 가고…

돌들이여!

어제는 모두가

쓸모없이 버려졌던 것들인데,

오늘은 저토록 택함을 입어

하늘 기둥 버티고 선

모퉁이의 귀한 돌들이 되었구나.

돌들이여!

테베베 강에서

성총(聖寵)을 노래하라!

− 졸시 「성베드로대성당」

1983년 12월 21일

14시 30분, 로마 네오나르도 다빈치(Leonardo da Vinci) 공항 이륙! 서양에서 동양으로, 홍콩으로 간다는 기대감에 부산을 떨다가 오렌지 주스를 받아 마신 후에 겨우 기내식을 얻어먹었다. 점심이었다. 그리고 깊은 수면에 잠겼다가 눈을 뜨니 시계는 19시 10분을 가리키고 있었다. 창밖으로는 달빛이 밝게 비치고 있었다. 비행기의 동체가 불규칙하게 흔들렸다. 우리는 지금 마지막 기착지인 홍콩을 향해서 날아가고 있는 중이었다. 19시 10은 로마 시간이었다. 그렇다면 홍콩 시간은 몇 시일까? 계산해 보니, 다음 날 01시 10분이었다. 한밤중이었던 것이다. 로마에서 홍콩까지의 비행시간이 거의 12시간이나 걸린다고 하였으니, 홍콩까지는 아직도 7시간이나 더 날아가야 했다.

그래서 심심풀이 땅콩놀이를 했다. 우리가 거쳐온 도시와 우리나라와의 시차를 계산해 보는 것이었다. 계산해 보니, 한국에서 앵커리지까지의 시차가 18시간, 파리까지는 다시 거꾸로 하여 8시간 시차, 텔 아비브에서는 6시간 시차, 다시 로마에서는 8시간 시차였다. 복잡했다. 그러자니 자연히 머리가 어지러웠다. 그런 후 다시 비몽사몽간을 헤매다가 문득 잠 깨어 일어나니, 곧 홍콩에 도착하리라는 기내 방송이 울려 퍼지고 있었다.

Ladies and gentlemen, this is your captain speaking. We are now beginning our descent into Hong kong. Please ensure your seat belts are fastened, your seat backs and tray tables are in their full upright positions, and all carry-on luggage is stowed securely. We expect to land in approximately Ten minutes. Thank you for flying with us, and we hope you have a pleasant stay in Hong Kong.